KB071017

# 제13회 삶의 향기 동서문학상

## | 수상작품집 |

제13회 삶의 향기 동서문학상

| 수상작품집 |

대상수상작 | 추영희

# 달을 건너는 성전

# Contents

# 심사평

| | | |
|---|---|---|
| **총평** | | 김홍신 |
| **심사평** | 시 부문 | 문효치, 유안진 |
| | 소설 부문 | 김지연, 오정희 |
| | 수필 부문 | 유혜자, 지연희 |
| | 아동문학 부문 | 신현득, 하청호 |

# 총평

김홍신 (소설가, 13회 삶의향기 동서문학상 운영위원장)

인생사에서 죽음이 없다면 문학이 생성되지 않았을지도 모릅니다. 그러하기에 문학은 살아있는 동안 어떻게 사는 게 명답인가를 찾아가는 길벗입니다.

해적이 출몰하는 소설이나 영화에는 꼭 애꾸눈 선장이 등장합니다. 한쪽 눈을 다쳤거나 겁을 주려는 거라고 생각하기 마련입니다. 고래 기름으로 등불을 켜던 전깃불 없던 시절에 강탈하는 배의 선실이 어두워서 자칫 숨어있던 사람에게 당하거나 더러는 선장 자리를 노리는 부하에게 당하기 십상이었습니다.

밝음은 원추세포가 관장하고 어둠은 간상세포가 관장하는데, 어둠에 적응하려면 보통 10여 분 정도 걸립니다. 선장이 어두운 선실에 들어가서 안대를 벗으면 바로 볼 수 있다고 합니다. 불편하지만 선장은 자신을 보호하고 선장 잃은 부하들이 오합지졸이 되는 걸 막을 수 있기에 한쪽 눈을 가린 것입니다.

문사는, 눈으로는 세상을 호랑이처럼 매섭게 쳐다보고 영혼의 눈은 한쪽을 감아서 뭇 사람들 가슴에 따스한 휴머니즘을 남겨주게 됩니다.

과학은 눈부시게 발전하고 문명은 날로 성장하는데 현대를 살아가는 이들에게 왜 사냐니까 '오죽하면 살아있겠느냐'고 하는 경우가 흔합니다. 문학은 오죽하면 살아있겠느냐는 사람들을 한없이 토닥거리는 찬란한 행위입니다.

우리 어렸을 적에 달걀귀신을 비롯하여 귀신, 도깨비가 참 많았는데 지금은 그 많던 귀신들이 다 사라졌습니다. 바로 전깃불로 세상이 환해져서 귀신이 다 사라진 것입니다. 문학은 인간 정신사의 전깃불이기에 불멸하는 존재입니다.

이번 제13회 삶의향기 동서문학상에 어김없이 1만 9천여 편을 응모해 주신 전깃불 같은 문학도들에게 고마움을 전합니다.

기초심 열여섯 분, 예심 여덟 분, 본심 여덟 분의 심사위원 선생님들은 한국 문학사의 횃불이시며 따뜻하고 엄정한 심사를 해 주셨기에 머리 숙입니다.

당선 작가들에게 문학밭을 활짝 열어주어 〈월간문학〉에 작품을 펼치게 해 주시고 삶의향기 동서문학상을 빛나게 해 주신 한국문인협회의 덕업에 조아립니다.

기업의 정정한 가치를 곱게 펼쳐 문학의 디딤돌을 만들어 주신 동서식품의 정진은 한국 문학사에서 지워지지 않는 규범으로 남을 것이기에 존경과 고마움을 전합니다.

# 시 부문 심사평

심사위원 문효치, 유안진

 

 

 

시상과 주제, 전개기법, 제목의 매력 정도, 시어의 진부·참신성, 감동의 정도 등을 참고 기준으로 하여 작품에서 말하려는 의도와 읽은 이의 공감 정도에서 2명의 본심위원이 일치하는 작품을 순위별로 결정하였다.

대상과 은상의 3편 작품은 주제가 참신하고 내공의 깊이가 느껴질 정도로 우수한 작품이었다. 「달을 건너는 성전」은 전개 기교와 제목 등에서 신선한 매력을 느낄 수 있었다. 내용에서 달과 여성과 여성 생리 중 인간 생성의 기원에서 시적 상징, 발달되어온 전 과정을 축약 간명하게 제시했으며 한국 정서 문화의 정체성을 제시해 주었다.

「우화를 기다리며」 「벽화가 있는 마을」 등은 시적 전개와 읽는 이의 희망적 감동에서는 「달을 건너는 성전」보다 약한 듯했으나, 시적 전개나 전개 기교, 감동에서는 매우 우수했다. 그러나 작품 한 편에 너무 많은 것을 얘기하려는 의욕이 지나쳐서, 간명한 시 본래의 특성을 약화시킨다는 의견도 있었다.

「이사」는 발상이 매우 참신했다. '새 거울을 벽에 걸자' '연못이 생겼다'는 상상적 세계가 인상적이었다. 물속 세계와 육상의 세계가 교직된 구성이 돋보였다.

「고래 엄마」는 한국 여인, 특히 어머니의 신산한 삶의 모습이 잘 드러나 있다. 아픔 위에 피어나는 사랑의 꽃을 보는 듯했다. 「팔마나무」는 인생을 장중하고 심각하게 들여다보면서 시적 상념을 전개시킨 작품이다. 인류의 영원한 철학적 화두인 삶과 죽음의 문제를 차분하고 안정된 포즈로 바라보고 있는 지은이의 역량이 느껴지는 작품이다.

그러나 이상의 세 작품은 언어 미학적 장치가 다소 미흡하다는 느낌을 떨칠 수 없었다.

대체로 우수한 작품들이 본선에 올라와 우열을 가리기가 매우 힘들었으나 대상으로 뽑힌 작품은 우리 민속에서의 달과 여성과 생리를 우주적 신비까지 연결시켜 호평을 얻었다.

시 부문에 응모된 1만 8백여 편의 작품을 보면서 우리 문학의 저변이 아직도 건강하게 유지되고 있음을 확인했다. 매우 고무적인 일이다. 우리 심사위원들은 심사를 하면서 문학에 대한 긍지와 위로를 느꼈다. 대상 수상 시인에게 축하를 보내며 앞으로의 정진을 기대한다.

# 소설 부문 심사평

심사위원 김지연, 오정희

    본심에 올라온 21편의 소설들 편편이 실제 생활에서 건져 올린 현실감과 진솔함이 들어 있어 읽으면서 숙연해지기도 하고 살아간다는 일의 아이러니, 페이소스에 쓸쓸한 미소를 짓기도 하였다. 각기 다양한 삶의 이야기들을 형상화하였으나 여성의 자리에서, 여성의 시각으로 바라본 혹은 겪어내는 가족 친족 사이의 문제나 세상 풍경을 그려낸 소설이 많았다. 여성들이 응모하는 상으로서 예년에 비해 응모자들의 연령층이 낮아진 점도 문학 향유의 저변확대를 의미하는 듯하여 반가웠다.

    금상을 수상한 「손」은 요리전문가로 TV방송에 출연하는 여성의, 손에 대한 이야기이다. 오직 생존을 위해 맨손으로 자갈밭을 일구느라 '특별한 형태'를 갖게 된 손이 매체의 상술과 부박한 세태에 의해 어떻게 미화되고 추락하는가를 보여주는 소설로서 가독성과 현장감이 뛰어나다. 이 세태에 길들여지고 순응하는 주인공의 모습을 자연스럽게 서술하면서 비판과 역설의 기능을 충실히 수행하고 있다.

    요양병원 간호조무사의 일상을 소재로 한 「밤의 묘지」는 고령화에 이른 한국사회의 단면을 선명하게 보여주는 한 장의 풍속화라 할 수 있겠다. 고아 출신으로, 홀어미로 자식을 기르면서 살아야 하는 고달픔과 불안이, 살아남기 위해 가장 수치스럽고 저열한 방식을 수락하며 세상과 타협한다는 작가의 서술이 쓰라린 여운을 남긴다. 죽어가는 노인의 '싸녀'라는 무력한 욕설이 세상을 향해, 우리 모두를 향해 날리는 강펀치처럼 통쾌하고 후련하기도 하다.

「어떤 이별」은 드물게 순정하고 '사람 냄새'나는 소설이다. 우리가 이미 잊고 잃어버린 단순하고 선한 본성을 양순 할매라는 노인을 통해 보여주면서 인간 사이의 끈끈한 정이나 애틋함을 서술하고 있다.

「기린 보는 밤」은 동물원이라는 공간과 동물사육사의 시선을 통해 살아가는 일, 소멸해가는 것들에 대한 쓸쓸함을 문학적으로 형상화하고 있다. 죽음을 앞둔 노모와 그 죽음, 노인병원이라는 공간을 거의 버려지다시피 한 동물원과 역시 노쇠하여 미구에 죽음을 맞을 기린과 겹쳐놓으며 따뜻한 슬픔의 세계를 보여준다. 군더더기 없이 단정한 문장과 절제된 감정의 서술이 돋보인다.

「전쟁 같은 사랑」은 가정 있는 남자를 사랑하여 그 남자의 아이를 낳고 평생 그 사랑을 지키며 그늘에서 살아가는 엄마의 인생을 딸의 시각에서 보여주면서 '사랑의 본질과 속성은 무엇인가'를 묻는 소설이다. 비록 오래도록 헤어져 살다가 인생의 끝에 이르러 죽음의 길까지 동행한다는 순애보가 청승스럽거나 감상에 빠지지 않고 일정한 격을 잃지 않은 점에 호감이 갔다. 그러나 절대적 사랑을 추구하던 화자가 남편에 대한 오해로 자살해버린다는 결말 부분이 사족이라는 안타까움이 들었다.

「꼬리 달린 여자」는 응모작 중에서 단연 특이하다. 하룻밤 사이에 많은 여자들의 엉덩이에서 꼬리가 생겨나고, 처음에는 수치심과 절망감으로 자취를 감추거나 온갖 방법으로 꼬리 감추기에 급급하다가 빠른 시일 내에 꼬리 감추기–꼬리 자르기–꼬리 성형–꼬리 패션–꼬리 문화로 발전, 급속도로 대중들의 삶을 지배하게 되는 수순이 성찰 없이 요동치는 사회현상의 패러디 같기도 하다. 꼬리가 생겨난 원인이 다이어트약 복용이라는 것도 현 세태를 보여주는 재치 있는 발상이다.

심사에 임하면서 선정기준을 내용의 진솔함과 진정성, 그리고 문장력과 한 편의 소설을 만드는 구성력에 두었다. 입상권 안에 든 작품들은 대체로 이 요건들을 갖추었고 삶의 결을 깊고 섬세하게 바라보는 시선, 이 혼란한 세상에서의 자기 정체성의 탐색, 감추어진 내면의 무늬 등의 문학적 형상화에 성공하고 있다.

수상을 축하드리며 앞으로도 계속, 더욱더 읽고 쓰는 일에 힘써주시기를 부탁드린다.

# 수필 부문 심사평

심사위원 유혜자, 지연희

문학 지망생들이 등단할 만한 매체 중에서 제일 선망하는 곳이 삶의 향기 동서문학상일 것이다. 많은 응모작 중 기초심과 예심을 거쳐서 본심으로 넘어온 21편으로 해당 상에 맞는 작품의 우위를 가렸다.

수필은 소재를 보고 느낀 감정과 생각이 심미적인 가치와 철학적인 의미를 달고 형상화되어야 한다. 그리고 주제가 은은하게 함축되어 있어야한다.

응모작은 대부분 신변잡기이지만 성찰과 발견, 삶의 지혜를 의미화 시킨 작품들도 많았다. 문단의 구성과 내용의 효과적인 전개, 치밀한 묘사, 간결하고 여운 있는 문장의 글들도 많아 응모를 위하여 오랫동안 내공을 쌓은 것으로 여겨진다.

금상의 「단아한 슬픔」(김진순)은 교통사고로 사망한 아들에 대한 슬픔으로 삶을 영위해야 하는 어머니의 아픔이다. 그러나 이 수필의 가치는 감내하기 어려운 슬픔을 견디어 '단아한' 삶의 의미로 펼쳐내고 있는 극복 의지이다. 암이라는 중병의 작가가 이처럼 초연하게 맞이하는 생과 사의 의미가 아름답게 전개되고 있다.

미세한 차이로 은상으로 결정된 「아침밥」(정옥경)은 가세가 어려워 생활 전선에 뛰어든 주부가 함께 아침 식사를 못 해본 것을 아쉬워한다. 나이 들어 자녀를 성장시키고 자신의 제2 인생 '일러스트' 공부를 하다, 이제 매일이 생일 밥상 같은 아침밥을 대하며 화목하다. 질곡한 정서로 승리와 성취의 기쁨을 준다.

또 하나의 은상 「글자를 품은 나무」(이정화)는 우선 소재의 선택이 일반 여성의 경우와 차별화되어 관심을 모았다. 해인사 팔만대장경을 다뤄 작품의 완성도나 문학성, 주제를 형상화하는 솜씨도 뛰어났으나 관념적이어서 순위가 밀렸다.

동상의 「연꽃 소묘」(이광순)는 단아한 작품인데 덜 세련된 표현이 반복된 부분이 있었고, 동상 「항아리」(박순자)는 어머니의 노고를 잘 담아냈다. 동상 「섬」(박영희)은 비유와 표현이 뛰어난 작품이다.

다른 입상 작품도 수준이 높은 편이어서 수필 문학의 발전 가능성을 엿볼 수 있어 좋았다.

# 아동문학 부문 심사평

심사위원 신현득, 하청호

## [동시] 동심과 시심으로 교직된 개성적인 작품

동심과 시심은 인간의 본자리 마음이다. 이 동심과 시심이 유기적으로 교직되면 동시가 된다. 동심과 시심은 동시를 빚어내는 양대 축이다. 이 것은 어느 쪽으로도 치우치지 않고 균형감각을 가질 때 좋은 동시를 얻을 수 있다. 그런데 이 균형 감각이란 것이 참 어렵다. 작자의 시적 의도에 따라 시심에 더 무게가 실릴 수도 있고, 동심에 무게가 더 실릴 수도 있다. 시심에 무게가 실리면 어린이에게 이해의 측면에서 문제가 있고, 동심에 지나치게 마음을 두면 시가 아닌 말놀이에 가깝고 문학성이 약화될 수 있다. 그러니까 동시는 「이카로스」라는 신화 속의 새처럼 태양의 중간지점을 영원히 날아야 할지도 모른다.

예심을 거쳐 본심에 오른 작품은 10편이었다. 모두 개성적이었으며, 위에서 말한 동시의 기본이 갖추어진 작품이었다. 그렇다면 또 다른 심사의 잣대는 아동문학의 특질인 사랑과 감동, 그리고 얼마나 어린이들의 인성에 도움이 되느냐 하는 것이다. 먼저 추수진 씨의 「별 친구」, 김솔립 씨의 「볼품없는 나무」, 박유정 씨의 「숟가락과 입」이 상위 작품으로 거론되었다.

「별 친구」는 새로운 소재가 아니라 작품의 신선도는 떨어졌으나, 전체를 관통하는 사랑이 있었다. 그리고 순정한 동심과 명징한 표현의 완성도 높은 작품이었다. 「볼품없는 나무」는 시의 짜임에서 연을 나누지 않고, 행이 길어 어린이에게 부담이 되는 형식이었다. 그러나 소재와 내용이 자연 친화적이고, 표현 또한 입말을 활용하여 생동감을 불어넣었다.

「숟가락과 입」은 발상이 독특하고, 삶의 현장감을 살린 작품이었다. 그러나 표현과 비유에 무리가 있었다. 이상 세 작품은 모두 장단점이 있었으나, 내재된 사랑의 마음과 완성도 높은 「별 친구」를 은상으로 선정하고 나머지 2편은 동상으로 결정하였다.

가작으로 선정된 박선자 씨의 「앉은뱅이 저울」은 좋은 발상이나, 저울에 물건을 올려놓는 행위를 빗대어 사랑을 품에 담고, 또 내어준다고 한 것은 무리였다. 이정희 씨의 「민들레에게」, 방하은 씨의 「나무와 나」는 동심에 매우 충실한 작품이다. 그러나 많이 다룬 소재이기 때문에 감동이 약하다. 시는 사물에 대한 새로운 발견으로 감동을 주어야 한다.

그 외 입선을 한 강명자 씨의 「가을마당」은 감각적인 표현이 돋보였으며, 길정남 씨의 「세탁기사우르스」는 발상이 독특하였다. 윤승미 씨의 「그맛 그대로」는 시적 리듬을 잘 살렸으며, 김효은 씨의 「티셔츠 목」은 의인화의 기법을 재미있게 활용하였다. 이러한 장점에도 불구하고 높이 평가받지 못한 것은 소재에 대한 깊은 천착과 진정성이 결여된 가벼운 접근이라는 것이다.

끝으로 동시는 쉬운 표현 속에 사물을 보는 혜안과 놀람, 그리고 사랑이 배어있어야 한다는 것을 기억해주면 좋겠다. 수상자에 축하를 보내며 앞으로 더욱 노력하여 좋은 작품으로 만나기를 기대한다.

### [동화] 주제가 뚜렷하고 개성이 있는 작품들

동화 부문에서 최종심에 오른 작품은 대체로 주제가 뚜렷하고, 개성이 있는 작품들이었으며, 아동문학의 요소인 사랑과 감동을 갖추고 있다. 그러나 판타지 동화보다는 아동소설 류가 많았다.

금상 수상작 「"마이 네임 이즈 상우 킴"」(김원선)은 초등학교 4학년 어린이가 대학교수인 아빠를 따라 미국 뉴욕에 가서 살면서 그곳 학교에 입학했으나 영어를 몰라 어려움을 겪는 내용이다. 그러면서 화자 어린이는 한국에 있을 때 한국말을 잘 몰라 놀림감이 되던 베트남 출생의 반 동무 복남이의 입장을 동정한다. 우리나라에도 다문화가정이 많아지면서 사회문제가 되고 있는 현실에서 경각심을 일깨우는 점이 좋았다.

은상인 「용기 충전소」(박연미)는 기발한 구상이다. 용기를 충전할 수 있는 기계는 동화의 세계에서만 있을 수 있다. 용기가 없어서 학습 발표에 얼굴이 화끈거리고, 얼어버리는 캐릭터가 용기 충전기에서 용기를 충전한 다음 〈환경 말하기대회〉에까지 진출했다는 스토리다. 동화다운 동화라 할 수 있다.

동상의 「잿빛 강아지」(신수나)는 동화에서 많이 다루는 강아지 소재이지만 문장이 경쾌하고 표현이 정확하다. 전봇대와 잿빛 강아지와의 사랑 이야기가 중심이다. 주인 초롱이를 찾고 있는 잿빛 강아지와 잿빛 강아지를 찾으려고 전단지를 붙이고 다니는 초롱이의 만남이 있을 직전에 이야기가 끝난다. 독자를 유쾌하게 하는 작품이다.

여기에 곁들여 이야기하고 싶은 작품이 「엄마의 선물」(정지우)이다. 아빠 없는 현서네 집에서 어머니가 수염을 달고, 학교에서 차린 〈멋진 아버지 선발대회〉에 나가서 1등을 하는 내용. 극적인 구성이 좋으나, 앞부분에 이유를 밝히지 않은 아버지의 별거가 감점의 요소가 되었다.

그 밖의 수 편도 모두 노력을 기울인 동화작품이었다.

동화의 문체는 평어체(해라체)와 경어체로 크게 나누어지며, 경어체는 다시 했습니다체와 해요체로 나누어지는데, 작품의 성격과 학년성에 맞추어 문체를 택해야 할 것이다. 이 점에서 고개를 기웃거리게 하는 작품이 있었다는 것을 부언해 둔다.

인칭에 대해서도 작품의 성격과 학년성을 고려해서 효과가 있는 쪽으로 1인칭의 문장, 3인칭의 문장을 정해야 할 것이다.

삶의 향기가
문학이 됩니다

# 시 부문 수상작

| | | |
|---|---|---|
| [대상] | 달을 건너는 성전 | 추영희 |
| [은상] | 우화를 기다리며 | 김혜준 |
| [은상] | 벽화가 있는 마을 | 김승희 |
| [동상] | 이사 | 최은영 |
| [동상] | 고래엄마 | 최소혜 |
| [동상] | 팔마나무 | 한승희 |

# 달을 건너는 성전

추영희


　오랜 여정이었다. 이십대의 가파른 언덕에서부터 먼 길 어렵게 돌아왔다. 아직도 다 이르지 못한 길이다.

　어느 때부터 시를 쓰는 일이 천형이 되어버렸다. 철저히 혼자가 되어야 했다. 시를 쓰지 않았다면 몰랐을 절망들이었다. 시를 몰랐다면 가끔은 조금 더 행복했을지도 모른다. 안정된 직장, 어느 정도의 경제적 안락함에 안주하여 이만하면 괜찮다고 여겼을 것이다.

　시가 하나의 우상이 되어버릴까 두려웠다. 시라는 곁길로 너무 빠져 내 삶의 족쇄가 되어 길을 잃을 것 같았다. 봄날의 환한 복사꽃 그늘에 취하여 집으로 가는 길을 놓치듯 함부로 붙들려 저지르는 시에 발이 걸려 아무래도 천국 길을 놓칠 것 같았다.

　세상의 시들은 신생의 옷을 입고 펄떡거리고 있었고 나는 난산하는 시의 배를 움켜쥐고 나이 들고 있었다. 두려운 건 생물학적 나이가 아니었다. 시가 늙어질까 두려웠다. 쉬이 분만되지 않는 시를 움켜쥐고 울었다.

너무 오랫동안 뱃속에 품고 품어 태어나기도 전에 이미 늙어버린 나의 핏덩이, 가련한 나의 시에게 홀쭉해진 젖을 오래오래 물리고 있다.

자글자글한 자장가를 들으며 내 품에서 나를 견뎌준 내 어린 시들아 고맙다. 그리고 미안하다. 나는 또 여전히 너를 안고 응달과 구석진 골목과 변방의 시린 길을 걸으며 칭얼거리는 너를 달래야 할 것이다.

한 발 낮추어 좀 더 낮은 계단을 디디려고 했다면 이토록 오래 절뚝거리지 않았을 것이다. 그러나 가로질러 다다르지 못한 것이 결코 헛것만은 아니었다. 천천히 걸음으로 하여 더 많이 살필 수 있었다.

먼 길 지치고 찢긴 발을 올려놓을 융단 멍석을 깔아주신 동서식품과 삶의향기 동서문학상 운영위원회에 가슴 저리도록 감사드립니다. 이 멍석 위에 못난 발을 올려주신 심사위원분들께 큰 은혜를 입었습니다. 빚진 마음으로 시를 쓰겠습니다.

# 달을 건너는 성전

추영희


으슬으슬 한기로 이끄는 몸속의 길을 따라 마법에 걸린다고 한다.
말똥구리, 새의 깃털, 원숭이오줌 따위를 섞어 연기를 피우는 고대의 동굴
붉은 피로 주문을 걸어 달의 절기를 짚는다.
순결과 젊음이 수난인 고대의 나이, 사육제의 적기다.


처녀의 피가 차지 않으면 달이 차지 않을 거라 믿었다.
달이 해를 보내지 않을 거란 두려움에 싸늘한 달의 기운으로 떨었다.
늑대의 울음이 가까운 밤의 제단
달의 기운으로 해를 부르던 종족들
처녀의 긴 머리카락, 장수의 머리통을 바치며 샤먼의 달을 지난다.
다시 해가 떠오르지 않을까 두려운 왕들의 달력은
붉은 기운을 중심으로 날을 짚는다.


두려운 눈으로 꿇어앉은 어린 딸들아 어미의 아픈 피들아
처녀성을 빨리 잃고 싶은 초경을 알현한다.

이단의 희생을 제단에 올리던 때마다 순결한 달이 흘러내렸다.
사각의 우주가 모서리를 지우고 둥글게 돌고 돌아
숭배하지 않은 태양이 제 발로 고대를 빠져나오기까지
매의 발톱과 몰약과 코뿔소의 뿔 같은 것들 어렵게 구해지고
마법사의 지팡이가 뱀으로 변하는 주술을 견뎠다지.

저주를 풀듯 무사히 달 하나를 건너고 보름달이 차기 전
가장 신성한 첨탑에 깃발처럼 달이 걸릴 것이다.
개기일식을 두려워하던 달의 달력을 덮으며
밝은 해의 달력이 천기를 다 누설해버렸으니 태양력의 날을 세며
성역처럼 달을 지나는 몸
두터워진 자궁벽을 찢으며
고대의 달 아래 흘렀을 무고한 초경을 조문하듯 으슬으슬
한기로 하혈하는 달이 바야흐로
스스로의 성전이 되어 떠있다.
곧 달이요 궁전인 딸들아 어미의 아픈 피들아

# 우화를 기다리며

김혜준

언덕을 오르면서 시 쓰는 법을 배웠습니다. 벚나무의 분홍이 피었다 지는 동안 저는 참 많은 문장을 쓰고 고쳤습니다. 완성되지 못한 시를 붙잡고 운 것도 여러 날인데, 수상소식을 듣고 나니 비로소 한 편이 되었다는 생각이 듭니다.

감사한 분들이 많습니다. 먼저, 부족한 작품을 읽고 뽑아주신 심사위원분들께 감사드립니다. 더 열심히 하라는 의미로 주신 상이라 생각합니다. 제가 시를 쓸 수 있도록 이끌어주신 김유미 선생님과 시 A파트 친구들에게도 감사 인사를 전합니다. 그리고 사랑하는 엄마 아빠, 제 시가 되어 주셔서 감사합니다. 응원해 주시는 분들이 있어 저는 오늘도 백지 앞에 앉아 밤을 지새울 힘을 얻습니다.

시를 쓰는 건 여전히 어려운 일입니다. 이번 수상을 계기로, 더 노력하는 사람이 되겠습니다.

# 우화를 기다리며

김혜준


죽은 뒤에야 비로소 집이 되는 것들이 있다


한밭수목원 죽은 갈참나무의 몸
밤이면
산탄총 자국처럼 뚫린 구멍으로
우화하는 애벌레들의 눈먼 빛이 새어 나온다


푸른 잎을 피우던 힘으로 애벌레들의 잠을 품는 나무
꽃가루를 날려 보내던 힘으로
어린 사슴벌레의 날개를 빚으며
속이 텅텅 비어가는 기쁨에 죽은 가지를 흔들어본다


눈도 없는 어린 것들은 어떻게
말라비틀어진 몸
아늑한 우화의 집을 찾아들었을까
가까이 들여다보니
구멍들은 모두 안에서 밖으로 나 있는 모양
오래 한 자리에서 하늘을 그리던 갈참나무의 에돌이가
어둔 마음속에 여러 겹 날개를 슬었던 것이다

물길을 열던 뿌리가 말라붙고 나서야
오래 별들을 마주 봐 눈먼 나무의 혼이
껍질을 깨고 기어 나왔을 것이다
그렇게 첫걸음을 떼었을 것이다
소멸은 오래전부터 우주가 반복해 온 진화이니
나무는 썩어 무너지면서 한 걸음을 옮긴다

우화를 마친 사슴벌레가 구멍 밖으로 뿔을 내민다
새 가지에 집을 내어준 갈참나무
가장 아름다운 피안을 보여준다

# 벽화가 있는 마을

김승희

　오랜 해외 생활로 피로감이 겹쳐가는 이때 뜻밖에 날아든 기쁜 소식은 가뭄에 해갈하듯 마음에 단비를 나립니다. 이 나라에서 저 나라로 전혀 다른 문화권을 떠돌며 내가 안주해야 할 곳이 어느 곳인지 알 수 없어 서성일 때 그래도 떠나지 않고 내 곁에 머물러주었던 오랜 서랍 속의 시는 어쩌면 지금의 내 모습과 가장 닮아 있지 않을까 합니다. 나이가 들었지만, 아직도 불안정하고 어딘가 많이 빈 듯한 그래서 방향을 잡지 못하고 서성이는……. 겸허한 마음으로 받아 안겠습니다. 버릴 수 없는 자신의 모습이니, 그리고 더욱 노력하겠습니다.

　허점이 많은 작품을 뽑아주신 심사위원님들께 감사드립니다. 저에게 시의 따뜻함을 알려주신 이동순 교수님과 시가 가야할 방향을 알려주신 맹문재 선생님께도 깊은 감사의 말씀 드립니다.

# 벽화가 있는 마을
— 수암골

김승희


잇댄 지붕 위로 자꾸만 계단이 생겨났죠
사춘기 아이들은 자전거를 타고
하늘로 날아가 버렸죠
어쩌면 천국과 가장 가까운 동네
육두문자로 쌓아올린 담장엔 어느덧
사철 지지 않는 향기 없는 꽃이 피어나고
도시로 내려가지 못한 사람들의 꿈처럼
벽화 속 나비들만 나풀거렸죠
예각을 이루며 지붕과 맞닿은 창문
쪽방에서 팥소를 만들던 칠봉이도
마을을 떠난 지 오래죠
경계를 넘지 못한 별빛이 가물대는 담장
지울수록 뚜렷해지는 선을 구부려
사람들은 발톱 없는 사자를 그려 넣었죠
먼지 털이 갈기와 꽃잎으로 치장한 늙은 사자가
홀로 남은 미혼모를 지키고 서있는 동네

압화처럼 전봇대에 붙어있던 아이는
저녁 어스름 둘둘 말아 공차기하죠
골목이 떠난 사람들 그림자로 시끄러울 때
파란 벽 뚫고나온 암탉은 병아리 떼 데리고
그늘 짙은 울타리 속으로 숨어들죠
잠들지 못한 달이 제 눈썹 깎아
팥빵 둥글게 부풀리는 이곳
산 25-2 번지

# 이사

최은영

저녁 별 하나가 반짝 고개를 내밀 즈음에 소식을 들었다. 쑥스럽고 감사하다.

시를 좋아하고 늘 곁에 두고 싶지만 여전히 시를 쓰는 것이 두렵다. 지나치게 생각이 많고 흩날리는 감정들을 잘 다루지 못하는 탓에 처음의 마음을 순식간에 잃어버리기도 하고, 금방 싫증이라도 나는 날엔 입을 꾹 다물고 다른 말을 내 것인 양 흉내 내어 읊조릴 때도 있었다. 이렇듯 나는 서툴고 자주 엎어지기만 해서 종일 헤매고 서성이던 때가 참 많았는데, 쓰면 쓸수록, 다가가면 다가갈수록 저 멀리 달아나는 시에게 하염없이 손을 뻗었던 지난날들이 결국은 시를 쓰는 과정이었다는 걸 이제야 알겠다.

한 편의 시를 읽으면 하나의 영원한 세계를 보는 것 같아 가슴이 뭉클하다. 온 마음을 다해 온몸으로 쓴 시는 특히 더 그렇다. 좋은 시는 변함없이 그곳에 머물다가 내 모습이 바뀔 때마다 찾아와 딱 맞는 위로, 둘도 없는 작은 세계가 되어 준다. 나는 나의 시가 누군가에게 그런 존재가 되었으면 좋겠다. 빛나는 시 하나가 나에게 위로와 소망을 주었듯, 홀로 두려움에 떨며 외롭고 고된 시간들을 견뎌 내고 있을 사람들에게 연약하지만 따뜻하고 정직한 이야기를 들려주고 싶다. 그리고 그런 시를 쓰기 위해 계속 노력하는 사람이 되고 싶다.

외롭고 쓸쓸한 길을 걷고 있을 때 손을 잡아 주신 심사위원님들께 다시 한 번 감사의 말씀을 드린다. 세상과 등지지 않고 끊임없이 세상과의 간격을 살뜰히 살피면서 좋은 시를 쓰는 사람이 되겠다.

# 이사
— 물속의 방

최은영


새 거울을 벽에 걸자 반 평
연못이 생겼다 캄캄하게 엎질러진 물의 낯을
교 1동 번지 없는 창이 쏘아본다
황망히 붉은 눈


무너진 방죽의 편린이다
경쾌하게 파헤쳐진 생활의 내력
사실이란, 사실 속된 거라고


맥없이 천장은, 이끼 가죽을 뒤집어쓴 짐승마냥 웅크렸고 아래턱은 최
대한 접었다 질긴 노독을 풀듯
잠잠하게


저 초록의 난장에는 불면증 소금쟁이가 산다 수굿이 구부린 등허리와
젖은 보료와 얇은 잠과
승강기처럼 오르내리는 보안 기포들

나는 내 손금이 손톱까지 자라는 이유가 궁금하다, 언제부턴가
바람은 나와 무관한 곳에서 불어와
빗금 많은 세간들을 와르르 쏟아부으며
당신은 사실적이지 않다고
도무지 자연스럽지 않다고 말했다

떨리는 손바닥을 높이 쳐들고
저 실상의 경계를 향해
단단한 포석을 쥐고 던지면
아령칙하게 시작되는 물 그림
곡선의 틈

새붉은 노을이 병에 꽂혀 있다

# 고래엄마

최소혜

　감사합니다. 머릿속에 떠도는 글자들을 도망치지 못하도록 노트에 적어놓는 일은 언제나 재미있습니다. 재료들이 준비되면 뜨개질을 하는 무료한 노파처럼 글자와 생각과 감정들을 엮기 시작합니다. 그 과정에서 예상치 못한 글이 태어나기도 합니다. 태어난 글은 제 손이 낳았다기보다는 홀로 자발적인 의지를 갖고 태어난 것만 같습니다. 이 시가 그런 시입니다.

　적막에 가까운 고요함에 몸부림치던 어느 날에 대학노트를 폈습니다. 시가 무엇이고 어떻게 쓰는지 몰랐습니다. 그럴듯한 어려운 말을 늘어놓고 이것이 시라는 도취감에 빠져있던 지난날을 돌아보았습니다. 자신에 대한 혐오와 염증으로 뒤범벅된 그 날은 진짜 이야기를 쓰고 싶었습니다. 수사학을 공책에 쓰듯 계산된 단어들이 아니라 마음에 있는 이야기를 쓰고 싶었습니다.

　엄마는 제게 고래였습니다. 저는 그 등에서 바다 안에 잠겨 있는 엄마를 보아야 했고, 건져줄 힘이 없었습니다. 누렇게 익은 인생에 함께 눈물을 흘려주는 것밖에는 할 수 없었습니다. 다만 이러한 글자 몇 줄로, 작은 위로가 되었기를 바라며 글자를 끼적였습니다. 수많은 고래엄마들, 그리고 곧 누군가의 엄마가 될 나에게도 이 시를 바칩니다. 글을 쓸 수 있도록 도와주신 아버지에게도 감사드립니다. 그리고 모든 것을 생각나게 해주신 하나님께 영광을 돌려드립니다.

# 고래엄마

최소혜


엄마의 등을 밀다가
누런 고름을 보았다
크기가 꽤 커,
고름까지 밀어버린다면
큰 구멍이 뚫릴 것 같았다

고래 위에서 일생을 살았던 엄마는
인간처럼 숨 쉬는 법을 잊었다
고래가 바다로 내려가면 그녀는
폐에 짠 물을 가득 채워야 했다
물 속에서 불어버린 그녀의 젖가슴은
덜렁이며 울고 있었다

그녀는 매일 바다에서 눈을 떴으므로
사람들이 지려놓은 눈물을 보아야 했다
그녀는 매일 바다에서 말을 했기에
입 속에 짠 눈물을 가득 머금고
뱉어낼 길 없이 삼키곤 했다

고래는 갑자기 가슴이 먹먹해
바다 밖으로 뛰어오른다
눈물 없는 찰나의 순간에도
그녀는 계속 떨어지고 있다
고래의 등에서 바다로

고래 위에서 나를 키웠던 엄마는
더 깊고 차가운 곳으로
자꾸만 내려간다
코로 숨을 쉬는 법을 잊어버린 그녀는
등 위에서 누렇게 익은
인생을 터뜨린다

나의 등에서 눈물줄기가 솟아오른다

# 팔마나무

### 한승희

　최근에 사막을 걷고 싶다는 생각이 종종 들었습니다. 의지할 데라곤 오로지 나 자신과 자연 둘뿐인 공간, 그곳에서 마주하게 될 것들에 대해 상상을 하며 잠이 들곤 했습니다. 저의 그늘마저 모래 속으로 타들어가 버릴 수도 있겠죠. 시를 만난 것에 대해 감사함을 느낍니다. 시는 제가 아직 자연이었을 때…… 나무이고 흙이었을 때, 알 수 없지만 먹먹하게 그리운 그때로 돌아가는 것을 허락합니다. 제가 계속 꿈꿀 수 있게 새로운 물감과 종이를 주셔서 감사합니다.

# 팔마나무

한승희


쿠바의 공동묘지는 세계에서 가장 크다고 한다
비석이 없었다 대신 꽃나무들이 심어져 있었다

나는 공동묘지에 와서 산달이 가까워지는 꽃나무 곁에 서 있다
침묵 속에서 붉은 탯줄이 흐른다
무덤은 지나치게 고요하지만 그 안엔 자궁이 숨쉰다

봉긋한 그늘 밑에서 심장이 뛰는 소리를 듣는다
땅속을 툭툭 치며 발길질하는 소리를 받아 적는다

그때 꽃의 울음소리는 어딘가 친근해 보였다
죽음은 꽃이란 탯줄을 다시 잘랐다가
씨앗으로 소생되는 것이 아닐까
흙의 뼈가 땅에서 솟는 것도 이런 까닭일까

봄의 소관은 땅 위의 세상이나 무덤 속까지
붉게 수놓았을 꽃들을 풀어놓은 것이 아닐까

꽃의 그늘들이 저승사자를 부른다
이승과 저승을 삐뚤빼뚤 기어 다니는 벌레들도 있다

누군가의 해골은 다시 나무뿌리로 몸을 바꾸기 시작했다
달빛도 어둠을 수유하는 밤
나는 비석처럼 서서
땅속에서 출산을 하는 팔마나무가 되고 싶었다

* 팔마 바리고나. 쿠바의 세 가지 상징 중 하나인 대왕 야자나무

삶의 향기가
문학이 됩니다

# 소설 부문 수상작

# 손

임정은

    소설을 쓰다 보면 가끔 그런 생각이 듭니다. 내가 과연 타인의 삶을 얼마나 잘 이해하고 있을까. 그들의 심리와 행동은 제대로 표현하고 있는 걸까. 소설이 허구라 해도 사람 사는 것은 그 안이나 밖이나 마찬가지라 어디 먼 곳의 이야기를 할 수는 없는 노릇이니 샛길로 새지 않으려면 부단한 노력이 필요하더군요. 혹여 부자연스럽다거나 전혀 예상치 못한 곳으로 가고 있는데 스스로 깨닫지 못하고 있는 건 아닌지 고민도 많이 됩니다.

    읽고 상상하는 것이 좋아 자연히 쓰는 길로 들어섰지만 쓰는 것은 차원이 다른 문제라는 것을 시간이 지날수록 절실히 느끼고 있습니다. 열성적으로 썼던 글이 영 형편없이 느껴지는 날들이 많습니다. 전부 지워내면서 내가 무얼 하고 있나 자괴감에 빠지기도 합니다. 불안한 날들이 이어지면 재주가 부족한 줄 모르고 미련으로 글을 잡고 있는 건 아닌가 회의가 들기도 했습니다.

    수상소식을 받고 기쁘다는 감정과 더불어 어쩐지 부끄러운 기분이 든 이유이기도 할 겁니다. 제가 아직 배울 것이 많다는 것을 압니다. 부족한 글을 어여삐 보아주신 심사의원분들께 감사의 인사를 드립니다. 사람들의 이야기를 더 많이 듣겠습니다.

언제나 등대 같은 가족들에게도 감사의 말을 전합니다. 늘 감사합니다.

# 손

임정은

— 1 —

한명자의 손이라고 하면, 그녀의 직업적 유명세보다 더 유명했다. 그녀의 손가락은 관절마다 기이한 기형을 가지고 있었다. 엄지의 손톱 근처는 살모사의 머리 모양처럼 뭉툭했고, 다른 손가락 마디들에는 오래된 뿌리에 얼기설기 매달린 알토란처럼 혹이 있었다.

"잠깐 끊어서 갈게요, 선생님."

굳은살 박인 울퉁불퉁한 손이 도마 위에서 분주히 움직이다가 멈추었다. 새하얀 행주로 천천히 손을 닦은 한명자가 뒤로 물러나 테이블에 기대었다. 두 손이 자연히 앞으로 모아졌다. 작은 한숨이 내뱉어진다.

스태프들이 다가왔다. 어쩐지 열없어 보이는 한명자를 조심스럽게 불러보았는데 돌아오는 대답이 없었다. 이상한 일이었다. 한명자는 본래 스태프들이 매무새를 만져주려고 하면 연신 어색해 하고 미안해했다. 스태프들이 긴장 풀어도 된다고 몇 번이나 말했지만, 코앞에서 화장하다 보면 멋쩍어 하는 것이 전부 느껴질 정도였다. 그런 한명자가 지금 사람 오는 줄도 모르고 넋을 놓고 있으니 걱정이 안 들 수가 없었다. 스태프가 다시 한 번 부르자 한명자가 뒤늦게 퍼뜩 정신을 차렸다. 자식뻘 되는 스태프의 우려 섞인 시선을 보고 있으니 괜히 민망해 변명 아닌 변명을 늘어놓았다.

그때, 옆에서 큰 웃음소리가 들렸다. 말이 멈추고 시선이 자연히 그쪽으로 향했다. 시선의 중심에 한 여자가 있었다. 성연희였다. 그곳을 바라본 한명자의 눈이 어두워졌다. 고개를 숙이니 자신의 못생긴 손이 보였다. 맞잡은 두 손을 물끄러미 보다가 종내 눈을 감았다. 켜켜이 쌓였던 자신감이 나락으로 떨어지고 있었다.


방송은 한명자에게 새로운 삶을 가져다주었다. 부끄러운 삶을 산 적은 없지만 고된 노동이 만들어낸 손을 자랑스럽게 내놓을 정도로 당당할 것도 없었다. 그저 먹고 살다 보니 나이가 들었고, 나이가 들다 보니 외면적인 것에 관심을 두는 것이 주책처럼 느껴졌다. 게다가 장 담그는 나이든 여자는 암묵적으로 단출하고 소박한 우리네 어머니와 같은 모습을 요구당했다. 미디어가 꼭 한복을 입고 장 담그는 것을 찍고 싶어 하는 것처럼 그런 관념적인 것들이 존재했다. 그런 분위기 속에서 못생긴 손은 어찌할 도리 없이 평생 가지고 가야 할 숙명처럼 느껴졌다.

"남편이랑 둘이 일하는데, 땅이 만 평(약 33,057㎡)이 넘었어요. 돌투성이 땅이었죠. 사람 하나라도 덜 쓰려면 부지런히 일해야 했어요. 자식들 가르치는 건 둘째 치고 어떻게든 자식들 배고프지 않게 하려고 했어요. 그것만 생각하고 죽도록 일했어요. 그 땅만 개간하면 금방 먹고 사는 게 나아질 줄 알았거든요. 근데 땅이 척박해서 뭘 심어도 잘 안 나는 거예요. 밑 빠진 독에 물 붓는 것 같았어요. 그러니 품값 주고 사람 쓸 엄두나 낼 수 있었겠어요. 둘이서만 일하려고 했어요. 껌껌해서 나와서 밤에 별 보면서 들어가고 그랬어요."

모두가 가난했던 시절 맏며느리로 시집와 손이 무르는 줄 모르고 농사 짓고, 시댁 살림 도맡아 철마다 때마다 음식 해내던 것은 그래 어느 집에나 있을 법한 흔한 레퍼토리였다. 다만 열악한 진흙탕에 연꽃이라도 피어야 사람이 눈길을 주듯이 강렬한 이미지로 확연히 보이는 삶의 노고가 많은 것을 되돌아보게 하였다. 긴 세월 동안 인정받지 못했던 고된 노동과 모정이란 이름 아래 당연히 치러졌던 희생도 마찬가지였다. 옹이 박혀 버석 말라버린 그 손이 사람들에게 죄책감을 가지게 하고 만 것이었다.

"내 인생은 없죠. 어디가 내 인생이 있겠어요. 지금 젊은 사람들이 사는 것을 보면, 저는 평생을 그렇게 살아보지 못해서 부러워요."

요리 도중에 담담하게 늘어놓는 이야기는 무수한 공감과 열렬한 지지를 얻었다. 한명자의 손이 자신도 모르는 새 한 시절을 떠올리게 하는 힘을 가지게 된 것이었다.

그것은 욕이나 안 먹으면 다행이라는 마음으로 시작했던 한명자의 생각과는 전혀 다른 것이어서 점차 벅찬 감정을 들게 해주었다. 한명자는 작가들이 프린트해 온 것들을 몇 번씩이나 다시 읽고 또 읽었다. 세상 보잘것없는 손이라 생각했는데 세상 어느 손보다도 아름답다는 말에 눈물이 핑 돌았다. 몰래 훔친다고 훔쳤지만, 작가에게 들켜 그만 같이 울음을 터트리기도 했다. 그간의 고생을 보상이라도 하듯 마음속에서 무언가 응어리졌던 것이 녹아내리는 기분도 들었다. 그것이 근 1년 전쯤의 일이었다.

한명자가 다시 손을 부끄럽다고 생각하게 된 것은 2주 전에 합류한 여배우 때문이었다.

사람들 속에서 화사하게 웃던 그녀에게는 전속 스타일리스트와 매니

저 몇이 달라붙어 화장과 머리를 만져주고 있었다. 그녀는 익숙하다는 양 눈을 살짝 내리깔고 매니저가 들고 있는 거울로 자신의 얼굴을 고상하게 보고 있었다.

"성연희예요."

처음 만나던 날 새하얀 손이 한명자 앞에 나타났다. 고생 한 번 하지 않았을 것 같은 분내 풍기는 손에 울퉁불퉁한 자신의 손을 맞잡아도 되는지 걱정마저 들었었다.

성연희는 한명자 단독으로 진행하던 요리 프로에 공동 MC 격으로 들어오게 되었다. 여배우는 40대 후반이라고 하는데 어찌나 곱고 예쁘던지 과장을 조금 보태면 한창때의 아가씨 같았다. 한명자는 한 번도 입어본 적 없는 화려한 원색의 원피스에 핑크색 루즈, 굵은 컬이 들어간 정돈된 단발머리에 커다란 귀걸이를 하고 왔는데 아줌마라는 느낌보다는 우아한 여성의 느낌이 났기 때문이었다. 그 모습이 하나도 부럽지 않았다고 하면 거짓말이었을 것이다. 하지만 그보다도 텔레비전에서만 보던 유명 여배우와 같이 일하게 된 것에 더 신이 났었다.

그래서 아무렇지 않게 자학적인 농담도 던졌다. 주변에서 웃음이 터졌고 한명자도 같이 웃었다. 이제는 그럴 수 있을 정도로 마음의 여유가 있었다.

첫 녹화도 자연히 분위기가 좋았다. 성연희는 살가운 편이었고 선생님, 선생님 하며 요리에 대한 궁금증을 물었다. 그 날의 주제는 밑반찬이었다. 새로 MC를 맡은 성연희가 고른 주제라고 했다. 주부라면 누구나 관심을 가질 만한 주제였고 접근하기도 쉬운 것이었다.

발단은 아주 작은 오이에서부터였다. 성연희가 선택한 밑반찬 중 하나에 오이무침이 있었다. 한명자가 평소처럼 수더분하게 오이무침을 시작하면 성연희가 따라 했다. 먼저 오이를 채 썰어 소금에 살짝 절였다. 그 사이 흐트러짐 없이 정갈하게 양파를 채 썰었다. 양념장을 만든 것은 그 다음이었다. 마늘을 다져 넣고, 고추장, 고춧가루, 매실 원액, 식초, 참기름, 통깨 등도 함께 넣어 비벼두었다. 그 사이 살짝 절인 오이를 찬물에 헹군 다음 물기를 쫙 짜주었다. 거기에 썰어놓은 양파를 넣고 만들어 놓은 양념장을 넣어서 버무리면 되었다.

막 한명자가 맛깔스럽게, 조물조물 무치기 시작했다. 그런데 갑자기 앞에서 뭐라 뭐라 소리가 들렸다. 한명자가 앞을 보았다가 다시 오이무침을 보았다. 시선이 오이를 무치고 있는 자신의 손에 향하고서야 사정을 깨달았다. 한명자의 툭 튀어나온 알토란같은 굳은살 사이로 채 썬 오이가 끼어버린 것이다. 앞에서 슬며시 웃음이 터졌다. 따라 무치고 있던 성연희도 고개를 살짝 돌리고 웃음을 참는 것 같았다. 촬영 중에는 이런 적이 한 번도 없었기 때문에 한명자는 조금 당황했지만 대수롭지 않게 상황을 수습하곤 넘어갔다. 그뿐이었다. 그것은 그냥 웃고 넘길 작은 해프닝이었다.

문제는 편집될 줄 알았던 오이 사건이 여과 없이 방송으로 나가면서부터였다. 그 장면을 본 시청자들은 그게 재미있었나 보다. 인터넷에 동영상을 만들어 올렸고, 동영상은 빠르게 퍼졌다. 오이가 낀 부분만 확대하고 반복해서 보여 졌다. 사람들은 그것을 굉장히 코미디적으로 받아들였다. 넘실대는 웃음 속에서 간혹 저 음식 먹기 싫다는 댓글이 달렸다. 그리고 그 밑으로 동조하는 듯한 댓글이 빠르게 달리기 시작했다. 한명자는 충격에 빠졌다. 그간의 반응과 정반대라 어떻게 받아들여야 할지도 몰랐다. 그저 사람들이 이렇게 순식간에 돌아설 수도 있다는 사실이 너무나도 무섭게만 느껴졌다.

그 날 밤 한명자는 집에서 강박적으로 손을 벅벅 씻었다. 그리고 영양 크림을 듬뿍 발랐다. 계속 덧바르면서 마음속으로 예뻐져라, 예뻐져라,

수십 번을 외쳤다. 그것으로도 부족해 그 위로 랩까지 감쌌다. 침대에 누워 자면서도 계속 기도했다. 마치 내일 아침이면 손이 처녀적으로 돌아갈 것만 같은 기분이 들었다. 하지만 아침에 찾아온 것은 예뻐진 손이 아니라 좌절이었다.

다음 촬영 때 PD가 이렇게 논란이 될 줄 몰랐다며 사과를 했다. 작가들도 옆에서 응원하는 말이 훨씬 많다고 덧붙였다. 한명자는 괜찮다며 기계적으로 고개만 주억거리고 말았다. 상처는 받았지만, 이 나이에 한참이나 어린 PD에게 뭐라고 해봤자 무슨 소용이 있나 싶었다.

사람들이 눈치 보면서 하나둘 빠져나갔다. 한명자 혼자 대기실에서 멍하니 쉬고 있는데 다시 문이 열리는 소리가 들렸다. 돌아보니 성연희였다.

"속상하시죠?"

성연희가 한명자 바로 옆에 앉으며 손을 살며시 잡았다. 한명자는 그 한 마디에 울컥했지만, 그다음 말에 눈물이 쏙 들어갔다.

"나 같았으면 바로 수술했을 거예요. 이 손."

성연희가 엷은 미소를 띤 채 그렇게 말했다. 처음에는 잘못 들은 줄 알았는데 다른 손으로 자신의 손등을 덮으며 잇는 말을 듣고 뒤통수를 망치로 맞은 것처럼 아연해졌다.

"이건, 너무 못생겼잖아요. 물론 내가 더 돋보여서 좋긴 하지만."

친절했던 대상이 놀리거나 미움이 섞인 목소리도 아니고 그저 심상한 목소리로 악담을 하니 한명자는 그저 기가 막혔다. 이게 갑자기 무슨 상황인지 선뜻 이해도 되지 않았다. 사람들이 왜 갑자기 전부 다 변해버린 것일까. 혹시 내가 모르는 큰 잘못을 했나. 한명자는 고작 오이 하나 때문에 사람들이 변했다고 믿고 싶지 않았다. 농담처럼 뱉어진다고 정말 악의 없는 것도 아닌데, 이렇게 손바닥 뒤집듯이 쉽게 세상이 뒤집힐 수는 없는 것이었다.

"나도 선생님한테까지는 손 안 대려고 했는데, 오이 사건을 보고 마음이 바뀌었거든요. 사람들이 정말 너무하죠?"

한명자가 성연희의 얼굴을 망연하게 바라보았다. 사위가 너무나도 조용했다.

"지금까지는 민망스러우리만치 띄어놓더니 고작 오이 조각 하나에 확 돌변했잖아요. 재밌는 장난감이라도 발견한 것처럼."

"사람들이 갑자기 왜 이렇게 변했는지 연희 씨는 알아요?"

한명자가 정신을 차리고 조금 떨리는 목소리로 물었다.

성연희가 한명자의 맑은 눈을 보았다. 고생하며 늙은 여인들에게서는 달관한 느낌이 난다. 하지만 성연희는 알았다. 그것은 달관보다는 포기에 가까운 것이었다. 무언가를 꿈꾸기에는 척박한 환경 속에서 살기 위해 적응하고, 적응하기 위해서 버려냈어야 할 수많은 것들이 존재했을 것이다. 그래서 순하고, 그래서 어쩔 수 없이 박한 사람들. 그러나 그 이면에도 욕망은 있기 마련이었다.

"변한 게 아니라 본능이 드러난 거죠. 못생긴 걸 못생겼다고 하면 질타를 받잖아요. 그래서 쉽게 말하지 못해요. 하지만 작은 계기만 마련되면 아주 득달같이 달려들죠. 나 실은 그거 싫었어, 라면서."

"그래서 연희 씨도 이제 본능이 드러난 거예요?"

"아뇨. 전 선생님, 마음에 들어요. 소스가 많은 것 같아. 오래 일하고 싶어요. 내 마음처럼 되진 않겠지만."

"그건 또 무슨 뜻이에요?"

"내가 여기 왜 들어왔겠어요? 다음 개편 때 내가 단독으로 가려고 미리 밑밥 까는 것 아니겠어요?"

한명자는 자신의 귀를 의심했다. 청천벽력 같은 소리였다. 오이 사건으로 프로에 아쉬움이 남는 것은 사실이었지만 그렇다고 해서 프로에 대한 애정마저 사라진 것은 아니었다. 남편과 한 번 싸웠다고 이혼할 수 없는 것처럼, 아직 이곳에는 한명자가 받은 위로와 애정이 넘쳤다. 한명자는 성연희를 노려보았다. 남의 자리 빼앗으러 온 줄도 모르고 희희낙락 좋아한 것을 생각하니 속에서 천불이 나는 것 같았다.

"왜 날 노려보죠? 이건 마치 남편이 바람피웠는데 불륜녀만 잡는 꼴이네요? 나이가 있으셔서 그런가?"

성연희가 다리를 꼬며 말했다. 한명자의 얼굴의 확 붉어졌다. 손끝이 덜덜 떨렸다.

"나는 선생님 도와드리려고 그러는 거예요."

"도대체 무엇을 돕는다는 거죠? 날 조롱하고 프로에서는 하차당할 처지라고 비꼬고 있으면서!"

"방법을 알려주려면 상황부터 가르쳐 주어야 하는 거잖아요. 난 그 두 가지를 한 번에 해결하는 방법을 아니까요."

성연희가 상체를 앞으로 살짝 숙이며 은근하게 말했다. 한명자가 본능적으로 몸을 뒤로 빼며 딴 곳을 보았다. 그러나 마음과 다르게 귀는 자꾸 그쪽으로 향했다.

"방송국이라는 데는 원래 그래요. 철 지나면 끝이야. 그러니까 뒤 처지지 않으려면 계속 변해야 하는데. 가장 좋은 방법은 이야기, 스토리를 만들어 내는 거죠."

"내 이야기는 이미 방송에서 다 했어요. 더 할 것도 없어요."

한명자가 퉁명스럽게 말했다.

"그러니까. 만들어야죠."

성연희가 여전히 은밀하게 속삭였다. 한명자가 힐끗 성연희를 보자 그녀가 눈짓으로 한명자의 손을 가리켰다. 한명자가 자신의 손을 내려다보다가 뭐냐는 듯이 쳐다봤다.

"손이요. 선생님의 그 손이 다시 또 해결책이 되어 줄 거예요."

"도대체 무슨 말을 하는 건지."

"수술을 하는 거죠. 예쁜 손으로."

가만히 듣던 한명자가 수치심으로 얼굴이 벌게졌다. 한명자는 더 이상 참지 못하고 자리에서 벌떡 일어나 문으로 걸어갔다. 이런 식의 조롱은 난생 처음이었다.

"다시 젊었을 적 그 손으로 돌아가고 싶지 않으세요!"

성연희가 자신의 옆으로 지나가는 한명자에게 소리쳤다. 한명자가 우뚝 섰다.

"선생님, 내 얘길 들어봐요. 당신 손은 강수진의 발이 아니에요. 평생 발레를 하다가 그렇게 된 게 아니잖아. 그냥 돌무더기 황무지 밭 갈다가 그렇게 된 거야. 그건 그냥 불쌍하고 가슴 아픈 거지 대단한 업적이 아니라고요. 게다가 이건 발이 아니라 손이잖아요? 숨길 수도 없는. 처음에는 대단하다고 하던 사람들이 어떻게 됐어요? 빌미가 생기자 바로 물어 뜯었죠. 선생님 손이 예뻤다면 사람들이 그랬을까요? 아니, 처음부터 오이가 그곳에 낄 수나 있었겠어요?"

"내 나이 몇인데 자꾸 수술하라는 그런 소릴 하는 거예요? 제발 좀 그만…!"

"나이가 들었다고 예뻐지지 말란 법 있나요? 날 봐요! 50대가 코앞인데도 20대, 30대의 워너비라고요. 다들 나처럼 늙고 싶대요. 사람들은 얘기하죠. 당신보고 대단하다고. 하지만 그렇다고 해서 당신 같은 손을 갖고 싶다고 말하지는 않아요. 그저 당신의 삶에 대한 노고의 치하지 그 삶을 원하는 사람은 없다고요. 노고를 치하한 뒤 그들은 뒤돌아서서 이렇게 말하겠죠. 그래도 저 손은 너무한 거 아니야?"

성연희는 계속해서 속사포처럼 말을 이어갔다.

"내가 천박하거나 속물이라고 생각된다면 다시 황무지로 돌아가서 밭을 갈아요. 노인들만 득실거리는 깡촌에서 아무도 모를 장을 담그던지. 거기가 딱 맞는 손이니까. 대신 나가기 전에 내 얼굴을 꼭 기억해요. 나는 당신 자리에서 화려한 조명을 받으며 카메라 앞에 계속 서 있을 테니까. 그때 당신 옆에는 누가 남아 있을까요? 남아 있기는 할까요?"

속수무책으로 듣고 있던 한명자는 결국 다리가 풀린 것처럼 비틀거리다 바닥에 주저앉았다. 치욕스럽고 또한 절망스러웠다. 성연희가 자리에서 일어나 한명자의 앞에 무릎을 굽혀 앉아 다시 손을 잡았다. 한명자가 한동안 그것을 보다 한탄 같은 말을 내뱉었다.

"내가 어찌 어찌 수술을 한다고 쳐요. 하지만 그건 그거대로 얼마나 비웃음을 사겠어요. 내 나이가 육십이 훨씬 넘었어요. 이제와 고운 손이 갖고 싶다고 수술을 하면 사람들은 속물이라고 비난하겠죠. 방송물 좀 먹더니 변했다고. 세상 다 산 노인네가 말년에 추악한 욕심을 부린다고 할 거예요. 난, 난 그런 비난은 이제 더 듣고 싶지 않아요….

낙조 같은 처연함이 흘렀다. 한명자에게 세상은 그러했다. 귀를 틀어막고 고정관념에 박혀있는 건 항상 강자였다. 남편이 그러했고, 시어머니가 그러했듯이. 쉬이 이길 수 없었던 삶의 비복 같은 사람들. 이제와 거기에 대적하기에는 나이가 너무 들었고 때론 공기처럼 익숙해져 있었다.

한명자는 견딜 수 없는 답답함을 느꼈다. 그녀는 늘 불행했다. 하지만 사람은 그저 그런 불행으로는 죽지 않았다. 삶은 즐기는 것이 아니라 견디는 것이었고 행복은 손님처럼 잠시 찾아왔다 가는 것이었다. 뒤늦게 무엇을 더 바라려고 했던 것이 욕심이었는지도 모른다. 상실은 불행보다 더 절망적인 것인데, 한명자가 흘러내린 머리를 쓸어 넘기며 한숨을 쉬었다. 마음을 진정되질 않았다.

"진짜, 너무 모르신다. 요즘 같은 세상에 이 한마디면 돼요. 악플 때문에 견딜 수가 없었어요."

다시 성연희의 또렷한 목소리가 귀에 와 박혔다. 한명자가 멍한 눈으로 올려다보았다.

"그 오이 동영상. 그걸 이용하면 되죠. 저는 그동안 악플 때문에 너무 힘들었어요. 나도 예쁜 손이 가지고 싶었을 뿐이라고요. 그러면서 울면 된다고요. 너네 때문에 이렇게 된 거다. 하지만 포기하지 않고 내 인생을 다시 찾아보고 싶었다. 지금까지의 나는 그러지 못했으니까. 그럼 동정 여론이 싹 돌겠죠. 그러면 끝이야. 방송국은 새로운 당신의 이야기를 원할 거고, 대중은 변한 당신에게 환호할 거예요. 사람들은 인생역전 스토리는 또 좋아하니까. 그때의 당신에겐 아마 예쁜 손과 위로만이 남겠죠."

성연희가 타오르는 눈으로 한명자를 보았다. 한명자는 혼란스러움을 숨기지 않았다. 눈앞에 타오르는 것이 희망인지 지옥불인지 구별이 가지 않았기 때문이었다.

똑똑. 그때 문 두드리는 소리가 들렸다. 문이 빼꼼 열리더니 성연희의 매니저가 촬영준비가 다 되었다는 말을 전했다. 성연희가 한명자를 잡아 일으켰다. 성연희가 한명자의 손을 꾸욱 잡았다 놓으며 말했다.

"잘 생각해 봐요. 못생긴 건 결코, 고결하지 않아요."

성연희가 해사하게 웃고는 밖으로 나갔다. 한명자는 우두커니 자신의 손을 내려다보았다. 속이, 울렁거렸다.

"촬영 다시 시작할게요."

PD의 목소리가 우렁차게 들려왔다. 한명자는 느리게 눈을 떴다. 밝은 조명이 작열하고 있었다. 촬영은 다시 속개되었고 시간은 유유히 흘렀다. 성연희는 무슨 일 있었냐는 듯이 능수능란하게 방송을 이어갔다. 한명자도 복잡한 속내를 감추고 웃으며 방송했다. 촬영이 어떻게 끝났는지도 모르겠다.

대기실로 가는 길에 성연희가 살짝 고개 숙여 인사를 하고 한명자의 옆을 지나쳐 갔다. 성연희가 쏟아놓았던 말들이 꿈처럼 느껴졌다. 한명자가 알 수 없는 표정으로 성연희의 뒷모습을 좇는데 따라오던 작가 한 명이 바람처럼 소곤거리며 말을 했다.

"성연희 씨 조심하세요."

"무슨 말이에요?"

"이 바닥에는 소문이 자자해요. 유명 성형외과 브로커 활동을 한다고. 어린 후배들이나 또래 중년 부인들 꼬드겨서요. 뭐, 선생님한테까지 손을 뻗진 않겠지만. 일단은요."

한명자가 입을 꾹 다물었다. 다른 말보다 선생님한테까지 손을 뻗진 않겠다는 말이 자격지심처럼 들려왔다. 이렇게 나이든 당신은 무슨 소리를 들어도 흔들리지 말고 손을 지켜내어야 한다고 강요하는 것처럼 들리기까지 했다. 이 못생기고 추악한 손을 왜 나만 평생 고결한 것처럼 지켜야 하는 거지? 의문은 순식간에 분노로 치달았다. 이런 식으로는 아무것도 되지 않을 것 같았다.

어지러운 복도 끝, 한명자가 성연희를 뒤따라갔다.


— 2 —


"그럼 생각해 보고 전화 드릴게요."

한명자가 도도하게 전화를 끊었다. 전화를 내려놓은 한명자는 이내 환호성을 질렀다. 두 손으로 얼굴을 감싸며 감격에 젖은 표정을 여실히 드러내었다. 앞의 직원이 '축하드려요.'라며 같이 웃어주자 한명자가 환하게 웃으며 자신의 손을 바라보았다. 더 이상 울퉁불퉁한 못생긴 손이 아니었다. 처녀적 이후로 가져본 적 없는 여느 다른 사람과 다를 바 없는 평범한 손이었다. 아니 오히려 더 가느다랗게 쭉 빠졌다. 한명자는 손가락에서 울퉁불퉁한 혹들이 빠지니 자신의 손이 새삼 예뻤다는 사실을 깨닫고 있었다.

한명자는 실제 그 뒤로 얼마 지나지 않아 프로그램에서 하차했었다. 그리고 얼마 지나지 않아 성연희가 소개해준 곳에서 손 수술을 진행했다. 두려움이 없었다면 거짓말일 것이다. 하지만 수술은 성공적이었고 만족감은 상당한 수준에 이르렀다. 게다가 바로 지금 전 프로그램 PD로부터 다시 같이 일하고 싶다는 연락을 받았다. 감격적인 순간이었다. 성연희의 말은 정말 틀린 것이 하나도 없었다.

"그것 봐요. 내 말이 맞죠?"

한명자의 옆에서 네일아트를 받고 있던 성연희가 느릿하게 말했다.

"설마 진짜로 다시 연락이 올 줄은 몰랐어. 정말이지, 연희 씨 덕분이야."

한명자가 몸을 돌려 성연희를 보았다. 내일 CF촬영이 있다는 성연희의 손톱은 진녹색으로 물들어가고 있었다. 한명자가 이곳에 오게 된 것도 성연희의 제안 덕분이었다. 한명자가 예쁜 손을 얻은 후로 성연희는 새로운 기분을 느껴보라며 네일아트며 핸드스파 같은 것을 연신 소개시켜 주었다. 한명자에게는 전부 낯선 것들이었다.

"어머 별말씀을 다 하신다. 오히려 제가 기쁜걸요. 선생님 수술도 잘 끝났고 이렇게 행복해하는 모습 보니까요. 방송 들어가면 못 하니까 그 전에 맘껏 하세요."

성연희가 진심으로 기뻐하는 모습을 보이자 마음 한쪽이 뭉클해졌다. 성연희에게는 받은 것을 죽기 전에 다 갚을 수나 있을까 싶다. 한명자가 엷게 웃으며 쑥스러운 듯 고개를 숙였다.

"아, 그보다 방송 들어가기 전에 보톡스라도 한 대 맞아 보는 게 어떠세요?"

"보톡스?"

"네. 이왕 오랜만에 출연하는 건데 손만 예뻐져서 가는 것보다 얼굴도 예뻐 보이면 좋잖아요."

"하지만 얼굴에까지…"

한명자가 주춤하는 기색을 보이자 성연희가 눈썹을 티 나지 않게 살짝 올렸다가 내리고는 부드러운 어조로 다시 말문을 열었다.

"어머, 선생님. 내가 언제 선생님한테 안 좋은 것 시킨 적 있어요? 봐 봐. 손이 예뻐지니까 이렇게 방송이 바로 들어오잖아. 얼굴도 예뻐지면 얼마나 좋아지겠어요? 그냥 눈 근처에 주사 몇 대 맞으면 돼요. 요새는 티도 안 나. 그렇게 야금야금 예뻐지는 거라니까. 이왕 이렇게 된 거 선생님도 워너비 소리 한 번 들어봐야죠."

"아유, 다 늙어서 워너비는 무슨…. 말도 안 되는 소리 말아. 난 지금도 충분히 만족해."

한명자가 민망하다는 듯이 거절을 표하자 성연희는 네일을 잠시 멈추고 몸을 아예 한명자 쪽으로 돌렸다.

"선생님, 인생은 육십부터라고 하잖아요. 게다가 요새는 7, 80대에도 모델로 활동하는 분들이 얼마나 많은데요. 솔직히 그분들 얼마나 멋져요. 인생을 즐기는 것처럼 보이잖아요. 선생님이 그렇게 되지 말라는 법 있나요? 솔직히 선생님, 얼굴은 처음부터 안 빠졌잖아요."

성연희가 한명자의 옆구리를 팔꿈치로 살짝 찌르며 말했다. 한명자의 얼굴이 살짝 붉어졌다. 칭찬도 들어본 사람이 듣는다고 영 부끄러웠다.

"선생님 얼굴이 약간 고생한 느낌이 나잖아. 그건 어쩔 수 없잖아요?

평생을 뙤약볕 아래서 지냈는데. 그렇죠? 그런데 그것만 살짝 만져주면 정말 고급스러워 보일 거예요. 방송 오래 하려면 촌스러운 건 오래 못 가요. 예뻐야지. 나이가 들어도 사람은 예뻐야 되요.”

성연희가 목소리를 낮추고 코끝을 찡긋거리며 말했다. 한명자는 아닌 척했지만, 성연희의 말에 혹하고 있었다.

“그, 그럼 일단 상담만 받아볼까…”

“그래요. 제가 자주 가는 곳에 예약해둘게요. 진짜 후회 안 하실 거예요”

한 차례 대화가 끝나고 둘은 다시 네일아트에 집중했다. 한명자는 예뻐지고 있는 자신의 손을 바라보며 흐뭇한 미소를 숨기지 않았다. 손 수술 이후로 얻은 충만감은 그동안 어디서도 얻지 못한 유일한 사랑처럼 달콤했다.


“이것 봐. 예쁘지. 기분 내려고 해봤어. 손이 예쁘니까 뭘 해도 산다, 애.”

집으로 돌아온 한명자는 딸 장평화에게 네일아트 받은 것을 자랑했다. 손톱이 분홍색으로 물들여져 있었다. 장평화는 신나하는 한명자의 얼굴을 물끄러미 바라보았다.

“아, 나 요리 프로 다시 하기로 했어.”

“다시 하재?”

“응. 연락 왔는데 다시 하재. 연희 씨 말이 다 맞았다니까.”

한명자가 콧노래를 부르며 방 안으로 쏙 들어갔다. 그 뒷모습을 보는 장평화의 표정이 복잡해 보였다. 손 수술의 성공 이후 들뜬 엄마를 보니 일찍 수술시켜 드리지 못한 것에 대한 죄송함이 일었다. 그래서 엄마가 새 삶을 사는 것에 반대하지도 않을 생각이었다. 뒤늦게나마 하고 싶은 대로 꾸미고 싶은 대로 사는 것이 딸로서도 더 좋아보였기 때문이었다.

장평화가 조용히 부엌으로 들어갔다. 아침에 한명자가 해놓고 나간 청국장을 다시 숟가락으로 떠먹었다. 곰곰이 입맛을 다시던 장평화가 숟가락을 개수대에 넣으며 팔짱을 끼었다. 장평화는 정말 엄마가 행복하다면 아무래도 상관없었다. 하지만 엄마의 행복에 요리하는 것이 들어가 있다면 지금의 상황은 조금 문제적이었다.

손 수술 이후 한명자의 음식 맛은 조금씩 변하고 있었다. 한명자는 아직 못 깨닫고 있는 것 같았지만, 옆에서 보조 역할을 자처하던 장평화는 이미 상황을 눈치채고 있었다. 간이 변하고 음식 맛이 물렀다. 아직 심각할 정도는 아니지만 이런 상황에서는 요리프로에 들어가는 것보다 상황을 지켜보고 원인을 따져보는 것이 나을지도 몰랐다.

장평화는 한참을 고심 끝에 안방으로 들어갔다. 한명자는 그새 씻고 화장대에 앉아 손에 보습크림을 바르고 있었다. 이제는 고운 엄마의 두 손이 단정하게 비벼지는 모습을 보았다. 꽃봉오리처럼 미래에 대한 희망으로 가득 차 있었다.

"엄마."

장평화는 어렵게 말문을 열었다. 한명자는 소녀처럼 연신 거울만 보고 있었다.

"엄마 최근에 음식 맛이 변한 것 같아."

"맛이?"

"간도 잘 안 맞고 이상해. 요리 프로에 복귀하는 건 좀 이르지 않을까 싶은데."

한명자는 손을 멈추고 딸의 얼굴을 올려보았다. 장평화는 조마조마했다. 한명자는 한참 만에 천천히 시선을 내리고는 말없이 두 번째 크림을 열어 손에 발랐다. 한명자는 묘한 표정으로 손을 두드리다 거울 속 자신과 눈을 마주쳤다.

"괜찮아."

한명자가 이내 거울로 얼굴을 요리조리 살폈다. 입가에도 주름이 보인다.

"어차피 화면에 음식 맛은 안 나오잖니."

# 밤의 묘지

강영린

　마음으로 응원하는 작가분이 큰 상을 받았단 소식에 기쁘고 설레었던 날 저녁 낯선 분의 전화를 받게 되었습니다. 수상이라니요, 웬 말입니까…… 얼떨떨함에 젖어 감사 인사가 늦었습니다. 삶의향기 동서문학상을 주관하시는 모든 분들에게 진심으로 감사하다는 인사 올립니다.

　매일 아침을 모카 골드와 함께 시작한 세월이 자그마치 15년입니다. 따뜻한 커피 향을 따라 하루하루 예쁘게 살려 했으나 커피잔을 놓고 나면 언제 그랬냐는 듯 사납고 거친 야수가 되어 일상과 전쟁을 벌여온 듯합니다. 삶에 대한 뚜렷한 목적도 없이, 타인에 대한 지긋한 사랑도 없이 자꾸 샘솟는 분노와 짜증의 노예가 되어버린 자신이 답답하고 미웠습니다. 무력한 날들에 다가와 준 권여선, 하성란, 편혜영 작가님의 귀한 작품들이 한 줄기 빛이 되었습니다. 저의 3대 여신들에게 머리 숙여 감사드립니다. 어쩜 이렇게 써낼 수 있을까 하는 감탄이 총탄처럼 저를 쏠 때 한번 잘 살아봐야겠다는, 한번 잘 써보고 싶다는 욕심을 느꼈습니다. 어쭙잖은 욕심이 되지 않도록 이제 저를 다독여 조금씩 앞으로 나아가겠습니다.

　사춘기를 관통하며 학업과 더불어 부모의 끝없는 잔소리에 이골이 났을 아이들에게 미안함을 전하며 부디 힘내라고, 사랑한다고 외쳐봅니다. 가장의 책임을 어깨에 짊어지고 오늘도 새벽같이 나가 밤이슬로 돌아올 남편에게도 깊은 감사를 전해봅니다. 부모 노릇엔 끝이 없겠지만, 학부모 노릇은 조만간 끝나지 않겠느냐 말이 위로가 될지 모르겠습니다.

　제 허름한 작품의 주인공으로 분한 은총에게 가장 미안합니다. 벼랑 끝에 선 당신의 손을 잡아주기는커녕 힘껏 등을 떠밀었기 때문입니다. 나락으로 떨어질 때의 그 혼란과 고통을 제가 어떻게 다 헤아릴 수 있을까요……. 하지만 저 같은 경우 나락으로 떨어진 것도 모른 채 세상 한켠 어느 바닥에 있는 건 당신과 마찬가지입니다. 당신과 더불어 다시 바닥에서 기어오르기 위해 저도 고군분투하겠습니다. 우리 다시 손을 맞잡고 이번에는 절대 놓치지 않았으면 좋겠습니다.

# 밤의 묘지

강영린

"패드 갈겠습니다."

김은 노파의 두 다리를 휙 들어 올리고선 시큼한 냄새를 풍기는 패드를 벗겨냈다. 더럽게 퍼진 변이 없어 그나마 다행이었다. 두세 번 싼 듯한 싯누런 오줌만으로도 패드는 흥건히 젖어 있었다. 장갑을 낀 손으로 샐쭉한 노파의 엉덩이 밑과 해풍에 바싹 마른 홍합살 같은 음부를 빠르게 닦아낸 뒤 최대한 부피가 작게 패드를 돌돌 말아 위생봉지에 던져 넣는 데는 채 1분이 걸리지 않았다. 어영부영 시간을 끌다간 고약한 지린내에 머리가 지끈거릴 터라 노파를 다루는 그녀의 동작은 날이 갈수록 속도가 붙었다.

"싸녀!"

축 늘어져 있던 노파는 눈깔에 제법 힘을 주고 그녀를 쏘아보며 지껄였다. 축축했을 아랫도릴 닦아주고 뽀송하게 패드도 갈아줬건만 이쯤 돼서 노파는 항상 배은망덕한 꼴을 보였다.

"싸녀!"

김이 못 들은 척하자 노파는 다시 지껄였다.

6인실의 다른 다섯 노파들은 손녀뻘 김에게 질척한 아랫도리를 내놓는 게 창피한지 패드를 갈 때만큼은 눈을 감고 자는 척했다. 그러나 유독 한 씨는 두 눈을 빼꼼히 뜬 채 김의 동작들을 처음부터 끝까지 노려보고 있다가 막판에 항상 욕을 해댔다. 받침을 다 빼먹는 노파의 발음은 부실했지만, 자신을 쨰려보는 눈초리에서 '싸녀'가 곧 '쌍년'임을 똑똑히 읽어낼 수 있었다. 처음엔 솔직히 자신의 다소 거친 손길에 대한 노파의 불만 표시라고 여겨 뜨끔하기도 했다. 하지만 자기가 아니면 누가 그 월급에 이런 고역스런 노릇을 할까 생각하니 화가 치밀었다. 60명이나 되는 노파들의 패드를 하루 네 번씩 가는 데다 쓰레기 창고 정리와 병실 청소까지 도맡아 하루 12시간 넘게 일하는데도 월급은 100만 원이 조금 넘었다. 왕복 3시간이 걸리는 고된 출퇴근길, 엄마를 기다리다 늘 TV를 틀어놓고 마룻바닥에 잠든 어린 딸을 떠올리며 김은 성깔을 부리는 고객에겐 본때를 보여 주리라 마음먹었다. 병실을 떠나기 전 그녀는 노파의 귀에 대고 소곤거렸다.

"찾아오는 자식 하나 없으면서!"

혹여나 다른 사람들이 들어선 안 되기에 빙긋 웃음을 띠고 그녀 자신도 알아듣지 못할 만큼 작은 소리로 말했다.

"똥오줌도 못 가리는 주제에 쨰려보기는!"

어떤 악담을 소곤대도 괜찮았다. 노파는 발음도 무뎌졌지만, 청각도 무뎌졌기에 그녀가 귓속에 대고 무얼 그리 소곤대는지 알 턱이 없었다. 어쩌면 노파는 김이 자신의 불친절에 대해 거듭 사과하며 용서를 구한다고 착각했을지도 몰랐다.


아직 컴컴한 직원 식당에 불을 켜는 이는 김이었다. 조식이라 해봤자 푸석한 모닝빵에 딸기잼, 음료로는 우유나 믹스커피뿐이었다. 첫 타임 패드갈이를 마친 김이 홀로 빵과 커피를 먹는 동안 조리실 직원들이 하나둘 출근해서 급식 준비를 했다. 조리원 복장을 하고 고무장갑을 낀 채 동분서주하는 그들의 모습을 멀리서 바라보며 김은 어서 저들 틈에 끼고 싶단 생각에 빠졌다. 첫 타임 패드갈이는 다른 시간대보다 특히 더 고역스러웠다. 밤새 노파들은 패드를 더 무겁게 적셔놓았던 것이다. 하지만 지난 6개월을 잘 버텨왔듯이 앞으로의 6개월도 이를 악물고 버텨내면 축복요양병원의 급식 담당 조무사로 승진할 것이었다. 면접 때 원장은 그 점을 분명히 약속했다.

"1년만 버티세요! 1년 잘 버티시면 급식 담당으로 빼드릴게요."

원장의 덕담에 희망과 용기가 샘솟던 그 순간을 떠올리며 김은 모닝빵에 잼을 듬뿍 발라 한입 물었다. 따끈한 믹스커피를 홀짝이자 온몸에 피가 제대로 도는 듯했다. 모닝 빵을 여러 개 집어먹다 올려다본 벽시계는 벌써 8시 20분, 이제 딸을 깨워야 했다.

"애련아, 애련아! 어서 세수하고 옷 갈아입어. 밥 차려 놓은 거 먹고 양치질하고 어린이집 버스 빵빵하면 뛰어나가야 돼, 오늘도 잘할 수 있지?"

"……."

"애련아, 대답해야지, 일어나야지!"

"하아…… 알았어…… 하아아……."

"얼른 일어나서 준비해, 오늘은 꼭 양말 갈아 신고 가!"

김은 하품을 해대는 딸과의 통화를 끝내고 5분 뒤 다시 전화해서 꾸물대는 아이를 닦달했다. 그러고도 5분 뒤 또 전화를 걸어, 옷을 다 입고 가방을 메고 뛰어나갈 준비를 했는지 확인했다. 김은, 남은 커피를 후루룩 마신 뒤 병원 지하 쓰레기 창고로 급히 내려갔다. 쓰레기 창고에선 진한 암모니아 냄새가 풍겼다. 소독약을 하루에 몇 번씩 뿌려도 막무가내였다. 김은 몰려오는 두통을 느끼며 오물패드로 꽉 찬 위생봉지 자루를 덥석 안아 가지런히 정리했다. 정리 중에도 연신 핸드폰을 들여다보며 바짝바짝 간을 졸였다. 9시 직전 딸에게 다시 전화를 걸었다. 대여섯 번, 신호가 울렸지만 아이는 받지 않았다. 버스를 놓친 건 아니겠지…… 그렇게 초조한 시간을 30여 분 더 보내고 어린이집에서 보낸 출석 확인 문자를 받고서야 비로소 콩닥거리던 마음을 진정할 수 있었다. 몸부림을 치며 자느라 마구 헝클어졌을 아이의 머리는 어린이집 선생님이 대강 묶어줬겠지만, 양치를 제대로 안 해서 이에 낀 고춧가루며 눈물샘 바로 옆에 떡하니 붙어 있을 작은 눈곱까진 어쩌지 못했을 것이다. 아이의 몰골이 자꾸 떠올라 김의 눈엔 그렁그렁 눈물이 맺혔다.

　오전 11시, 두 번째 패드갈이 타임이었다. 이 병원에는 2층에서 4층까지 6인실 10개, 60개의 병상이 있었다. 지하 1층엔 쓰레기 창고와 주차장, 1층엔 접수대와 원장실, 원무과, 직원식당이 있었다. 김은 비어있는 병상 없이 꽉 들어찬 노파 60명의 패드를 하루 네 번 오전 7시와 11시, 오후 3시와 7시에 총 240번 갈아야 했다. 김은 조만간 코를 마비시킬 악취와 볼썽사나운 아랫도리들의 장관에 대비해 본능적으로 심호흡을 하며 눈을 감았다. 최대한 숨을 참고, 최대한 시선을 거둬야 하는 타임, 비장한 맘으로 병실 문을 열었다.

　"아, 김 조무사! 한만년 할머니는 따님들이 오셔서 휴게실 가셨어요. 이따 오시면 따로 갈아주세요."

　2층 담당 간호사 윤이 201호에 들어서려는 김에게 귀띔했다. 차트를 옆구리에 끼고 연분홍색 유니폼을 입은 윤은 언제 봐도 깔끔하고 예뻤다. 간호전문대를 나와 정식 간호사 경력이 벌써 5년째라는 그녀는 자기보다 한참 나이가 많은 김을 부를 때 말을 높이지 않았다. 병원에서의 서열은 그렇게 정해졌다. 김은 그런 윤이 밉지 않았다. 오히려 하루에도 몇 번씩

윤을 마주칠 때마다 나도 언젠가 너처럼 되리란 꿈같은 게 솟구쳤다. 패드 담당 6개월 차 김은 신공이 들린 듯 빠르게 노파 59명의 패드를 갈아치우고 점심을 먹으러 직원 식당으로 갔다. 같은 동작을 빠르게 반복하느라 목과 팔이 뻐근하고 손목이 시큰했다. 힘이 쭉 빠진 그녀는 극심한 허기를 느꼈다. 식판 가득 밥과 국을 푸고 칸이 넘치도록 반찬을 담아 맹렬하게 먹어댔다. 살코기보다 비계가 더 많은 제육볶음이었지만 그 푸짐한 비계를 다 먹어도 살이 찔 것 같진 않았다. 그녀의 일과 정도라면 누구라도 피둥피둥 찐 살들이 남아나지 않을 것이었다. 갑자기 밥을 먹던 직원들이 우르르 일어서며 호들갑스럽게 인사했다.

"원장님 맛있게 드세요!"

"많이 드세요!"

원장이 간호사 윤을 비롯해 몇몇 직원을 대동한 채 식당으로 들어왔다. 원장 일행은 김의 대각선 방향 테이블에 자리 잡았다. 김은 자신을 빤히 바라보며 많이 먹으라는 듯 호탕한 미소를 건네는 원장에게 깍듯이 목례했다. 매일 최선을 다하느라 애쓰곤 있지만, 원장의 조언대로 자신이 과연 센스 있게 일하고 있는지는 알 수 없었다. 언제 한번 원장에게 센스 있게 일한다는 것이 무엇인지 구체적으로 물어봐야 했다. 김이 점심을 다 먹어갈 무렵 노파들 배식을 끝냈는지 급식 담당 조무사 장이 식판을 들고 와 김의 건너편 자리에 털썩 앉았다.

"아이구, 자넨 비위가 좋은가 봐, 밥도 잘 먹네! 우리 병원에서 할아버질 받던 시절 하필 내가 첨 들어와서 할매, 할배 기저귈 가는데…… 내 참…… 첫 한 달은 기저귈 갈고 나면 속이 메슥거려서 밥도 제대로 못 먹었어. 할배들 기저귀 갈아줄 남자 직원을 그렇게 수소문했건만 결국 아무도 안 나타난 거지. 자기는 늙어 꼬부라진 거시기는 안 봐도 되니 얼마나 다행이야!"

장이 피식 웃었다.

"네네, 할매들 거시기만 봐도 죽겠는데 할배까지 있었으면……."

"할배들 거시기에 똥 묻으면 정말이지……."

"아이, 형님 그만하세요! 밥맛 떨어져요!"

"히히, 그치? 그래도 노인네들 덕분에 월급 받고 살아왔지 뭐. 어디 그뿐인가? 자기나 나나 언제고 여기 할매들 꼴 나지 말란 법 없으니까 이심전심으로 이왕이면 잘 해드려야지."

김은 내심 뜨끔하면서도 부아가 났다. 할매들 꼴 나지 말란 법이 없다느니, 이심전심으로 잘해드리라느니 모두 가당치도 않은 말이었다.

"여기 할매들 꼴 나면 절대 안 되죠! 설마 우리 애련이가 저를 이런 데 보낼라구요!"

"아직 애가 재롱 피울 때라 뭘 모르는구나? 자식 땜에 살지만, 자식을 너무 믿으면 안 돼. 우리 병원에 침대 비는 거 봤어? 자고 일어나면 생기는 게 요양병원이야."

그새 식판을 깨끗이 비운 김은 장의 잔소리를 외면하며 믹스커피 두 잔을 타와 장에게 한 잔 건넸다.

"한 씨 딸년들 왔던데… 여자들 팔자가 편한지 먹는 게 다 살로 가나봐. 큰딸은 학교 보건 선생, 작은딸은 학교 영양사래요. 딸년들 뭐 대단치는 않아도 다들 직장은 튼튼한 편이지 뭐. 에구, 우리 딸도 부디 공무원 시험 합격해야 하는데… 자기도 딸 아이 잘 키워야지?"

"네…… 여섯 살짜릴 혼자 두고 일 다니려니, 휴…… 그나저나 한 씨 할머니 딸이 둘이나 있었어요? 한 번도 오는 거 못 봤는데…… 저는 그분 무자식 상팔잔 줄 알았어요."

"무자식 상팔자? 흐흐흐, 잘못 짚었어. 한 씨 할맨 착한 계모 뒤웅박 팔자야. 나 그 할매 정정할 때부터 모셨는데 상팔자는 무슨! 그 딸들 할매 친딸도 아니야. 할배가 순 바람둥이라 여기저기서 낳은 딸들 데려와 할매가 다 키워준 거래, 시장판에 쪼그리고 앉아 생선 팔아서 말이야."

두 딸들이 대학을 졸업하고 직장도 갖고 결혼도 하면서 애초에 계모인 줄 알았던 한 씨 노파와는 자연히 멀어졌다고 한다. 하지만 한 씨 노파는 딸들이 결혼할 때 한몫 크게 살림 밑천을 대줬고 딸들은 한 씨에게 숨은 재산이 더 있다 생각하는지 1년에 한 번씩은 꼭 병원에 나타난다고 했다. 6년 전 병원에 들어올 때만 해도 치매기가 조금 있을 뿐 말도 잘했던 노파는 해가 갈수록 발음이 새고 잘 알아듣지도 못할 만큼 상태가 나빠져 결국 패드를 차는 신세가 되고 말았다. 착한 계모의 뒤웅박 팔자라…… 김은 장의 딱 부러지는 표현에 감탄할 수밖에 없었다.


"김 조무사, 여기 한 씨 할머니 오셨으니까 패드 좀 갈아 주세요."

간호사 윤의 호출이 왔다. 김은 201호 문을 열었다. 듣던 대로 투실투실한 두 여자가 한 씨 노파의 침대 옆에 서 있었다. 그 여자들이 풍기는 화장품 냄새, 향수 냄새가 병실에 고여 있던 오물 냄새와 섞여 김의 예민한 코를 간질였다.

"이봐요, 노인네 쌌나 본데 얼른 갈아줘요. 휴게실에 좀 앉아 쉬려는데 냄새가 나서 원…… 이 양반은 젊으나 늙으나 냄새가 가시질 않아!"

둘 중 네댓 살 더 들어 보이는 여자가 짜증스럽게 말했다. 김은 익숙한 동작으로 패드를 갈기 시작했다. 노파를 감쌌던 패드를 펼치자 여자들은 혀를 차며 고개를 홱 돌렸다. 김은 오물로 범벅이 된 패드를 황급히 말아 위생봉지에 넣은 뒤 노파의 아랫도릴 번쩍 들어 물티슈로 닦았다. 새 패드를 깔고 아랫도릴 싸려는데 이번에는 네댓 살 어려 보이는 여자가 언성을 높였다.

"아니 이봐요, 똥을 쌌는데 그냥 닦기만 하면 어떡해요? 온수로 씻겨야 되는 거 아니에요? 비싼 돈 받고 뭔 서비스가 이 모양이야? 담당 의사 누구야, 이리 나오라고 해!"

갑작스런 소란에 김의 심장이 쿵쿵댔다. 여기 들어와서 일을 제대로 못한다고 항의를 받는 건 처음이었다. 이런 일로 6개월 뒤 승진에 차질이 생겨선 안 된다는 생각에 김은 넙죽 엎드려 사과했다.

"어머, 어머 죄송해요. 진정하세요. 여기 환자분들 모두 좀 있다가 3시에 목욕 스케줄이 있어요. 목욕 있는 날엔 대변을 보셔도 깨끗이 닦기만 하는 게 저희 규정이라서요. 그래도 제가 금방 씻어드릴게요!"

"그런 게을러빠진 규정은 누가 만들었대? 한 달 병원비가 얼만데! 의사 부르기 전에 당장 씻겨요!"

네댓 살 더 들어 보이는 여자까지 나서 김에게 으름장을 놓았고 마침 회진을 돌던 원장과 간호사 윤이 급하게 병실로 들어왔다. 두 여자가 그들에게 불만을 쏟아내는 동안 김은 고개를 숙인 채 떨기만 했다. 윤은 김에게 온수를 받아와 빨리 한 씨 노파를 씻기라고 채근했다. 원장은 두 여자에게 흔쾌히 사과하며 양해를 구했고 원장의 너스레에 두 여자는 의외로 쉽게 화를 풀었다. 노파를 진심으로 생각해서 항의한 게 아니라 자기네 짜증을 푼 것일 뿐이므로 그럴 만도 했다. 김은 윤이 자신을 답답하다는 듯 노려보는 눈초릴 느꼈다. 병실을 나서기 전 원장은 은근한 미소를 띠고 김에게 이렇게 말했다.

"김 조무사, 앞으로 대변 보신 어르신들은 목욕 스케줄이 있건 없건 바로바로 씻겨 드려요! 우리 김 조무사, 센스 좀 발휘하셔야겠다!"

원장은 두툼한 손으로 김의 어깨를 툭툭 치며 센스를 당부했다. 노파들 씻길 일이 몇 배로 늘어나는데 센스는 무슨 센스가 필요하다는 것인지 도무지 알 길이 없었다. 혹시 융통성을 가지라는 말일까? 규정을 들먹이기보단 그냥 씻겼어야 했는데…… 그제야 김은 자신이 정말 센스 없게 굴었단 후회가 들었다. 김은 떨리는 손으로 노파의 아랫도리를 씻겼다. 손보다 가슴이 더 떨려왔다. 승진만을 바라며 기껏 버텨왔는데 그간의 고생이 물거품이 되는 건 아닌지 조바심이 나서 견딜 수가 없었다.

한바탕 소란이 끝나자 두 여자는 화장을 고치고 향수를 뿌린 뒤 껌을 찍찍거리며 나설 채비를 했다. 그들이 간호사 윤을 다시 부를 때 김은 다시 가슴이 마구 뛰었지만, 다행히 그들은 더 이상 김의 태도를 문제 삼진 않았다. 그들은 윤으로부터 한 씨 노파의 증세가 크게 나빠지지도 호전되지도 않은 채 제자리걸음임을 전해 듣고 깊은 한숨을 내쉬었다.

"이 냄새를 언제까지 맡아야 하는지 원!"

"에휴, 하루 날 잡아 시간만 버리는 이 짓거리 이젠 지겹다, 지겨워!"

병실을 빠져나가며 두 여자는 앞서거니 뒤서거니 불평을 주고받았다. 두 여자를 향해 몇 번이고 허리 굽혀 인사하던 김은 문득 고갤 들어 노파를 바라보았다. 귀가 어두운 노파가 딸들의 노골적인 불평을 어떻게 알아들었는지 몰라도 노파의 일그러진 눈초리는 두 여자의 뒤통수 내지 등짝을 향해 있었다. 노파는 이내 숨을 쌕쌕거리며 몇 마디를 내뱉었다.

"싸녀! 싸녀!"

한 씨 노파로부터 그동안 그 딸년들과 같은 욕을 얻어먹다니 김은 억울하기만 했다. 힘들게 키워준 계모의 은덕을 모르는 그들에겐 그만한 욕도 점잖으며 아까웠다. 김은 어느덧 한 씨 편을 드는 자신이 어색했다. 하지만 딱한 처지인 한 씨에게 그동안 복수랍시고 못되게 군 것이 부끄럽고 미안했다. 노파는 세상에서의 마지막 거처인 이곳에서 자신을 따뜻하게 대해줄 단 한 사람을 원했을지 모른다. 첫 출근 날, 김이 이 병원에서 처음으로 패드를 갈아주었던 사람이 한 씨였다. 그때 노파는 느리고 서툰 김의 동작을 지그시 굽어보며 살짝 웃어 보였던 듯싶다. 김이 하루가 다르게 거칠고 날렵해지면서 노파도 웃음기를 거두고 끝내 욕설을 내

뱉기 시작한 것이었다.

"원장님, 항상 믿어주시고 응원해 주셨는데 오늘 정말 죄송합니다. 다시는 이런 실수가 없도록 최선을 다하겠습니다!"

김은 이번 일로 혹시 해고되진 않을까, 승진은 물 건너간 일이 되지 않을까 하는 걱정에 잠시 짬을 내어 원장실을 찾았다.

"하하, 김 조무사가 항상 열심인 거 내 다 알죠. 센스만 있으면 금방 간호사 된다니까요, 하하!"

비대한 몸을 들썩이며 크게 웃는 원장의 모습에 마음이 조금 놓였다.

"네, 제가 융통성이 좀 부족하죠? 앞으로 노력하겠습니다."

"하하, 융통성? 그렇지, 바로 그겁니다. 좋아요, 아주 좋아요!"

원장은 큼직한 두 손으로 김의 두 손을 맞잡은 채 위아래로 흔들며 기분 좋게 웃었다. 김은 원장의 격려와 친절에 불안했던 마음이 풀리면서 다리가 후들거렸다.

오후 7시, 네 번째 패드갈이 시간이 됐다. 201호의 한 씨 노파는 눈을 감은 채 누워 있었다. 소변만 한두 번 싼 듯한 한 씨의 패드를 급히 갈고 옆자리 노파에게로 옮겨가면서 김은 노파를 슬쩍 쳐다보았다. 노파가 억지로 꾹 감은 두 눈에 눈물방울이 맺혀 주름진 볼을 타고 더디게 흘러내렸다. 김은 티슈를 뽑아 노파의 볼을 살짝 닦아 주었다. 노파는 순간 움찔했지만 끝내 눈을 뜨진 않았다. 김은 노파가 더 이상 자신에게 욕설을 날리지 않을 것임을 알았다.

새벽 공기와 맞부딪히며 출근했던 길을 거슬러 무거운 몸으로 퇴근길에 올랐다. 좌석버스 한구석에 철퍼덕 쓰러져 졸기 시작한 그녀는 온수동 별빛마을 4단지, 자신이 내릴 곳을 놓치지 않으려고 수도 없이 깨었다 졸기를 반복하며 아슬아슬하게 귀가했다.

"애련아, 애련아! 엄마야!"

광고가 흐르는 TV 앞에 누워 잠이 든 딸은 침을 흘리며 고린내를 풍기고 있었다. 그녀는 물티슈로 아이의 침을 닦고 양말을 벗겼다. 바닥이 새까매진 양말은 어제도 신은 것이었다. 발가락 사이에서 검은 때가 나왔다. 입을 벌려 양치질을 시키고 싶었지만, 혼곤히 잠든 아이의 앙다문 입술을 억지로 벌리긴 싫었다. 어디에 있건 늘 물티슈로 더러운 곳을 닦아야 하는 노릇에 너털웃음이 났다. 베란다 커튼이 다 젖혀져 있어 별도 없이 캄캄한 밤하늘이 고스란히 드러났다. 발소리도 없이 고요한 저 밤이 오늘과 똑같을 내일을 데려오고 있다는 사실이 두려웠다. 한 씨 노파도 이런 하루하루를 견뎌왔겠지. 노파의 두 딸들은 비린내를 풍기며 귀가하는 계모가, 아니 그 비린내가 두려웠을 것이다. 밥을 먹여 주고 학교를 보내줘도 옷섶 여기저기 징그러운 생선 지느러미와 비늘을 단 채 아무리 씻어도 뿌리 뽑을 수 없는 비린내에 옴팡 젖은 그녀가 뚜벅뚜벅 다가오는 게 몹시도 두려웠을 것이다. 애련이도 깨어있다면 내 손에서 똥 냄새, 오줌 냄새가 난다고 했을까? 저 애는 벌써 그 냄새들이 무서워 일찌감치 잠이 들어버리는 걸까? 김은 자기 손에 코를 대고 흠흠 냄새를 맡아보았다. 로션 냄새, 버스 좌석의 손잡이 냄새, 땀 냄새, 그리고 오롯한 뿌리와도 같은 그 냄새, 노파들의 아랫도리 냄새가 코끝으로 뭉근하게 올라왔다. 물티슈로 손바닥 지문들을 세차게 문지른 그녀는 차마 아이를 껴안지 못한 채 그 곁에 몸을 누이고 금세 곯아떨어졌다.

새로운 하루가 시작되었다. 설렐 일은 없었다. 다만 패드갈이에서 벗어나 급식 담당 조무사로 승진하는 날에 하루 더 다가선단 점을 생각하며 김은 억지로 웃어보았다. 6개월 뒤엔 조리사를 거들어 급식 준비부터 해야 하고 병실을 돌며 노인들의 식사를 일일이 챙겨야 할 것이다. 직원들까지 합쳐 80인분의 설거지를 하루 세 번 해야 하고 간식 배식 및 설거지를 또 한 번 해야 하며 음식물 쓰레기 역시 말끔하게 처리하는 일도 자기 몫이 될 게 뻔했다. 하지만 누가 뭐래도 지금보단 나았다. 똥오줌을 밥에 댈 순 없었다. 김은 심호흡을 한 뒤 201호 문을 열었다. 한 씨 노파는 죽은 듯이 누워 있었다.

"패드 갈겠습니다!"

조금은 느려지고 부드러워진 김의 손길에 몸을 내맡긴 노파는 새 패드를 갈아 찬 뒤에도 눈을 뜨지 않았다. 눈물이 자주 흐른 듯 노파의 볼은 까칠하게 터 있었다. 김은 주머니에서 로션을 꺼내 노파의 볼에 살짝 발랐다. 순간 노파가 깜짝 놀랐는지 천천히 눈을 떠 김을 바라보았다. 오랜만에 자신을 향한 노파의 눈길에 김은 잠시 당황했지만 이내 살짝 웃어 보였다. 순간 김의 얼굴이 빨개졌다. 입안에선 낯간지러운 사과와 위로의 말이 맴돌았지만 끝내 입 밖으로 꺼내진 못했다. 끊어진 마음을 다시 잇는 것은 그만큼 어렵고, 쑥스러운 일이었지만 누군가 한쪽이 이렇게라도 먼저 해야 할 일이었다.

11시부터 시작한 두 번째 패드갈이를 다 끝내고 그녀는 중식을 먹으러 직원식당에 갔다. 장이 엘리베이터에 실을 배식 트럭에 노파들의 중식이 담긴 식판을 채워 넣고 있었다.

"저기 말이야, 한 씨 할매가 어제 딸년들 다녀간 뒤로 곡기를 끊었어. 아침에 봤을 텐데 어때?"

"아, 네……그냥 눈 감고 주무시던데요."

"에그, 쯧쯧쯧…… 여기서 일하면서 이 양반 저 양반 많이 봤지만 한 씨 할매가 제일 불쌍해. 실컷 고생만 하고 말년에 이런 데 와서 저리됐으니 말야."

장이 병실로 올라간 뒤 김은 믹스커피를 마시며 아주 잠깐의 휴식을 취했다. 믹스커피를 마실 때 그녀는 달콤한 천국을 느꼈다. 따끈하고 달콤한 커피를 홀짝홀짝 들이켜면 남은 하루를 버틸 기운이 솟는 듯했다. 이 커피의 힘으로 좀 있다 지하 쓰레기 창고 정리 및 병실 청소도 무사히 해낼 수 있을 것이다. 원래 계약상 패드갈이만 하면 됐지만, 병원 측이 입사 후 일방적으로 김에게 병실 청소, 쓰레기 창고 정리 등을 덤으로 맡겨 버렸다. 물론 계약서보다 일이 곱절로 늘어났지만, 월급은 한 푼도 더 주지 않았다. 경력도 없는 아줌말 채용해 주는 것만 해도 감사해야 한다는 게 병원 측 입장인 것을 김은 이해하고도 남았다. 식당 잡부를 전전하던 그녀가 3개월 단기 코스로 조무사교육을 받고 이 병원에 지원서를 낸 것 자체가 간 큰 시도였다. 사실 조무사 경력은 전혀 없지만, 패드갈이 따위엔 별다른 경력이 필요하지 않았다. 그저 튼튼한 체력과 뭐든 최선을 다하겠단 의욕을 갖는다면 암담한 불경기에도 나름대로 취업의 문은 활짝 열려 있었다. 그녀가 입사 계약서에 사인한 것은 어떻게든 정식 간호사가 되기 위해서였다. 그녀는 아이가 내후년에 학교에서 가져올 가정환경조사서 부모 직업란에 '엄마 김은총 37세 간호사'라고 적을 참이었다. 이 병원에서 허드렛일부터 시작해 차근차근 경력을 쌓고 부족한 교육을 더 받은 뒤 자격증을 따면 언젠가 자신도 어엿한 간호사가 될 수 있으리라 기대했다. 면접을 마칠 무렵 어느새 김의 옆에 성큼 다가앉은 원장도 김의 어깨를 두드리며 그렇게 말했었다.

"간호사 되는 거, 그거 쉬워요! 은총 씨는 아마 금방 될 걸요. 그나저나 곱게 자랐는지 피부가 엄청 고우시네, 허허!"

원장의 칭송이 좀 부담스럽긴 했으나 금방 간호사가 될 거란 말은 축복처럼 들렸다. 늘 한 번에 주삿바늘을 꽂는 데다 미소가 예쁜 간호사 윤과 동급이 되는 것, 그게 그녀가 꿈꾸는 전부였다. 우선 월급의 절반을 싹둑 잘라가는 빚을 빨리 갚고 다시 적금을 들어 간호학원비를 마련해야 했다. 달달한 커피를 마지막 한 방울까지 털어 넣고 그녀는 병원 지하 창고로 내려가 위생봉지들을 정리하고 소독약을 듬뿍 뿌렸다. 이렇게 해둬야 쓰레기차 용역들의 무지막지한 욕설을 피할 수 있었다. 암모니아 가스와 소독약이 뒤엉키는 지독한 냄새를 맡은 그녀는 밀려오는 두통에 미간을 한껏 찌푸렸다. 창고 문을 꼭 닫고 도망치듯 뛰쳐나와 계단 난간을 붙잡고 잠시 가쁜 숨을 몰아쉰 김은 다시 청소 도구를 챙겨 들고 병실 청소에 나섰다. 201호 문을 열었을 때 식사를 얼추 끝낸 노파들이 TV 저녁 드라마를 보고 있었다. 한 씨 노파는 저녁밥도 물렀는지 꼼짝 않고 누워 있었다. 원장과 간호사 윤이 와서 영양제 주사를 놓는다고 했을 때 노파는 손을 휘저었다고 한다.

어제처럼 후줄근한 반팔 차림으로 출근한 김은 부쩍 서늘해진 새벽 공기에 두 팔을 가슴팍에 그러모으며 종종걸음을 쳤다. 소매가 긴 옷들을 미리 꺼내두지도 못했는데 여름은 그새 꽁무니를 빼며 도망치고 있었다. 못 견디게 더웠다가도 금세 팔뚝에 소름을 돋게 만드는 변덕스런 계절의 성화에 피로감이 몰려왔다.

분량의 패드를 챙겨 201호 문을 연 김은 밤새 한 씨 노파가 인근 종합병원 중환자실로 옮겨간 것을 알게 됐다. 오늘은 어제와 다른 날이 될 듯싶어 김 역시 불안해졌다. 노파의 눈물을 닦아주고, 튼 볼에 로션을 발라주고, 드디어 웃어주기까지 하면서 그녀는 정말 오랜만에 누군가를 안쓰럽게 여기며 위로해 주려 했다. 그녀는 부디 노파에게 아무 일 없기를 바랐다. 이제부터 자신이 노파의 착한 의붓딸 노릇을 한번 해볼까 생각했는데 멋쩍음이 밀려왔다. 노파의 욕설을 못 들은 지도 며칠이 흘렀다. 욕설이 사라지니 그에 응수하는 맛으로 가슴에 품어둔 갖가지 악담들도 풀이 죽어버렸다. 노파의 귀에 이런저런 악담을 소곤댈 때 김은 후

련했다. 노파에게 단 한 사람, 친절한 누군가가 필요했다면 그녀에겐 단 한 사람, 남편을 대신해 저주할 누군가가 필요했다. 자신을 속이고 딴 여자들과 놀아난 남편은 지금도 어딘가에서 새 애인과 즐거운 한때를 보내고 있을 것이다. 식당 설거지 일을 하며 푼푼이 모은 적금통장을 가로챈 그는 제법 과감하게 써댄 카드빚까지 남긴 채 3년째 오리무중이었다. 돈이 다 떨어지면 필히 다시 자신을 찾아올 그였다. 그러기만 한다면 그땐 노파를 상대로 충분히 연습해둔 악담을 능숙하게 쏟아 내며 남편이 그녀를 위협할 때 쓴 작은 만능 칼로 그의 급소를 정확히 찔러보리라 그녀는 항상 결심했다. 남편은 급히 집을 떠나면서 이 요긴한 칼을 미처 챙겨 가지 못했다.

오후 7시, 오늘의 마지막 패드갈이 타임을 앞두고 전화가 왔다. 볼륨을 최대한 높여둔 벨소리가 숨이 넘어갈 듯 요란하게 보챘다.

"애련이 어머니, 애련이가 사실 아침부터 안 좋아 보였는데 지금 열이 계속 올라요. 해열제 먹이긴 했는데 아무래도 응급실 가봐야 할 것 같아요. 요즘 애들 폐렴이 돌잖아요!"

당장이라도 패드 뭉치를 집어던지고 그 애 곁으로 가고 싶었다. 장에게 남은 업무를 부탁해보려 했지만, 장은 직원 식당에서 석식 준비에 눈 코 뜰 새가 없을 터였다. 남은 희망은 하나밖에 없었다. 김은 울음을 터뜨리며 원장실로 달려갔다.

"허허, 저런! 근데 이를 어쩐다? 패드 제때 안 갈아주면 보호자들한테서 항의 전화 막 오는데……."

"방문객들도 거의 없는데 항의 전화가 온다구요?"

김은 원장의 말을 이해할 수가 없었다.

"허허, 저런! 병원비 내주시는 자녀분들을 모욕해서야 쓰나! 바빠서 자주 오지 못할 뿐 그분들 마음은 항상 여기 어머님들께 있답니다, 하하!
그래 좋아요, 그깟 항의 전화 내 막아줄 수 있는데⋯⋯."

"감사합니다, 원장님, 감사합니다!"

"허허, 급하시긴! 거 보아하니 사정이 딱한가 본데 내 원무과랑 의논해
서 다음 달에 바로 급식 담당 자리로 빼 줄게요."

"네? 정말요? 감사합니다, 정말 너무 감사합니⋯⋯."

눈물 콧물 범벅이 된 김이 감사의 인사를 마무리하기도 전에 잽싸게
문을 걸어 잠그고 돌아선 원장이 억센 두 팔로 그녀를 껴안았다. 순식간
에 벌어진 일이었다.

"아인 무사할 테니까 잠깐만 있다 가요. 은총 씨, 이때가 바로 골든타
임이야. 내가 누누이 말했죠, 센스가 필요하다고! 윤도 다 이렇게 간호사
가 된 거야."

원장은 커다란 체격에 걸맞지 않게 콧소리를 섞어 능청을 떨며 급히
가운을 벗어던졌다. 그리곤 콧김을 뿜으며 김에게 달려들었다. 6개월 전
떨리는 가슴으로 면접을 보던 그 소파 위에 널브러진 김은 원장에게 눌
린 채 숨을 헐떡였다. 김의 두 눈엔 뜨거운 눈물이 가득 고였다. 김은 가
져보지도 못한 계모가 그리웠다. 비린내가 물씬 풍겨도 생선을 팔아서
그녀를 사람답게 키워준 계모가 있었다면 여기까지 굴러왔을까. 보육원
에 갇혀 자라 해를 많이 보지 못한 김은 피부가 흰 편이었다. 원장이 커
다란 손바닥으로 입을 틀어막아 김은 비명조차 지를 수 없었다. 김은 어
렵사리 손을 놀려 바지 주머니에서 만능 칼을 찾았다. 작지만 날카로워
늘 자신을 굴복시켰던 그 칼로 남편보다 먼저 찔러야 할 대상이 나타나
리라곤 예상치 못했다. 하지만 김은 칼을 꺼내려다 다시 주머니 속 깊이
밀어 넣었다. 남편에게 의리를 지킬 필요도 없는 자신이 오히려 능력 넘
치는 원장과 이토록 친밀해지는 게 뭐가 나쁘단 말인가. 한 번도 이렇게

까진 살아보지 않았지만, 앞으로도 절대 이렇게 살지 말란 법은 없는 것이다. 골든타임, 지금은 칼을 휘두를 때가 아니었다. 묘한 도도함으로 늘 자신을 주눅이 들게 하던 윤이 이런 센스를 부려 간호사가 됐다니 웃음이 터져 나왔다. 원장의 손아귀 아래서 김이 별안간 큭큭 거리자 원장은 잠시 당황했다. 이내 원장은 김의 입을 막았던 손을 떼어내고 흡족하게 웃으며 그녀를 더욱 단단히 조여왔다. 너도나도 다 이런 센스로 꿈을 이루며 사는데 똥냄새나 피우며 느릿느릿 사는 짓 따윈 이제 끝내고 싶었다. 워낙 센스가 없었기 때문에 한 씨 노파는 그 꼴이 된 것이다. 그녀는 일찌감치 생선 비린내에서 손을 털어야 했다. 배신당하기 위해 평생을 헌신하는 바보들이라니! 애련을 곱게 키우기 위해서 김은 달라지기로 했다. 똥오줌 냄새가 묻어나는 손길로는 딸을 곱게 키울 수 없는 노릇이었다. 윤, 드디어 나도 네가 되는구나! 김은 어서 이 친밀한 시간을 보내고 애련에게 달려갈 생각이었다.

# 어떤 이별

한송이

엄마는 어릴 때 뭐가 되고 싶었느냐고 묻는 아이에게 늘 같은 대답을 합니다.

응, 엄마는 작가.
그럼 엄마는 지금 작가가 되었어요?
음…… (하하하, 글쎄다…….)

글쓰기는 언제나 어렵습니다. 그렇지만 참 멋진 일입니다.
한 줄도 써내지 못해 읽기에만 몰두하던 시절을 보내다가 십수 년 만에 부끄러운 글쓰기에 도전하게 되었습니다.
열정을 잃지 않고 덤덤한 걸음으로 매일 조금씩 앞으로 나아가야 한다는 것을 느끼게 해 준 작업 기간이었습니다.
이 행복한 작업들의 기억을 가지고 앞으로 또 열심히 한 걸음씩 걷겠습니다.

부족한 글을 뽑아주신 삶의향기 동서문학상에 감사드립니다. 저를 움직이게 하는 힘이 되어 주셨습니다.

사랑하고, 축복합니다.

# 어떤 이별

한송이

—1—

주차장에 차를 세우고 문을 잠그면서 습관적으로 복도 창가를 올려다봤다. 양순 할매가 고개를 들이밀고는 이제 오셨슈? 할 것만 같았다. 집안에 들어서니 며칠을 묵은 싸한 공기가 그대로 차갑게 전해졌다. 할매를 둘러업고 신발도 제대로 못 꿴 채 집을 나갔던 며칠 전 풍경을 고스란히 담아 두고 나는 혼자 돌아왔다.

지는 혼자서는 한시도 못 살아유, 그래서 시집도 두 번이나 갔다니께유. 뭐, 두 번 몽창 다 지대로 못살구 소박맞았지만 서두. 애기씨 아니었대믄, 그류. 선상님 집 마당에 콱 목메고 죽어 삘을지도 몰지유. 석 달전 아버지가 돌아가시고 양순 할매가 이 집에 처음 짐을 풀면서 제멋대로 집안 곳곳을 뒤져 가며 했던 말이다. 할매가 가지고 온 짐이라고는 달랑 여행용 가방 두 개. 일생을 살아온 사람의 흔적이 저것뿐이라니, 라는 생각 때문인지 그런 양순 할매의 인생이 가여워서인지 위패를 모신 절에서도 눈물 흘리지 않았던 나는 그만 주저앉아 울고 말았다.

양순 할매도 하나뿐인 혈육인 아버지가 돌아가시면서 물려준 유산 중의 일부라고 할 수 있을까.

위중한 병세 때문에 제대로 기력을 차려 생활을 하실 수 없는 아버지를 위해 삼 년 전쯤 간호인 겸 가정부로 만났던 양순 할매. 60이 넘은 나이, 자그만 키에 비쩍 마른 왜소한 몸을 보고 첫눈에 아버지의 병간호를 반대했던 건 나였다.

– 저 할머니예요?

서울에서 막 도착한 내게 이장은 양순 할매를 소개했다. 이장님은 아버지와 오랜 시간을 함께 지낸 분이라 우리 집 사정을 속속들이 알고 계신 분이었다.

– 잉. 내 지난 참에 말했지 아마. 거 양순 할매, 이리 들어오게.

– 이장님, 저 할머니가 무슨 병간호에 가정부 노릇까지 해요. 본인 몸도 추스르기 힘들어 보이는데. 안돼요. 다른 분으로 소개해 주세요.

– 잉. 자네가 아직 젊어서 사람 사는 이치를 잘 몰라서 그랴. 이리 까다로이 굴다가는 사람 못 구한당게. 어디 긴 병치레에 효자 있단 말 들어 봤는가, 그래도 요즘 시상에 군소리 없이 수더분하게 일할 수 있는 거시기여. 자슥도 엄고, 서방도 엄고, 지 하낭게 그저 몸 편하고. 거시기, 약간 모자라는 구석도 있응게, 충복처럼 교수님을 잘 모실꺼.

– 그래도 안 돼요. 제가 남 초상까지 치러줄 일 있어요? 아버지가 더 힘드실 거라구요.

– 그라지 말고 얼굴이나 한번 보고 생각해보라니께. 자네가 교수님 옆에 딱 붙어 있을 것도 아님서 교수님이 편하믄 그만이지 뭐. 거시기, 이리 들어와 보라니께. 거 서서 뭐 한다야.

이장은 내 말은 못 들은 척하며 은근슬쩍 노인네를 마루로 들였다.

아까부터 고개를 외로 꼰 채 이장님과 나의 대화를 엿듣고 있는 행동이 못마땅했던 나는 결국 이장님과 함께 그 노인네를 끝내 돌려보내고야 말았다.


— 3 —

그렇게 두 사람을 돌려보낸 날 밤이었다.

심장 때문에 계속 고생을 하고 계신 아버지는 계절이 바뀔 때마다 부쩍 입맛이 떨어지더니 급기야 체중이 5킬로나 빠지고 말았다. 걷기도 힘든 아버지는 앉아 있는 시간이 많아졌다. 그날도 휠체어에 앉아 말없이 마당 풀숲을 지켜보던 아버지가 뜬금없이 말을 건네 왔다.

— 아까 그 할매는 영 안 되겠냐?

— 어머, 아버지. 아까 주무셨던 거 아니었어요?

서울에 올라가면 당장 진행해야 할 미술관 신축 준비 때문에 신경이 곤두서 있던 나는 뒤적이던 다이어리를 짜증스럽게 덮었다. 서두르지 않으면 오픈 기한을 넘기게 되어 예민해져 있었던 터였다.

— 먼젓번에도 이장이 한 번 데리고 왔었다. 실은 오갈 데도 없고 불쌍하기도 해서 이참에 잘됐다, 싶더란다. 몇 년 전쯤 이 동네에 혼자 흘러들어와서는 이집저집 식모 일도 하고 논일 밭일 품앗이도 하면서 근근이 버티고 있는 모양이더구나. 쿨럭, 언젠가 와서 식사도 봐주고 시중을 드는 데 보니까 보기와는 다르더구나. 깔끔한 살림을 했던 건 같더라만. 쿨럭쿨럭.

— 아버지, 말 그만 하세요. 기침하시잖아요. 그 일은 제가 알아서 할게요.

아버지의 말을 괜히 끊어 버린 건 아니었다. 자식 된 도리로 직접 나서

지는 못할망정 병간호만큼은 비싼 비용을 들여서라도 전문가를 쓰고 싶었던 탓이었다. 그런 이유가 아니더라도 늙고 추레한 그 노인네만큼은 싫었다. 왜 하필이면 나이 든 그 노인네란 말인가. 아버지와 나에게는 전문가가 필요했다. 아버지에게는 손발이 되어주고 내게는 아버지가 계신 사실 자체를 잊을 정도로 신경 쓰지 않게 할 수 있는 모든 분야의 전문가.

　이장님이 다녀갔던 그 날 밤, 귓속을 파고드는 아버지의 낮은 기침 소리 때문에 도저히 잠을 이룰 수 없었다. 오랫동안 참아 왔던 수면제라도 먹어 볼까 싶어 뒤척이던 몸을 추스르고 일어났다.

　- 어, 아버지? 방에 자리 봐 드렸잖아요, 왜 나와서 주무세요?

　휠체어에 앉아 그대로 잠이 든 아버지의 무릎엔 지나간 앨범이 놓여 있다. 가족이라야 고작 엄마와 나 이렇게 셋뿐이었는데 무슨 추억거리가 있을 거라고 아버지는 몇 권 되지도 않는 저 앨범들을 저리 애지중지하시는 걸까.

　방에 아버지를 모셔 드리고 아버지처럼 앨범 앞에 앉았다. 아버지가 보고 있던 앨범은 엄마의 처녀 시절부터 두 분의 결혼식 사진이 담긴, 나를 낳기 전까지의 모습들이었다. 나는 엄마를 닮았다는 말을 누구보다 싫어했다. 어릴 적 엄마를 일찍 여의었기 때문에 그런 엄마를 그리워하는 것 보다 원망하는 마음이 커서였을지도 모르겠다. 홀아버지의 손에 자란 외동딸, 그 그늘이 얼마나 컸을지를 아직도 아버지는 모르고 계신 것 같았다.

# — 4 —

아버지 집에서 시간을 많이 소비해 예상대로 업무에 큰 지장이 오고야 말았다.

아버지 일들은 까맣게 잊어버린 채, ―물론 서울에 오자마자 내가 제일 먼저 했던 건 선배가 소개해 준 전문 호스피스를 아버지에게 보내는 일이었다. 올해 들어 호스피스 생활이 10년째 접어들었다고 하니, 게다가 선배의 시아버님이 돌아가시기 전까지 몇 년 동안을 지극정성으로 돌봐주던 사람이라 믿고 의뢰한 것이다. 그로 인해 나는 당분간 아버지라는 애증의 그늘에서 벗어났다고 생각할 수 있었던 건지도 모른다. 평창동에 새로 개관할 갤러리의 오픈 기한을 맞추는 데에만 온갖 신경을 곤두세우고 지내던 어느 밤이었다.

삐리릭, 늦은 시간에 울리는 전화벨은 언제나 별로 달갑지가 않다. 물먹은 스펀지처럼 소파에 늘어져 있던 터라 전화벨이 여섯 번 울릴 때까지 받지 않다가 일곱 번째 벨을 참지 못하고 신경질적으로 수화기를 들었다. 내 예감은 적중했다.

― 이모가 웬일이에요, 이 시간에?

― 너는 전화를 그런 식으로밖에 못 받니? 기집애두 참.

― 오랜만이네요. 건강하시죠?

― 그래. 너 먼젓번에 소개해 준 그 남자랑은 어떻게 돼가는 거니? 이모가 꼭 먼저 이렇게 물어야 해?

― 안 만나요. 그것 때문에 전화하셨어요?

― 애. 창희야. 너 대체 어쩔 셈이니, 결혼은 할 거야, 안 할 거야. 아버지도 저렇게 계신 데, 그나마 그 양반 정신 바로 있을 때 결혼해야 할 거 아니냐.

– 이모. 저 피곤해요. 지난밤에도 밤샘 작업했다구요. 그 말씀 하실 거면 전화 끊을게요.

– 아냐. 그것 때문만은.

전화를 끊겠다는 말에 이모의 목소리가 다급해진다.

– 네 아버지 문제로 전화한 거야, 실은.

– 아버지가 왜요?

– 너, 네 아버지 문제 알아서 하겠다더니 그래, 기껏 알아서 한다는 게 저 모양이냐?

– 뭐가 또 불만이신데요?

이모는 아버지를 반대하셨던 외가에서 유일하게 엄마의 편을 들어준 존재였다.

형제 중 유난히 엄마를 아꼈던 이유도 있었겠지만, 무엇보다 형부 반듯한 성품 하나 보고 내가 적극적으로 찬성한 거 아니겠냐. 내가 본 남자 중에 가장 훌륭한 인격체야, 라고 늘 말씀하시며 아버지에게 눈을 찡긋거리고는 했다.

그런 인간적인 아버지를 가장 존경한다고 했던가. 하긴 여태껏 이모와 이모부가 없었더라면 아버지는 훨씬 더 외로운 노년을 보내고 있었을지도 모르겠다. 저렇게 아파 휠체어를 타시기 전까지는 세 분이 두루 여행도 다니고 같이 성당도 나가시면서 서로 의지하고 지내셨으니 이모가 저러는 데도 무리는 없어 보였다.

– 불만, 이라니. 네가 가서 그 꼴을 봐도 불만이라는 얘기가 나오겠냐?

– 왜 그러시는데요.

이모는 지난 주말에 이모부와 함께 아버지를 보러 갔었던 얘기를 이모 특유의 과장된 목소리로 강조했다. 너, 베테랑 호스피스를 구했다면서? 60이 넘어 허리가 휠대로 휜 사람이 무슨 호스피스 노릇을 해. 네에? 게

다가 아예 그 할망구, 아주 안주인 노릇을 하고 앉았더라니까. 언니가 아끼던 그릇들 한지에 싸서 다 깊은데 보관했었잖니, 왜. 니가 다 버리라고 구박하는데두 그 구박 다 받고서도 아낀 건데, 그걸 어떻게 알고 모조리 꺼내서 쓰고 있질 않나. 내, 참. 기가 차서.

글쎄 언니 옷 방에서 꺼냈는지 언니 옷에 모자까지 차려입고는 마당에서 꽃 손질을 하고 있더라니까. 어디서 그런 사람을 소개한 거야, 대체?

이장이 말한 그 할매였다. 갑자기 참을 수 없이 속이 쓰려왔다. 며칠 동안 제대로 먹지 못해 꿀럭꿀럭 속에서 분비되던 위액이 한꺼번에 치솟아 왔다.

다음날 해 뜨는 것을 기다려 모든 일정을 뒤로하고 아버지 집으로 출발했다. 이상한 기분이었다. 액셀을 밟을 때마다 화가 치솟았다. 아버지에게로 향한.

오래된 녹색 대문의 집은 마당 밖에서부터 깊은 향내를 뿜어냈다. 벗겨진 철조 대문의 낮은 창살 사이로 아버지의 앉은 뒷모습이 보였다. 언제부터인가, 내가 아버지의 앉은 모습만을 기억하게 된 것은.

아버지에게로 꽂힌 시선을 채 빼기도 전에 녹슨 낡은 대문이 삐걱, 하고 열렸다. 내 키보다 머리 하나 반쯤은 덜 자란 할매가 어느새 와서 문을 열고 내 앞에 서 있었다.

― 오, 오셨슈. 연락도 없이 워짠일이시래유, 바쁘신 양반이.

나는 바람에 대문이 자동으로 열리기라도 한 듯 할매를 무시하고 들어섰다.

― 에그, 서울 양반들은 쌀쌀맞기도 햐. 있는 참에 웬만하면 눈이라도 한 번 맞출 뻡도 한디. 바람은 또 왜 이리 휑헌겨, 에그 무르팍이여.

또깍 또깍 걷던 나의 발걸음이 멈춰졌다.

― 오매, 깜짝이여.

구부정한 걸음으로 바짝 뒤쫓아 오던 양순 할매가 화들짝 놀랬다.

– 애기씨도 참, 시방 간 떨어질 뻔 했다니께유.

어느 때보다 신경질적인 내 태도를 보고 아버지는 내가 양순 할매에게 그랬던 것처럼 아는 기색 없이 냉랭하게 휠체어를 끌고 현관으로 먼저 들어갔다. 어쩌면 나의 이런 예민함은 아버지를 그대로 빼다 박았을까. 무언가 맘에 들지 않으면 말없이 행동으로 먼저 표현하는 것.

나도, 아버지도, 이런 우리 부녀가 참 지겨웠다.

– 아버지, 대체 어쩌실 참이세요?

말없이 돋보기 알만 닦고 계신 아버지에게 나는 참을 수 없다는 듯 따지고 들었다.

– 제가 내려보냈던 그분은 어떻게 되고 저 할머니가 대체 여기 왜 와 있는 거예요? 무엇보다 지금 바쁜 땐데, 왜 이렇게 신경을 쓰게 하세요?

– 너한테 내 일, 신경 써 달라고 안 했다.

– 아버지.

– 그 일 때문에 온 거면 올라가라. 이제 내 일은 내가 알아서 할 테니까 신경 쓰지 말고. 바쁜데 공연히 왔다 갔다 나 때문에 시간 낭비 할 필요 없다.

언제나 같은 아버지의 냉정함이다. 무엇 때문에 저렇게 마음이 상한 걸까. 이해할 수 없었다. 나를 없는 듯 여기고는 또다시 등을 돌리는 아버지. 남한테 빌려 온 정까지 떨어지게 한다던, 그래서 이모가 특유의 과장된 제스처를 쓰며 강조하는 나의 냉정함 역시 아버지에게서 비롯된 것이었다. 아버지가 안방에 들어가는 걸 보고서야 나는 내가 누구를 질책해야 할 것인지 비로소 깨달았다.

마당은 여전했다. 엄마가 살아 계셨으면 좋아하셨을 만한 작은 꽃들과 식물들을 정성껏 키우던 때의 아버지는 아름다웠다. 넓은 정원에 비해 건평이 작은 것이 흠이었지만 아버지는 유난히 이 집이 마음에 든다고 처음 보러 왔던 날, 어린아이처럼 마냥 들떠 했었다. 그런 마당의 한 구석에서 양순 할매가 고개를 삐죽이 내밀었다.

— 선상님허구 말씀 다 끝나셨시유? 그럼 들어가세유, 내 점심상 시방 차려드릴라니까.

— 할머니, 저랑 얘기 좀 하세요. 이리 와 앉으세요.

나는 '할머니'라는 말에 악센트를 주었다. 의도된 건 아니었지만 그렇게 해야 할 것 같았다. 아버지가 햇살을 받으며 주로 책을 읽는 의자 끝에 기운 없이 걸터앉았다. 이내 궁상스러운 몸배바지 끝자락이 맞은편 의자에 따라 앉는다. 마당을 손질하고 있었던 것 같은데 이모의 말대로 엄마가 즐겨 쓰던 챙이 큰 분홍색 모자를 쓰고 엄마의 머플러를 목에 두르고 있다. 나는 기가 막혔다. 대체 어떤 속내로 우리 집에 들어온 건지, 그 저의가 의심됐다.

— 도대체.

움찔, 하며 어깨를 움츠리는 할매의 모습이 역겹게 느껴졌다.

— 엄마 모자는 왜 쓰고 있는 거예요? 머플러는? 엄마 물건에 도대체 왜 손을 대냐구요!!!

양순 할매는 지각한 어린애처럼 고개를 떨어뜨린 채 애꿏은 손가락만 만지작거리고 있다. 몹시 거슬리는 행동이다. 안절부절못하는 그 모습에 나는 더 악이 치받쳤다.

— 즈이 아버지 잘 보셨겠지만, 그냥 대충 간호를 해 드릴 수 있는 상태가 아녜요. 전문 간호인이 곁에 있어야 한다구요. 게다가 할머니 몸도 불편해 보이잖아요.

— 아니 여유, 아니구먼유. 지가 이날 이때꺼정 살았지만, 몸 약하단 소릴랑은 들어도 못 봤어유. 그런 것 때문에 폐 안 끼칠 자신일랑은 있어

유. 증말이예유. 그리구 어머님 물건들은……. 죄송해유. 어머님 방에는 들어가지 못하게 하셨는데 지가 청소를 하다봉게 이삔 물건이, 좋은 게 너무 많아서 늙은 게 요망하게 욕심이 난 모냥이예유. 지가 죽일년이예 유……. 지가.

— 그것 때문이 아니라잖아요, 글쎄. 요 며칠 일 봐주신 대가는 단단히 치러드릴 테니까 어디 가실 데 있으면 바로 짐 싸세요. 아주 불쾌해요.

— 애기씨……. 저 그게 유……. 지가 지 아버지 모시드끼 정성껏 모셔 보면 안되겠시유? 지 서방도 살아생전 병치레를 하도 오래 하고 가서는 지가 그런 거는 자신 있다니께유. 예? 애기씨. 그라고도 선상님이 불편하 다고 하실랑은 그때 지가 떠날게유. 약속 할라니께유. 지는 다른 건 몰 라두 약속 하나는 잘 지킨다니께유.

그 순간 불현듯 왜 엄마 생각이 났을까. 쭈뼛거리며 손가락을 만지작 거리는 할매의 굽은 손가락이, 답답할 때마다 손끝을 위로 구부려 반듯 하게 스트레칭 하던 엄마를 떠올리게 했다. 피아노 치는 어린 계집아이 들이 건반 앞에 앉아서 피아노 치기 전에 손을 풀 듯, 엄마는 항상 그랬 다. 그런 엄마의 손은 엄마가 좋아하던 가요를 피아노로 칠 때나 외국 이모가 보내준, 엄마가 아끼던 접시를 마른행주로 정갈하게 닦을 때만 행복한 손이었다. 엄마는 극도로 불안해지거나 예민할 때 언제나 마른 손을 비벼댔고, 평상에 앉아 양손을 허벅지 아래에 끼고는 바닥을 노려 보며 계속 무언가를 중얼거렸다.

지금 생각하면 엄마는 아주 중증의 우울증을 앓고 있었던 것인데 그 때만 해도 우리 가족 중 그런 엄마를 알아보는 사람이 아무도 없었다. 어린 나는 그렇다 치고 아빠도 이모도, 그렇게 엄마를 잘 알고 있다고 생 각하던 가족들도 엄마의 속을 알 수 없었다. 그때 내가 조금만 엄마 속 을 캐 봤어도, 느이 엄마 그렇게 보내는 게 아니었는데. 아직도 뭐 때문에 개가 그렇게 갔는지 모르겠어. 조용하고 예민해서 그렇지 우울감이 있는 앤 아니었는데. 그럴 이유가 당최 뭐가 있었니. 내가 더 잘 들여다 봤어야 하는 건데, 다 내 탓이야, 내 탓. 이모는 문득 엄마 생각이 날 때 마다 한바탕 실컷 울고 나서 이렇게 말했다. 우울증에 무슨 이유가 있어요. 이모 탓 아녜요.

누구 탓도 아녜요. 엄마는 무지개다리를 건너간 것뿐이라구요. 응? 뭐라구? 무지개 뭐? 수화기 너머 이모는 본인이 너무 울어서 귀가 먹먹해진 거라 생각할 것이다. 아녜요, 그만 주무세요.

엄마는 결국 그 희고 가느다란 손목을 스스로 끊고, 세상과의 연도 모질게 끊고 무지개다리를 건넜다. 비 온 뒤 무지개가 뜰 때면 엄마는 항상 꿈꾸는 듯한 표정으로 그랬다. 엄마는 언젠가 저 다리를 건너갈 거야. 그 때는 너무 어려서, 그 말을 할 때의 엄마 표정이 마냥 좋았고 무지개다리를 건너간다는 상상만으로도 행복했다. 그 어린 창희는, 그때 참으로 행복했다. 그렇지만 엄마와 양순 할매는 비교할 수 없는 대상이 아니던가. 양순 할매의 처진 눈 속에서 그 날의 엄마를 본 것 같은 착각이 들 때였다. 아버지의 심한 기침 소리가 난 것은.

아버지의 심한 기침으로 인해 그날 밤을 머물렀던 나는 다음날도 끝끝내 양순 할매의 밥상을 받지 않고 돌아섰다.

아버지의 뜻대로 하시되 언제라도 할매의 시중이 불편해지시면 바로 연락을 하는 조건이었다. 올라오는 길에도 내내 나는 생각했다.

깔끔하고 소심해서 평소에 의심 많은 성격으로 유명했던 아버지가 왜 하필이면 세상에서 떠돌아다니던 저 늙고 쇠잔한 망아지 같은 할머니를 선뜻 받아들이게 된 걸까.

이렇게 된 이상 나도 더는 할 말이 없었다. 이후로 몇 번인가, 아버지를 보러 내려갔다 온 이모에게서 힐난을 받기는 했지만 이미 이모도 아버지의 뜻을 굽힐 자신은 없는 듯 그래, 어쩌겠니. 형부가 편하다는데. 하면서 더 말을 하지 않았다. 그런데 이상하다, 그 할매 낯이 익어두 보통 익는 게 아니야. 어디서 봤더라? 하면 또 모르는 사람인 것 같기두 허구. 내가 사람 알아보는 거 하나는 기가 막히는데 도통 기억이 안 나. 아휴, 이제 나도 늙나보다.

그건 이모가 그 사람을 받아들이기 위한 일종의 의식이라 생각하고 말았다.

—5—

엄마, 엄마. 가지 마요, 엄마.

또 같은 꿈을 꾸었다. 언제나처럼 무지개다리 위에 서 있는 엄마. 희미한 웃음으로 그게 슬픈 건지 기쁜 건지 알 수 없는 표정을 하고. 몇 년째 같은 꿈을 되풀이하고 있지만, 그때마다 베갯잇이 젖어있었다.

J대 역사학과 박현기 교수 부인인 유명 디자이너 김모 씨(39세)가 오늘 오전 자택에서 스스로 생을 마감했다. 경찰 조사결과 타살의 흔적은 전혀 없었으며 평소 심한 우울증을 앓고 있던 김 모 씨가 스스로 목숨을 끊은 것으로 보고 정밀 검사를 하는 중이다. 박 교수는 현재 쇼크 상태로 일시적 실어 증상을 보여 병원 치료를 받는 중이다.

결혼을 전제로 사귀고 있던 남자친구의 엄마는 부모님의 기사를 문자로 보내며 파혼을 요구했다. 나를 딸처럼 아끼고 사랑했던 남자친구의 어머니는 이 일로 인해 한동안 바깥출입도 하지 못할 만큼 아파하셨다고, 나중에 들었다. 화목한 가정에서 밝게 자란 남자친구와 가족들은 이런 일로 파혼까지 해야 하는지를 많이, 아주 많이 고민했다고 했다. 그렇지만 이런 내가 그의 가족들 안으로 들어가는 일이란 매우 힘든 일이었다. 어릴 적 힘든 기억으로 결국 내가 좋은 부모가 될 수 없을 거라는 이야기까지 들어야 했다. 아버지와 엄마의 러브스토리가 어떤 것이었든, 내게는 관심 밖이었다. 엄마가 무슨 일로 생을 스스로 마감하게 되었는지도 관심 없었다. 부모님 때문에 내 인생까지 다른 방향으로 흘러가야한다는 그 사실만이 내게는 중요했다. 엄마의 꿈을 꿀 때마다 드라마의 다음 회처럼 꼭 파혼의 기억도 함께 떠올려졌다.

— 6 —

– 기운 내라, 뭐 좀 먹어야지.

아버지의 장례를 막 끝낸 내 어깨에 손을 얹으며 이모가 말했다.

이렇게 가실 거였으면서 왜 그렇게 고집은 피우셨을까.

– 그래도 아프셨을 때 비하면 편안하게 눈 감으셨으니까 다행이다, 얘, 너 뭐 좀 먹어라. 삼 일째 아무것도 안 먹었다면서?

아버지의 죽음으로 인해 받은 충격 때문만은 아니었다. 만성 위염 때문에 조금이라도 신경이 거슬리는 일이 있으면 음식물을 잘 받아들이지 못하는 것뿐이었다.

하지만 남들에게는 하나밖에 없는 딸이 곡기를 끊은 것으로 받아들여질 테지.

아버지가 위독하다는 전화를 받던 밤이었다. 할매는 먹을 것 뺏긴 어린애마냥 잔뜩 울음을 속으로 참으면서 겨우 말을 꺼냈다.

— 저…… 애기씨, 지 양순이구먼유.

— 네?

모처럼 편안하게 잠이 막 든 터라 내 목소리에 짜증이 덕지덕지 붙어 있었던 모양이었다.

— 다름이 아니구서……

— 아버지, 안 좋으세요?

— 예…… 엇지녁부터 숨이 가쁘시더니 저그 몇 시간 전부터는 아예 숨이 깔딱깔딱 하신다니께유…… 이장님은 지금 막 오신다고 했응께 애기씨도 빨리 와 보셔야 할 것 같아유.

서둘러 옷을 입고 차에 시동을 걸면서 이모에게 연락을 했다 아버지 얘기가 나오는 순간부터 울기 시작했다. 오히려 내 쪽은 덤덤한데.

딸로서, 그것도 혼자인 외동딸이 부모의 양쪽을 모두 먼저 보낸다는 것이 얼마나 외로운 일인지, 아버지는 그런 걸 생각하고 계셨을까. 엄마가 돌아가셨을 때처럼 나는 아버지를 원망했다.

아버지의 장례가 끝나고 집으로 돌아와 유품을 챙기던 내게 양순 할매가 비적비적 다가왔다.

— 이거, 선상님이 애기씨 드리라고 전날 챙겨 주셨던 거예유.

양순 할매가 건넨 상자 안에는 아버지의 물건이 꽤 여러 개 들어 있었다. 탈고 중이셨던 글들, 늘 품에 지니셨던 결혼사진, 나를 낳고 나서 기념으로 사주셨던 엄마의 옥 브로치, 그리고는 내게 남긴 마지막 편지.

　사랑하는 나의 딸, 창희야. 너를 낳고 행복했던 엄마와 나를 기억해 본다. 이제는 너무 커 버려 어려운 사이가 되었지만 네가 내게서 멀어져 갈 때마다 매일 저녁 퇴근하는 나의 다리에 매달려 아빠, 아빠 애교를 부리던 어린 창희를 기억해 내곤 했단다. 엄마를 잃고 나는 너무 외로운 시간을 오래 보내왔어. 이제는 편안하게, 네 엄마 곁으로 가서 조금 쉬고 싶다. 오랫동안 엄마의 자리를 대신해준 사랑하는 딸 창희야. 사랑한다.

그리고는 할매를 부탁한다는 조금의 글이 곁들여져 있었다. 생전에 엄마의 음식 솜씨와 너무 비슷하여 마지막 지내는 날까지 행복한 상을 받았다는 것, 비록 다르긴 하지만 양순 할매가 엄마의 옷을 입고 정원에서 꽃을 손질하는 뒷모습을 보면 마치 죽은 엄마가 살아 돌아온 것처럼 반갑고 기쁜 마음뿐이었다는 것. 그래서 비록 짧은 기간이었지만 편안하게 지낼 수 있도록 아버지를 도운 사람이니 서울로 데려가서 적당히 있을 거처를 마련해 주었으면 한다는 것.

그리고…….

할매가 어릴 적 나를 업어 키운 보모였다는 것. 그제야 떠올려졌다. 어릴 적 우울함으로 내게 늘 등을 보이던 엄마 대신 나를 업어 주던 누군가의 등. 따뜻하고 보드라운, 오래된 스웨터의 까실한 그 촉감. 유치원에 다녀온 내가 항상 제일 먼저 달려가 업히던, 그 따뜻한 등짝.

그것이었다.

이모는 과연 양순 할매를 알아보고서도 모른 척한 걸까. 정말 몰랐을까.

– 할머니, 서울 가서 사실 수 있겠어요?

이모부가 마당에서 아버지의 옷가지를 태우고 있다가 휙, 놀란 듯이 돌아보았다.

아버지의 나머지 유품을 주섬주섬 챙기며 이모부 시중을 들던 양순 할매는 그제야 나를 쳐다봤다.

– 예? 지유?

– 그래요. 서울 생활하실 수 있겠느냐고요.

– 얘, 너 그게 무슨 뜻이니?

이모가 나섰다.

– 어차피 여기서 혼자 지내시진 못할 거 아녜요.

– 지는…… 어찌 되두 상관 없구만유.

이모의 눈치를 한 번 살피던 양순 할매는 결국 이모의 매서운 눈초리를 견디지 못하고 슬그머니 자리를 피했다.

– 제가 서울에 모시고 갈게요. 적당한 거처 마련해 주고 지내시게 할 거예요.

– 너, 어쩌려고 그래?

그게 아버지의 뜻이라고는 이모한테 얘기하지 않았다. 끝끝내 그 사실을 이모가 눈치챈다 해도 할 수 없는 노릇이었다. 이모까지 괜한 생각이 들게 하고 싶지는 않았다.

양순 할매와의 동거는 그렇게 시작되었다. 물론 오랜 시간 동안 함께 지내고 싶은 의향은 전혀 없었으므로, 서울에 올라오면서부터 여기저기 수소문을 했다. 양순 할매가 편히 있을 만한 양로원 시설은 셀 수도 없이 많았다. 그러나 아무 곳에나 맡길 수는 없는 일이었다.

내가 할매의 거처를 이곳저곳 따져 보는 동안 양순 할매는 나름대로 서울생활에 잘 적응하고 있었다.

지금 생각해보면 내 집에 첫발을 들이면서 양순 할매가 했던 말대로 양순 할매는 외로운 걸 죽기보다 견디기 싫어했던 것 같다. 넓은 시골 생활만 했던 탓인지 혼자인 게 무서워서인지 내가 들어오는 시간까지 할매는 집 안 곳곳에 모두 불을 켜 둔 채 잠이 들어 있곤 했다. 또 어떤 날은 쇠 잠금 고리까지 잠그고 자는 통에 집에 들어오지도 못하고 차 안에서 자야 하는 곤혹을 치르기도 했다. 알 수 없는 건, 평소 참을성이라고는 전혀 없는 내가 어떤 이유에서인지 할매의 이런저런 행동을 버티고 있었다는 것이다. 다시 생각해도 이상했다.

새 갤러리 오픈 문제로 며칠 집을 비우고 돌아오는 날 저녁이면 할매는 집에서 멀기도 한 재래시장까지 내려가서 이것저것 장을 봐서 나는 잘 손대지도 않는 나물 따위를 일일이 손질하여 저녁상에 올려놓기도 했다. 내 집에 들어왔던 첫날,

― 에그, 쯧쯧, 애기씨도 참. 뭐 이따우 걸 냉장고에 넣어 두고 잡수신 데유? 이런 건 몸에 좋지도 않다니께유. 에그, 그나마 여그 이놈은 오래 되어 문드러졌구먼유.

꼭, 지 얼굴 같지유?

키득키득. 늙은 오이 같은 얼굴을 추하게 일그러뜨리며 웃던 할매는, 주방을 한바탕 뒤집어 놓더니 급기야 냉장고 안을 속속들이 뒤져 가며 어울리지도 않은 잔소리를 해댔다.

먹는 걸 놓고 걱정하는 게 엄마 같기도 하고 이모 같기도 하여 꼭 싫지만은 않았다. 아버지까지 없는 세상이라고 생각하니 조금 울적했던 것일까. 스스로 위로받고 싶었던 것일지도 모르겠다. 묵은 김장 김치를 꺼내 김치찜을 했고 냉동실에 묵혀져 있어 눅눅해진 김은 부각을 만들거나 있는지도 몰랐던 각종 마른반찬들을 손질해 척척 상에 올려두어 매일 아침 나를 놀라게 했다. 늦게나마 이런 밥상을 받고 좋아했을 아버지 생각에 가슴 아래께에 통증이 느껴졌다. 이런 양순 할매가 고마웠고, 할매의 따뜻한 밥상이 좋았지만 언제나 나는 고맙다는 말을 하지 않았다. 그런 말을 해 본 적이 없었기 때문에 못한 건지도 모르겠다. 뭐가 그리 바쁜지 늘 현관에 아무렇게나 벗어놓은 할매의 낡은 슬리퍼를 출근길에 가지런히 놓아두고 나가는 것밖에는 할 수 없는 나였다.

새 갤러리를 오픈하던 날, 조촐하고 소박하게 오픈식을 끝낸 나는 가까운 지인들과 함께 단골 바에 들렀다. 몇 년에 거쳐 구상했고 어렵게 따낸 미술관 공사였다. 오픈식에서는 이 사람 저 사람 모여드는 통에 대체 누구와 인사를 나누었던 건지 기억해 내기도 어려워 마련한 자리였다. 지인들 틈에는 나의 옛 연인도 끼어 있었다.

— 축하해, 박 대표. 그동안 애썼다.

— 박 대표가 뭐냐, 우리끼리. 안 그러냐, 창희야?

— 야, 창희, 근데 너 요즘 왜 혼자만 바쁜 척이냐, 모임에도 안 나오고.

— 사무실 김 비서가 그러던데, 예전처럼 사무실에서 잘 자지도 않고. 꼬박꼬박 집에 들어가서 잔다며. 뭐냐 너, 밝혀야 해. 오늘은.

— 김 비서, 잘라야겠구나.

— 어, 진짜 뭔가 있구나? 빨리 불어. 뭐야?

— 할머니가 와 계신대, 아버지 병간호하셨던.

구석에서 연신 잔만 들이키던 내 오래된 옛 연인이 아는 척을 한다.

비틀거리며 화장실로 들어서는 나를 따라온 건 나의 옛 연인이었다.

— 니가 웬일이냐. 나하고 사귈 때도 집에 사람 들이는 걸 그렇게 싫어하더니. 결정적으로 그런 문제로 많이 다퉜었잖아.

— 내가 왜, 엄마 얘기하면서 말이야.

몸 약한 우리 엄마는 나를 한 번도 업어준 적이 없었다고 했잖아. 느이 어머님 첫인상이 너무 푸근해서 좋다는 얘기 하면서.

— 그래, 그래서 니가 엄마를 좋아했잖아.

— 그때 말이야. 어릴 적 나를 항상 업어 주던 유모. 그분이래.

— 진짜? 일부러 찾으신 거야?

- 그건 모르겠어. 아무것도 알고 있는 건 없는데 말이야. 아버지가 남겨준 마지막 선물인가, 싶기도 하고. 모르겠어. 그냥, 다 모르겠어.

화장실 바닥에 주저앉아 한참을 중얼거렸다. 나의 옛 연인은 무엇이 좋은지 연신 웃으면서 이야기를 들어준다. 그런 그에게 눈길을 주었던가. 그의 얼굴에 떠오른 미소보다 빨리, 나는 취해갔다.

- 창희야, 창희야. 괜찮아?

나를 부르는 그의 목소리가 에코처럼 울린다. 화장실 거울에 비친 내 모습이 뭉그러진 내 냉장고 속 반찬처럼 잔뜩 썩어 있다. 비릿한 냄새가 코를 찌르고 올라온다. 엄마의, 아버지의 육신이 썩을 때도 이런 냄새가 났을까.

아버지. 아버지. 아버지이.

아아, 엄마.

— 8 —

아파트 상가의 슈퍼는 꽤 늦은 시간까지 언제나 사람들로 북적였다.

퇴근할 때마다 맥주 한두 캔씩 사는 건 오래된 나의 습관이다. 반드시 마시고 잘 것도 아니면서 빼놓으면 아쉬운. 눈이 나쁜지 항상 돋보기를 끼고 계산을 하는 주인아주머니는 언제나 반갑게 맞았다. 가끔 늦은 퇴근을 걱정도 해주고, 두런두런 동네 돌아가는 얘기도 하고.

- 그게, 저 건너편 편의점이니 뭐니 요즘에는 24시간 하는 데가 많으니까 우리도 애 아빠랑 교대로 늦게까지 하고 그래요. 대중은 없지만. 참, 아까 할머니 내려오셔서 이것저것 찬거릴랑 사 갖구 가셨는데. 깻잎

튀김 좋아하신다면서 튀김가루도 갖고 가셨는데요? 기다리시다가 주무시겠네.

불 켜진 슈퍼를 보고 문득 떠올랐던 건, 맥주도 맥주지만 냉장고를 정리하던 밤 술안주를 위해 사다 놓은 캔 파인애플을 게걸스럽게 먹던 할매의 모습이 생각났기 때문이었다. 누군가를 위해 무엇인가를 산다는 행위, 내게는 영 익숙하지 않은 일이었다. 내가 왜 이러지.

술을 많이 마셨는데도 정신이 말짱했다. 무슨 이유에서일까.

현관에 들어서는 나를 할매는 부스스한 얼굴로 맞았다.

― 들어가서 주무시지, 왜 나오세요?

― 이제 오셨슈? 아유, 어디서 이리 술을 잡수셨데유? 에그, 술 냄새. 이게 뭐데유?

손에 들려주는 비닐봉지를 살펴보며 조심스레 묻는 할매.

― 파인애플 통조림이요. 그거 좋아하시잖아요.

― 오마나, 오마나, 이 귀한 눔을. 지 먹으라고 사왔데유?

통조림 한 통에 어린애처럼 좋아하는 할매의 뒷모습을 보면서 또 이게 뭔가 싶었다.

아버지와 살면서는 한 번 느껴보지 못한, 마음이 간지러운 이런 느낌은 대체 어떤 단어로 표현해야 할까 싶었다. 내 세포의 미미한 움직임을 더듬어 보기 위해 나는 그런 할매의 뒷모습을 유심히 바라보았다. 아마 이후에도 나는 오랫동안 이 느낌을 떠올리며 지내게 될 것 같았다.

샤워하러 들어가려는데 문득 식탁 위에 놓인 바구니가 눈에 들어왔다. 가까이 가서 열어보니 저녁 내 졸린 눈을 비벼가며 만들었을 깻잎 튀김이었다. 늦은 시간까지 하던 일이 힘에 부쳤는지 튀김가루를 쏟아 붓다가 여기저기 흘려도 놓았다. 한 잎 베어 물어볼까, 하다가 그냥 두었다. 많이도 튀겨 놨네. 나도 모르게 웃고 있었다. 내가 왜 이러지. 술을 너무 마셨다. 안 하던 짓거리를 다 하고. 누군가 머리를 만져 준다. 거친 손의 느낌이 엄마는 아닌 것 같은데, 아니. 이건 분명 엄마의 손길인데. 아, 엄마. 어엄마.

샤워하고 소파에 기댄 채 잠이 들었던 모양이다. 열어 둔 베란다 창으로 한기가 느껴져 잠을 깼나 싶었는데, 머리맡에 할매가 앉아 있었다. 그러고 보니 꿈이 아니었나 보다. 그 손길은 할매의 손길이었다.

– 불쌍하기도 허지유. 이리 곱고 예쁜 딸을 두고 어째 그리 두 분이 몽창 가셨데유. 애기씨 어렸을 적 생각이 났슈. 유치원 댕겨오는 시간이 된 것 같어서 대문 앞에 요만치 나가 서 있음 쩌~그 저만치서 지를 발견하고는 냅다 뛰어와서 등에 업혔잖유. 애기씨는 기억하능지 모르것지만 서두, 지는 그때 그 시절을 한 번두 잊어본 적이 없었다니께유.

내 머릿결을 쓰다듬는 할매의 거친 손이 거슬렸지만 나는 모른척 듣고 있었다. 그건 아버지도, 엄마도 아닌 바로 내게 하는 이야기였기 때문이었다.

– 지가 유, 주제 넘게두 선상님을 사모했지 뭐여유. 삼년을 넘게 모시면서 기냥 아버지 같기도 하고 또 죽은 지 서방 같기도 혀서–뭐, 이건 천부당만부당헌 얘기지만 서두– 처음에는 그냥 아무 생각 없이 열심히 모셨더랬슈. 근디 날이 갈수록 선상님이 어찌나 죽은 지 서방하고 닮았던지, 그리고 그분 성품이 워낙 뛰어나신 게 곁에서 모실수록 거 뭐이냐, 존겡심 같은 것이 생겼지 뭐여유. 원체 훌륭한 분잉께. 지거튼 형편에 워디서 그런 선상님을 가까이서 뵙것슈, 안그류?

거기다가 애기씨도 내려올 때마다 지한테는 눈길 한번 안 주고, 지 밥상도 한 번 안 받고 갔지만 서두 먼저 간 지 딸년 생각하니게 암만, 지 눈에는 그 모습도 밟히더라니께유.

애기씨는 마나님 젊웃을적 하구 똑겉이 생기셨슈. 마나님두 애기씨마냥 그리 호리 호리 허구 눈이 떼끈허니 서양 인형처럼 생겼었지유. 뭣이여, 그 누브면 눈 감구 인나믄 눈을 떼끄너니 뜨는 인형유. 거 있잔 유, 애기씨 어릴 때 만날 안고 자던 그눔 말유. 그런 마나님이 어찌나 곱든지. 지가 그려서 돌아가신 마나님 옷이니 뭐니 주제넘게 손을 댄규. 지두 어차피 떠날 목숨잉게, 그 본디 없는 눔의 짓거리는 죽어서 마나님 전에 가서 몽창 용서를 구할라구 했던규.

늙어서 오갈 데 없는 년 거둬주니께 벨소리 다 한다고 허시겠지만 서두 지는 뒤늦게 두 분 만나서 호강하구 살았구먼유. 지가 선상님을 좀 더 잘 모셨으면 오래오래 사셨을 지도 모르는디, 지 탓이 큰 것만 같아서 아자씨 가시고부터는 가심팍이 쪼뼷쪼뼷 쪼여 드는 게 아주 죽겠다니께유.

엄마도, 아버지도, 할매도 결국 서럽게 지는 인생 앞에서 서로를 길게 보듬어 줄 수는 없었던 것이었다. 스스로 선택했던 그렇지 않든 간에 그들에게 있어 이별이란 것은 각각의 의미가 다르면서도 같은, 그런 것이었다. 아버지 영정 사진 앞에서 서럽게 울던 양순 할매를 나는 말리지도 놓아두지도 못하고 바라만 보았었다.


할매는 그날 이른 새벽 가슴을 부여잡고 고통을 호소했다. 제대로 신발도 꿰어차지 못한 채 할매를 들춰 업고 응급실로 간 나는 또 하나의 사실을 알게 되었다. 할매는 아버지와 같은 심장 질환을 앓고 있었다. 아이러니하게도 이런 할매의 상태가 삼 년이라는 기간 동안 큰 문제 없이 아버지의 병시중을 해낼 수 있었던 이유였던 모양이었다.

양순 할매는 결국 내가 사다 준 파인애플 통조림을 먹지 못했다.

이삿짐센터 직원들이 오기로 한 시간이다. 할매가 있었더라면 이것저것 꼼꼼히 짐을 챙겼을 텐데, 아마 빠뜨리고 가는 게 많을지도 모른다. 다시 오게 되는 일은 없어야 할 텐데.

현관을 나서는 내게 양순 할매는 또 잔소리해댈지도 모른다.

아유, 애기씨두. 오늘은 놓고 가는 늠 없나 잘 생각해 보세유. 또 쩌그만치 가셨다가 되돌아오시지 말구유. 젊은 사람이 워째 그리 정신이 없데유.

# 기린 보는 밤

하상미

〈기린 보는 밤〉은 삶과 죽음의 경계에서 사랑하는 이를 위해 우리가 할 수 있는 일은 무엇이며 받아들여야만 하는 일은 무엇인지, 그 질문에 대한 답을 찾는 과정에서 만들어진 이야기입니다. 글을 쓰는 동안, 질문에 대한 답은 삶의 경험에 따라 얼마든지 달라질 수 있겠다는 생각이 들었습니다. 독자분들이 이 이야기를 통해서 각자의 답을 찾는 여정을 떠날 수 있다면 더할 나위 없이 행복할 것 같습니다.

글을 쓰면서 얻는 기쁨으로 첫 번째는 줄곧 머릿속에 있던 이야기를 활자를 통해 생생하게 구현하는 데 있고 두 번째는 그 이야기를 독자분들과 함께 나누는 데 있다고 생각합니다. 이번 기회를 통해 두 가지 종류의 기쁨을 모두 누릴 수 있었습니다. 독자분들이 이야기와 만날 수 있게 도와주신 심사위원분들과 삶의향기 동서문학상 관계자 여러분에게 감사드립니다.

마지막으로 언제나 조언과 격려를 아끼지 않는 친구들과 사랑하는 가족들에게 고마움의 말을 전합니다. 앞으로 더 좋은 사람, 더 좋은 작가가 되기 위해 한 걸음 더 나아가겠습니다. 감사합니다.

# 기린 보는 밤

하상미

　지난밤 동물원에서 코끼리가 죽었다. 노화로 인한 자연사였다. 동물원의 전담 수의사는 올해로 쉰다섯 살이 되었던 수컷 코끼리가 며칠 전부터는 먹이를 먹지 못할 정도로 쇠약해져 있었다고 말했다. 그러나 사람들은 코끼리의 사인에 대해서 반신반의했다. 과거 동물원에서 동물이 죽은 진짜 이유를 숨긴 적이 있었기 때문이다.

　10년 전, 암사자 한 마리가 동물원에서 숨을 거두었다. 당시 암사자는 스무 살이었는데 사인은 코끼리의 경우와 마찬가지로 노화로 인한 자연사로 알려졌다. 그러나 그것은 사실이 아니었다. 쇠창살을 사이에 두고 같은 우리에서 사육되고 있던 열 살 난 수컷 반달가슴곰이 암사자가 먹지 않고 버려두었던 먹이를 노린 게 모든 일의 시작이었다. 곰의 억센 앞발 앞에서 낡은 쇠창살의 문에 달려 있던 자물쇠 고리는 손쉽게 부서지고 말았다. 동물원의 담당 직원이 소식을 듣고는 마취용 총을 들고 우리까지 달려왔지만 이미 늦은 상태였다. 우리 바닥은 암사자의 피로 흥건하게 물들어 있었다.

　암사자의 사인이 언론을 통해 전국적으로 알려진 후(때마침 우리 앞에서 곰의 습격을 목격했던 관람객의 제보가 있었다.) 세간에는 동물원의 열악한 환경과 부실한 관리에 대해 비판하는 목소리가 높아졌다. 그러나 지자체가 운영하는 공영동물원은 턱없이 낮은 예산으로 인해 고질적인 재정난에 시달리고 있었기 때문에 시설의 개보수는 꿈도 꾸지 못하는 형편이었다. 기껏해야 다른 동물원에서 평균 수명을 넘긴 동물을 기증받아 현상 유지를 하는 수준이었다.

마침내 지자체는 사육동물을 추가로 확보하는 대신 조류를 중심으로 한 공원으로 동물원을 축소할 계획을 세웠다. 바꾸어 말하면 동물원에 있는 기존의 포유류 동물이 모두 자연사하기를 기다리기로 한 것이다. 시설과 관리의 개선이 없는 것은 물론 제대로 된 의료 지원도 없이 동물들이 자연사하기를 기다린다는 것은 또 다른 의미의 방치나 다름없었다. 동물 보호 운동을 하는 시민 단체들은 지자체의 결정에 대해 거세게 반대했다. 그러나 동물원에 사는 동물들의 고통을 최소화할 수 있도록 돕는 법령은 어디에도 없었다. 결국, 동물들은 좁고 낡은 우리에 죽을 때까지 갇혀 있을 수밖에 없었다.

코끼리를 폐사 처리하고 난 후 담당 사육사는 텅 빈 우리를 보며 10년 전 세상을 떠난 암사자를 떠올렸다. 암사자는 동물원의 우리에서 태어났다. 그러나 허약한 체질로 인해 이내 어미 사자에게 버림을 받았다. 열정으로 가득했던 이십대 시절, 사육사는 어미 사자 대신 암사자를 거두었다. 그대로 두었다가는 어린 사자가 며칠도 살아남기 어려워 보였기 때문이다. 시설이 열악한 동물원에는 제대로 된 인공포육실도 없었기 때문에 사육사는 가족들의 반대를 무릅쓰고 자신의 집으로 암사자를 데려갔다. 그러고는 석 달 동안 고기 분말을 섞은 분유를 먹이며 암사자를 마치 자신의 딸처럼 애지중지 키웠다. 그 덕분에 암사자는 사람을 잘 따르는 온순한 성격을 가지게 되었는데 사육사의 가족들에게는 물론 동물원의 관람객들에게도 사랑을 받게 되었다.

사육사는 암사자가 태어나고 자라나는 모든 순간을 함께할 수 있었다. 그러나 암사자가 세상을 떠나는 순간은 함께할 수 없었다. 동물원에서 사고가 일어나기 며칠 전, 사육사는 대학병원에 있었다. 칠순을 넘긴 노모가 뇌출혈을 일으켜 대수술을 받고 있었기 때문이다. 다행히 수술은 무사히 끝났지만, 노모는 의식을 되찾지 못한 상태로 중환자실 신세를 지고 있었다. 사육사는 노모의 곁을 지키기 위해 나흘간 연가를 내고 병원에 머물렀다.

그 사이 암사자의 우리에 수컷 반달가슴곰이 들어왔다. 반달가슴곰 두 마리가 있던 우리에서 다툼이 일어나 두 곰을 분리해야 했는데 예산 문제로 별도의 사육장을 만들 수 없어 암사자의 사육장에 철장을 두고 곰 한 마리를 사육하기로 한 것이었다. 사육사가 알았더라면 놀라 길길이 뛸 만한 결정이었다. 자기 영역을 중요하게 여기는 두 맹수를 한 우리에 함께 키운다는 것은 상식 밖의 일이었기 때문이다. 게다가 노쇠한 나머지 식욕마저 잃은 암사자와 식탐이 많은 반달가슴곰을 같은 공간에 두는 건 위험하기 짝이 없는 일이었다. 그 결과는 암사자의 싸늘한 주검으로 돌아왔다.

사육사가 뒤늦게 소식을 듣고 동물원으로 달려왔을 때 암사자는 이미 폐사 처리된 상태였다. 이십대의 청년이었던 사육사가 쉰 살을 넘기고 갓 태어났던 암사자가 스무 살을 넘긴 해의 겨울이었다. 텅 빈 우리를 보며 사육사는 자신의 품에 포근하게 안겨 있던 암사자의 어린 시절을 떠올렸다. 맹수들은 어렸을 때부터 발바닥이 큰데 암사자도 마찬가지였다. 그때 만졌던 어린 사자의 크고 부드러운 발바닥의 감촉이 아직도 손에 남아 있는 것 같았다. 이제는 다시는 느낄 수 없는 감촉이었다.

암사자가 세상을 떠난 지 10년이 흐른 무렵이었다. 코끼리가 죽고 난 뒤 동물원에는 단 한 마리의 포유류 동물이 남아 있었다. 지난봄에 스물두 살이 된 암컷 기린이었다. 이제 기린만 세상을 떠나면 동물원은 30여 년의 역사를 뒤로 하고 문을 닫게 될 것이었다. 환갑을 넘긴 사육사 역시 이제 곧 정년퇴직을 앞두고 있었다. 오랫동안 몸을 담아 왔던 동물원을 떠날 때가 가까워지고 있었다.

사육사는 주말이 되면 교외에 있는 노인병원에 갔다. 노모를 만나러 가기 위해서였다. 사육사의 어머니가 노인병원에 입원한 지는 올해로 10년이 된 참이었다. 노모는 대수술을 받은 후 언어 구사 능력과 몸의 왼쪽 기능을 상실했는데 혼자서는 거동조차 할 수 없었고 예전처럼 일상생활도 할 수 없었다.

사육사는 노모를 자신의 집에 모시고 싶어 했다. 그러나 반신불수가 된 노모를 돌보는 일을 감당하기 쉽지 않았다. 아내에게 부담을 주고 싶지도 않았다. 마침내 그는 집에서 차로 한 시간 거리에 있는 시설 좋은 노인병원에 노모를 입원시키기로 결정했다. 외아들로서 어머니를 모시지 못한다는 죄책감을 느꼈지만 이게 모두를 위한 최선이라고 판단했다.

노인병원은 교외의 야트막한 산 위에 있었다. 사육사는 차를 몰고 산길을 오르기 시작했다. 길이 거칠어 차체가 흔들리고 흙먼지가 일었다.

얼마 후 흙먼지가 가라앉자 차창 너머로 코스모스가 길가에 가득 피어 있는 게 보였다. 산들바람이 불어와 코스모스가 하늘하늘 흔들렸다. 아름다운 가을의 정경이었다.

그러나 노모가 머물고 있는 병실의 창문 너머로는 코스모스가 피어 있는 풍경이 하나도 보이지 않았다. 창가에 서면 살풍경한 병원의 주차장이 눈에 들어왔는데 흙먼지가 뿌옇게 묻어 있는 자신의 낡은 자동차가 한구석에 주차되어 있는 게 보일 뿐이었다.

"어머니, 저 왔어요."

사육사가 노모에게 말했다. 그러나 노모에게는 대답이 돌아오지 않았다. 노모는 4인용 병실의 창가 곁에 있는 침대에서 두 눈을 감은 채 마치 죽은 듯이 잠을 자고 있었다. 담당 간병인은 노모가 점심을 먹고 난 후 잠들었다고 했다.

하루 종일 침대에 누워 있는 노모의 몸은 거죽만 남아 앙상하게 말라 있었다. 특히 기능을 잃은 왼쪽 팔과 다리는 말라 시든 풀줄기처럼 볼품이 없었다. 사내아이처럼 짧게 자른 머리카락은 백발에 가까웠다.

"노인네가 이만큼이나 오래 살았으면 됐지, 자식 고생만 시키고."

10년 동안 병원 신세를 지고 있는 노모를 두고 사육사의 주변 사람들이 늘 하는 말이었다. 사람들은 오랜 세월 노모의 병원 뒷바라지를 하는 사육사를 가여워했다. 사람들에게 동정 어린 시선을 받을 때마다 사육사는 노모가 이제 그만 세상을 떠나 편안해졌으면 하고 바라곤 했다. 그러나 그와 동시에 어머니가 숨을 거두길 바라는 자신의 마음에 대해 죄책감을 느끼기도 했다.

사육사는 노모가 잠에서 깨어나길 기다렸다. 노모는 오랜 세월 동안 병상의 신세를 졌지만, 눈동자만큼은 예전처럼 맑았다. 사육사는 잠들어 있는 눈꺼풀을 손가락으로 뒤집어서라도 어머니의 눈을 보고 싶었다. 노모의 두 눈을 바라볼 때 비로소 안도할 수 있었기 때문이다.

하루 종일 병실에 켜 두는 텔레비전에서는 코미디 프로그램의 재방송이 나오고 있었다. 브라운관 너머로 속 모르는 사람들의 웃음소리가 들려왔다. 사육사는 노모의 침대에 걸터앉아 벽에 걸린 시계를 올려봤다. 시간이 유난히 더디게 흘러가는 일요일 오후였다.

기린에 대한 소식이 들려온 건 월요일 오전이었다. 기린이 먹이를 잘 먹지 않아 수의사에게 검진을 맡긴 지 며칠 되지 않았을 때였다.

"식도에 어른 주먹만 한 크기의 혹이 생겼어요. 수술을 하지 않는다면 버티기 힘들 겁니다."

수의사는 기린이 수술을 받아야 살 수 있을 거라고 말했다. 그러나 올해 스물두 살이 된 기린이 노쇠해 수술 과정을 견디기 어렵고 설령 수술을 한다고 해도 회복이 가능할지 의문스럽다고 했다. 게다가 키가 6m에 가까운 기린을 수술하는 데에는 수의사가 적어도 열 명이 필요한데 동물원에서는 그만한 인력과 비용을 감당할 수 없는 실정이라고 했다.

"영양주사를 맞힐 수밖에 없겠네요."

수의사의 말을 듣고 사육사는 한숨을 쉬며 말했다.

기린은 동물원에서 가장 인기가 높은 동물이었다. 특히 어린 아이들이 기린을 좋아했다. 동물원으로 소풍을 온 유치원생과 초등학생들이 작은 고개를 들어 기린을 올려다보는 모습은 사랑스럽기 그지없는 풍경이었다.

그러나 몇 년 전부터 기린은 야외 사육장보다 실내 사육장에 있는 때가 더 많았다. 나이가 들며 기력이 서서히 떨어진 탓이었다. 사실 기린이 스무 해가 넘는 세월동안 살아남은 건 기적에 가까운 일이었다. 아프리카의 초원에 비하면 동물원의 환경은 기린이 살아가기에 열악하기 짝이 없었다.

사육사는 수의사와 대화를 마친 후 기린을 보러 갔다. 기린은 비좁고 지저분한 실내 사육장에 혼자 서 있었다. 사육사는 기린을 올려다봤다. 병상에 누워 있는 노모가 떠올랐다. 몸은 여위고 가늘었지만, 속눈썹이 길고 크기가 큰 눈만큼은 여전히 아름다웠기 때문이다. 이따금 안부를 확인하는 것 외에는 자신이 해 줄 수 있는 일이 아무것도 없다는 사실도 마찬가지였다. 사육사는 우리 앞을 좀처럼 떠나지 못했다. 발걸음이 천근만근 무거웠다.

노인병원에서 전화가 걸려온 건 다음날 저녁이었다. 어머니가 폐렴 증상을 보이고 있다는 것이었다. 사육사는 이해하기 어려웠다. 지난 주말까지만 해도 어머니의 건강 상태는 그리 나빠 보이지 않았기 때문이다.

"연세 있는 어르신들에게 종종 있는 일이에요."

담당 의사는 어머니를 큰 병원에 옮겨야 할 것 같다며 노모의 보호자인 사육사의 동의를 구했다. 사육사에게는 달리 고를 수 있는 선택지가 없었다.

그날 밤 대학병원 입원실의 침대 위에 누워 있는 노모를 봤을 때, 사육사는 마치 10년 전으로 되돌아간 것 같았다. 그때처럼 어머니는 생명이 위독했고 자신은 어리석은 선택을 반복할 것만 같았다.

사육사는 10년 전 어머니에게 수술을 받게 했던 걸 오랫동안 후회해왔다. 그때 수술 동의서에 사인만 하지 않았더라면 어머니가 오랜 세월 동안 고통받는 일이 없었던 걸 아닐까 두려운 마음조차 들었다.

그러나 한편으로는 어머니가 없는 자신의 삶을 상상조차 할 수 없었다. 건강하든 병들었든 말을 할 수 있든 없든 어머니는 어머니였다. 아버지가 서른이 안 된 나이에 교통사고로 세상을 떠나고 난 후, 손발이 부르틀 정도로 논밭을 일구며 자신을 홀로 키운 어머니였다. 그런 어머니를 떠나보낼 자신이 없었다. 이기적인 마음이라는 것을 잘 알면서도 어머니가 조금이라도 더 버텨 주기를 바랄 뿐이었다.

사육사는 어머니와 마지막으로 이야기를 나누고 싶었다. 언어 구사 능력을 잃은 어머니로서는 불가능한 일이라는 걸 잘 알고 있었다. 그러나 어쩔 도리도 없이 어머니의 목소리가 듣고 싶을 따름이었다.

병상의 어머니는 산소 호흡기를 단 채 가쁜 호흡을 하고 있었다. 사육사는 간호사가 면회 시간이 끝났다는 사실을 알리러 올 때까지 죽어가고 있는 노모를 바라보며 병실을 지켰다.

"아저씨, 기린은 어디에 있어요?"

정오가 지난 무렵, 사육사가 야외 사육장 안을 점검하고 있을 때였다. 사육사는 들려오는 목소리에 뒤를 돌아보았다. 근처 사립초등학교의 교복을 입고 있는 여자아이가 철조망으로 된 우리 너머에서 사육사를 바라보고 있었다. 동물원으로 가을 소풍을 온 초등학생 무리들 중 한 명인 것 같았다. 아이는 여덟 살에서 아홉 살 정도로 보였는데 어깨까지 내려오는 머리카락을 양 갈래로 단정하게 묶고 있었다.

"기린은 지금 안에서 자고 있어."

사육사는 기린이 잠들어 있는 실내사육장을 손끝으로 가리키며 말했다.

"아직 낮인데요?"

아이는 철조망 앞으로 한 발자국 더 가까이 다가서며 말했다.

"낮잠 잘 시간이거든."

손목시계를 바라보며 사육사가 말했다. 그러나 사육사의 말은 절반 정도 사실이 아니었다. 최근 들어 기린은 낮잠이라고 할 것도 없이 거의 하루 종일 실내 사육장 안에서 죽은 듯이 잠들어 있었기 때문이다.

"그럼 언제 일어나요?"

"글쎄, 언제 일어나려나."

사육사는 철조망 너머를 바라봤다. 철조망은 오래되어 칠이 벗겨져 있었다. 원래 무슨 색을 칠해 두었는지 기억이 나지 않을 정도였다. 가까이 다가가면 녹이 슨 냄새가 났다. 낡은 철조망 너머로 아이의 티 한 점 없이 새하얀 얼굴이 눈에 들어왔다.

그때 이십대 후반으로 보이는 한 여자가 아이 곁으로 헐레벌떡 달려왔다.

"선생님이 한참 동안 찾았어."

여자는 아이를 발견하자마자 안도의 한숨을 내쉬었다. 여자는 초등학교 교사처럼 보였는데 소풍을 온 학생들을 인솔하다가 아이를 잃어버렸던 것 같았다. 소풍철의 동물원에서 흔히 볼 수 있는 풍경 중 하나였다.

"기린 보고 싶은데. 지금 낮잠 자고 있대요."

아이는 여자를 올려다보며 말했다.

"다음에 또 오면 되지. 그때는 기린이 일어나 있을 거야."

여자는 아이의 손을 잡고 발걸음을 재촉하며 말했다. 사육사는 멀어져 가는 여자와 아이의 뒷모습을 말없이 바라봤다. 여자가 말하는 '다음'이 언제인지 몰라도 아이가 이 동물원에서 기린을 다시 볼 수 있는 기회는 얼마 남지 않았다는 사실을 사육사는 잘 알고 있었다.

우리 안에는 과육이 썩어 가는 냄새가 났다. 기린이 먹지 못하고 남겨둔 먹이에서 나는 냄새였다. 부패한 시체에 구더기가 들끓는 것처럼 썩어가는 과일 위로 초파리 떼가 날아들었다. 그 곁에서 늙고 병든 기린은 서서히 죽어가고 있었다.


퇴근 후, 사육사는 노모가 입원하고 있는 대학병원으로 갔다. 노모는 눈을 뜨고 있었다. 그러나 두 눈을 마주치며 인사를 하려고 하는 사육사를 바라보려고 하지 않았다. 눈빛도 예전 같지 않았다. 노모는 지칠 대로 지쳐 보였다.

사육사는 손등으로 노모의 이마를 쓸어내렸다. 어쩐지 어머니를 돌보는 게 아니라 딸을 돌보는 것 같은 기분이 들었다.

그러나 사육사는 자신의 기분을 확신할 수 없었다. 평생 동안 자식이 없었기에(젊은 시절 아내의 거듭된 유산 끝에 아이 갖기를 단념한 바가 있었다.) 자식을 키운다는 게 어떤 일인지 알 수 없었다. 자식을 키우는 것처럼 동물원의 동물들을 키워왔지만, 그것과는 또 다른 일이 아닐까 어렴풋이 짐작해 보는 정도였다.

병실을 지키고 있던 간병인이 팩에 담긴 노모의 소변을 화장실에 버리러 간 동안, 사육사는 노모가 가슴께까지 덮고 있는 이불 아래에서 노모의 손을 찾았다. 지쳐 보이는 어머니를 위로하기 위해 손이라도 따뜻하게 잡아 주고 싶은 심정이었다.

그때 사육사는 소스라치게 놀랐다. 노모의 손에서 붉은 피가 묻어 나왔기 때문이다. 사육사는 노모가 덮고 있는 이불을 걷어 보았다. 이불 안쪽에도 피가 흥건하게 묻어 있었다. 노모의 두 손과 병원복도 피로 젖어 있었다. 노모가 손등에 꽂혀 있던 링거 바늘(기능을 잃은 왼쪽 손등에 바늘이 있었다.)을 빼려고 사투를 벌인 흔적이었다. 이불 아래에서 벌어지고 있는 참상을 보고 사육사는 할 말을 잃었다.

"언제부터 이런 상태였습니까?"

사육사는 병실로 돌아온 간병인에게 물었다. 화가 나고 두려운 마음이 배어 나오지 않도록 목소리를 가다듬어야 했다. 사육사의 물음에 간병인은 방금 전까지만 해도 이렇지 않았다고 덤덤하게 말하며 병원복과 이불을 새로 가져왔다. 그러고는 능숙한 손길로 노모의 병원복을 갈아입히고 새 이불을 덮어 주었다. 정교하게 만들어진 기계와 같은 동작의 연속이었다. 군더더기라고는 찾아볼 수 없었다.

간병인이 옷을 입히고 침구를 정리하는 내내 노모는 단어를 완성하지 못하는 목소리로 울부짖으며 고통스럽게 몸을 비틀었다. 마치 감옥 같은 자신의 몸에서 달아나고 싶어 하는 것 같았다. 사육사는 노모를 진정시키려고 했지만 역부족이었다.

"링거 바늘을 다시 꽂는 것은 무리겠어요."

간병인의 호출을 받고 온 간호사는 진통제를 더 투여할 수 있도록 조치를 취하겠다고 했다.

노모가 어느 정도 진정이 된 후, 사육사는 도망치듯이 병실을 빠져나왔다. 방금 전에 자신이 본 광경을 믿을 수 없었다. 피범벅이 된 노모의 두 손과 말라비틀어진 몸이 인두로 새겨진 것처럼 두 눈꺼풀 안을 떠나지 않았다.

늦은 저녁이었다. 병원의 지하 주차장은 인적 없이 한산했다. 사육사는 자신의 낡은 자동차의 문을 열고 안으로 들어갔다. 그러고는 한동안 시동을 켜는 것도 잊어버린 채 자리에 앉아 있었다. 사육사는 어머니가 10년 전에 수술실에 들어갔을 때에도, 말도 못하고 걷지도 못하게 되었을 때에도 울지 않았다. 자식처럼 제 손으로 키운 암사자가 저보다 먼저 허무하게 세상을 떠났을 때에도 마찬가지였다. 울기 시작하면 그걸로 끝이라고 생각해 왔다. 그러나 이번만큼은 울음을 참을 수 없었다. 텅 빈 주차장 안에서 사육사의 울음소리가 메아리처럼 울려 퍼졌다.

사육사는 노모의 임종을 지키지 못했다. 어머니는 한밤중에 세상을 떠났다. 의사가 고비가 될 거라고 말했던 날이었다. 연락을 받고 병실로 달려갔을 때는 이미 늦은 상태였다. 함께 병실로 달려온 사육사의 아내는 아무 말 없이 사육사의 등을 손으로 쓸어 주었다.

장례식의 마지막 날 상복을 벗을 무렵에야 비로소 사육사는 자신이 고아가 되었다는 사실을 깨달았다. 육십을 넘긴 나이에 고아라는 말은 어울리지 않았지만 다른 말이 머릿속에 떠오르지 않았다.

며칠 후 사육사는 동물원으로 발걸음을 옮겼다. 한 달에 한 번 있는 일요일 당직을 서는 날이었다. 폐장 시간이 한 시간도 남지 않은 늦은 일요일 오후였다. 동물원 안에는 인적이 드물었다. 얼마 없는 관람객들도 다들 집으로 돌아갈 채비를 하고 있었다. 길가에는 검게 변한 낙엽이 뒹굴고 있었다. 가을이 끝나가고 겨울이 시작되려고 하는 무렵이었다. 다른 계절보다도 해가 빨리지는 터라 아직 저녁 6시도 되지 않았지만, 사위가 어둑어둑했다.

　사육사는 기린이 있는 우리로 갔다. 기린은 실내 사육장 안을 어디 오 갈 데 없이 서성이고 있었다. 장례식 때문에 사육사가 동물원을 며칠 동안 비운 사이 기린은 한층 더 수척해진 것 같았다. 한때 윤기가 흘렀던 갈색 갈기는 볼품없이 거칠어져 있었다. 기린은 먹이에는 입도 대지 않았는데 이따금 길고 검은 혀를 내밀어 물로 목을 축일 뿐이었다. 그나마도 힘에 겨워 보였다.

　'이대로라면 일주일도 못 버틸 겁니다.'

　며칠 전 기린의 건강 상태를 다시 한 번 확인했던 수의사의 말이 사육사의 머릿속을 맴돌았다. 사육사는 손에 들고 있는 주사기를 물끄러미 바라봤다. 영양주사였다. 제 입으로 먹이를 먹지 못하는 기린은 영양주사를 맞으면서 하루하루를 간신히 버티고 있었다.

　그러나 영양주사를 주는 게 정말 기린을 위하는 일인지 사육사는 더 이상 확신할 수 없었다. 올해로 스물두 살이 된 기린은 사람으로 치면 칠순이 훨씬 넘긴 것과 다름이 없었다. 기린의 여윈 목을 바라보고 있자니 링거를 거부하던 어머니의 피 묻은 손길이 눈앞을 떠나지 않았다.

　기린은 원체 말이 없는 동물이었다. 평생을 크게 울부짖지도 작게 으르렁거리지도 않았다. 기쁠 때나 슬플 때나 마찬가지였다. 늘 말없이 제자리를 지킬 뿐이었다. 그러나 자세히 들어 보면 고요한 울음소리를 낼 때도 있었다.

　사육사는 귀를 기울였다. 기린이 자신에게 말을 걸어 주었으면 좋겠다고 생각했다. 그럴 수 없다는 걸 잘 알면서도 어쩔 수가 없었다. 어머니와 마지막으로 이야기를 나누고 싶었던 것처럼 기린과도 이야기를 나누고 싶었다. 자신이 어떤 선택을 내려 주길 바라는지 말 못하는 기린에게 물어보고 싶은 마음뿐이었다.

"아저씨, 기린 아직도 자고 있어요?"

그때 사육사의 등 뒤로 낯익은 목소리가 들려 왔다. 사육사는 실내 사육장 밖으로 나왔다. 우리 너머로 얼마 전에 본 적이 있는 여자아이가 서 있었다. 아이는 그때처럼 머리카락을 양 갈래로 단정하게 묶고 있었는데 이전과는 달리 교복 대신 파란색 물방울무늬가 있는 흰색 원피스 차림을 하고 있었다. 등교를 하지 않는 일요일이니 당연한 일이었지만 어쩐지 그때와는 아주 달라 보였다.

"아니, 지금은 깨어 있어."

사육사는 얼떨떨한 목소리로 말했다. 아이를 다시 보게 될 거라고는 생각지도 못했던 터라 저도 모르게 그런 목소리가 나오고 말았다.

"기린 보고 싶어서 또 왔는데, 이번에는 진짜 일어나 있었네요."

아이는 우리 앞으로 바싹 다가서며 말했다. 아이의 얼굴은 기대로 가득차 있었다.

"기린 언제 밖으로 나와요?"

"글쎄, 언제 나오려나."

사육사는 실내 사육장을 초조하게 바라보며 말했다. 이번이야말로 아이가 기린을 볼 수 있는 마지막 기회일지도 모를 일이었다. 그러나 기린은 실내 사육장 안을 서성일 뿐 밖으로 나오려 하지 않았다. 그럴 기세도 보이지 않았다.

그때 실내 사육장의 외벽에 설치된 스피커 너머로 동물원의 안내 방송이 들려왔다.

"안내 방송 드립니다. 진양초등학교 1학년 이서아 어린이를 부모님이 찾고 있습니다. 이서아 어린이는 동물원 정문에 있는 매표소로 와 주시길 바랍니다. 주변에 양 갈래 머리를 하고 파란색 물방울무늬가 있는 흰색 원피스를 입고 있는 8세 여자 어린이를 발견하신 분은 매표소로 연락

부탁드립니다. 다시 한 번 안내 방송 드립니다…"

"어서 부모님께 가 봐야지."

방송을 듣고 난 후 사육사가 아이에게 말했다.

"기린 볼 때까지는 안 갈 거예요."

아이는 고개를 가로저으며 자리를 지켰다. 사육사는 아이에게 다음에 또 오면 된다고 말하고 싶었다. 그러나 다음이라는 건 없다는 사실을 그 누구보다도 잘 알고 있었다.

"기린이 왜 그렇게 보고 싶어?"

사육사는 아이에게 물었다.

"동물 중에서 기린을 제일 좋아하니까요."

사육사의 물음에 아이는 해맑게 웃으며 말했다.

아이의 대답을 듣고 난 후 사육사는 먼 하늘을 바라봤다. 서쪽 하늘에 저녁놀이 내려앉고 있었다. 사육사는 앞으로 몇 번이나 더 동물원에서 노을을 보게 될지 마음속으로 헤아려 보았다. 사육사가 정년퇴직을 하기도 전에 동물원은 문을 닫게 될 것이었다. 모든 것이 끝날 순간이 점차 가까워지고 있었다.

얼마 후 사육사는 손에 들고 있던 주사기를 바닥에 천천히 내려놓았다. 그러고는 빗장이 걸려 있던 야외 사육장의 문을 조심스럽게 열었다.

"아주 잠깐만이야."

사육사는 우리 앞에 서 있던 아이에게 손을 내밀었다. 아이는 사육사의 손을 잡은 채 야외 사육장 안으로 걸어 들어갔다.

사육사와 아이는 야외 사육장 한가운데까지 함께 걸어갔다. 기린이 있는 실내 사육장 안이 한눈에 보이는 곳이었다.

기린은 등이 켜진 실내 사육장 안을 가만히 맴돌고 있었다. 기운이 없어 보였다. 그러나 언제까지고 기린은 여전히 기린이었다. 가늘고 긴 목도 흰색의 넓은 그물눈 모양의 무늬도 부드러운 술이 달린 꼬리도 이마 양쪽에 난 두 뿔도 긴 속눈썹도 크고 아름다운 눈도 모두 영원히 변하지 않을 것들뿐이었다.

"기린 태어나서 처음으로 봐요."

아이는 사육사의 손을 꼭 잡으며 말했다. 목소리에는 놀라움과 기쁨이 함께 있었다.

스피커 너머로 안내방송이 다시 한 번 들려왔다. 여전히 아이의 행방을 찾고 있는 방송이었다. 그러나 사육사와 아이는 한동안 자리를 떠나지 않았다. 주사기를 버려둔 곳도 잊어버린 채 집으로 돌아가는 것도 잊어버린 채 둘은 기린을 보고 있었다.

얼마 후 기린이 실내 사육장 밖으로 천천히 걸어 나오기 시작했다. 고요하기 그지없는 발걸음이었다. 야외 사육장 한가운데 서 있던 두 사람은 숨을 죽였다.

기린은 서너 발자국 밖으로 걸어 나온 후 자신을 올려다보고 있는 사육사와 아이를 바라봤다. 말 없는 눈길들이 오갔다. 그 순간 사육사는 모든 것을 이해할 수 있을 것 같았다.

우리 위로는 밤하늘이 펼쳐지고 있었다. 아프리카의 초원처럼 드넓은 하늘이었다. 북쪽 하늘에는 기린을 닮은 초겨울의 별자리가 반짝이고 있었다. 한 번도 가보지 못한 고향으로 돌아간 것처럼 모두가 자유로운 밤이었다.

# 전쟁 같은 사랑

윤방실

　마치 낮에 별빛이 내리는 듯 온화했던 지난 어느 날, 그 신비스런 유혹을 못 이기고 따끈한 커피를 보온병에 담고 책 두 권과 무릎담요 하나를 챙겨 든 채 집을 나섰다. 동네 산책길 나무 데크 위에 놓인 벤치에 반가운 빈자리가 보였다. 내 수고 없이도 최선을 다해 진심으로 피어있는 주변의 이름 모를 꽃들, 발을 움직이니 이곳에 다다를 수 있게 해준 육체, 숨을 죽이고 곡진하게 내 숨소리마저 맞춰주는 바람. 이렇듯 나의 '살아 있음'이 주는 엄청난 축복에, 순간 목이 메었다. 마침 조용히 내리는 햇빛에도 감사하느라 눈을 들어 하늘을 보니 눈이 시려서인지 가슴이 먹먹해서인지 눈물마저 핑 도는 것이었다. 남세스러운 맘에 감정을 추스르니 그 감사함은 '그러니 열심히 살아야 한다.'는 생에 대한 엄중함으로 다가왔고, 결과적으로는 가져갔던 두 권의 책 가운데 주제가 무거운 쪽이 그 날 읽을거리로 선정되었다.

　그 안에는 "어떤 것의 밖에 있는 것이 그것의 존재 이유가 된다."는 프랑스 철학자 자크 데리다의 말과 결혼에 대한 얘기가 흥미롭게 담겨 있었다. 결혼을 하면 사랑은 사라진다. 즉, 사랑은 결혼 밖에 있다. 하지만 밖에 있는 사랑이 결혼을 유지하는 힘이 된다. 한때 뜨겁게 사랑했던 기억, 지금도 사랑하고 있을 것이란 환상이 결혼을 유지한다. 그것이 결혼생활의 패러독스이고 존재하지 않는 것을 실재하게 하는 것으로, 데리다는 그것을 '불가능의 가능'이라 부르고 있었다. 하지만 만일 그 외부의 힘이 사라지게 되면 결혼은 유지될 수 없고, '불가능의 가능'은 불가능하게 될 것인가, 라는 생각이 들었다. 그렇게 이 작품이 시작되었다. 그 '불가능의 가능'을 작품 속의 주인공들을 통해 실험해보고 싶었다. 하지만 그 창대한 시작에 비해 미흡함으로 끝맺은 작품을 보면서 부족함을 통감하고 있다.

여자는 자신의 엄마 못지않게 사랑에 모든 것을 걸었다. 그것은 그녀의 존재 이유였다. 하지만 여자와 여자의 남편은 세월의 무게 속에서 긴장의 끈을 놓아버린 채 서로에게 집중하지 못했다. 결국, 그들은 대화의 단절이라는 보이지 않는 벽과 마주하게 된다. 그러자 결혼의 밖에 있으면서 결혼을 유지해 온 힘(뜨겁게 사랑했던 기억과 사랑하고 있을 것이란 환상)이 작은 오해에도 견디지 못하고 무너져 내린다. 처음부터 결혼이라는 구조의 안과 밖이 존재하지 않았던 엄마의 경우와는 달리 여자의 결혼은 '불가능의 가능'이라는 역설을 넘지 못한 것이다.

그럼에도 그 역설과 운명의 틈바구니에서 사랑을 지켜내려 사투를 벌이는 많은 인간들의 비의를 지구상의 그 어떤 생명체가 감히 눈치라도 챌 수 있으랴.

합리적 타당성에 기대어 인물들의 반경을 설정하고, 그들로 하여금 말하게 했던바, 이야기는 내가 설치했던 몇 가지 의미 장치들을 비웃으며 내 울타리를 가볍게 부수고 스스로 성장해 날아올라 가버렸다. 이제 집 나간 이야기가 어디 가서 밥이나 굶지 않고, 미움이나 받지 않고 살았으면 하는 바람이다.

# 전쟁 같은 사랑

윤방실

   여자는 자신이 먹은 버석거리던 토스트가 담겼던 네모난 접시와 블랙커피가 담겼던 갈색 머그잔, 그리고 시든 샐러드가 담겼던 그린 색 파스타 접시를 설거지통에 밀어 넣었다. 설거지통 옆으로는 선식 일부가 꿀과 함께 엉겨 가장자리에 말라붙어있는 셰이크 통이 보였다. 일찌감치 출근한 남편이 마신 것이었다. 그 통마저도 설거지통에 담그면서 여자는 요양원에 있는 엄마를 생각하고 있었다. 그때 세탁기에서 돌아가던 빨래가 멈춰서는 소리가 들렸다. 여자는 서둘러 세탁기 안의 빨래를 가져다 베란다 건조대 위에 던져놓았다. 늘어진 남편의 속옷과 여자의 속옷이 부끄럼 없이 서로 몸을 포개고 한쪽이 다른 한쪽을 잡아당기기도 하고 내치기도하며 난마처럼 엉켜 있었다. 아파트의 이웃 여자들은 요즘 세상에 남편 속옷을 삶아 다림질까지 해서 입히는 사람이 어디 있냐며 그 속옷 입고 바람이나 핀다고 극구 말렸었다. 그러나 여자는 아무려면 삶는게 화학 세제보다야 더 위생적이지 않겠냐며 신혼 초부터 남편의 속옷을 줄곧 삶아왔다. 그러다 언젠가부터 남편의 속옷은 세탁기라는 생에 처음 들어가 보는 신비한 동굴 속에서 어떤 다른 옷의 방해 없이 오롯이 아내의 옷과 만나 은밀한 눈인사를 나누게 되었다. 그리고는 눈같이 내리는 세제 가루를 함께 맞으며 돌아가다 마침내는 서로 엉켜진 채 갑자기 세상의 빛 속으로 끄집어져도 부끄럼 없이 빛을 향해 대자로 누울 수 있는 호사 아닌 호사를 누리고 있었다. 그런 호사가 눈물 나게 부러운 시절이 분명 여자에게 있었다.

요즘 여자의 엄마에게는 여자가 모르는 무언가가 있었다. 삼 개월 전, 여자의 엄마는 뜬금없이 당분간 요양원에 찾아오지 말아 달라는 당부를 했었다. 엄마에 관한 한 모든 것을 알고 있다고 믿어왔던 여자에게, 엄마의 이해 못 할 태도는 초보 운전 시절 서울 시청 앞에서 부산 가는 길이라고 알려주는 표지판을 만났을 때 느꼈던 난감함을 떠올리게 했다. 그러나 한때 행복감과 자부심으로 팽팽했던 생(生)의 고무줄이 화학 세제보다 더 직접적이고 노골적인 뜨거운 물속에서 버티느라 느슨해진 남편의 속옷 고무줄처럼, 이제는 낡고 삭아 탄성 없이 마냥 늘어져 있던 탓에 여자도 엄마의 부탁을 마지못해 수용하여 전화 안부로 대신하며 세 달여를 버텼다. 그러다 이틀 전 꿈자리도 뒤숭숭하여 마음이 급해진 여자는 오늘은 꼭 엄마에게 가볼 요량으로 아침부터 서두르던 참이었다.

여자의 엄마와 아버지는 시골에 있는 같은 초등학교 선생이었다. 두 사람은 첫눈에 반했다. 서로 모든 게 잘 맞았고 보기에도 좋았다. 그러나 문제는 아버지에게 다른 가족이 있다는 것이었다. 누구네 집 장 담근 일이 뉴스가 되고, 아무라도 속옷 고쟁이 하나라도 훔쳐가 절도 사건이라도 일어났으면 하고 바랄 정도로 정말 아무 일도 일어나지 않는 시골 마을이었다. 결국, 두 사람의 사랑은 마을 제단 위의 제물이 되었고, 제사 후의 뒷설거지는 고스란히 여자의 엄마가 감당해야 할 수모와 모욕으로 돌아왔다. 엄마는 결국 그 마을을 떠나 다시 교편을 잡지 못하고 험한 일을 하며 여자를 키웠다. 사실 다른 곳에 교편 자리를 안 알아본 것은 아니었다. 그러나 그때마다 아버지의 아내는 용케 찾아와 숨어 사는 여자의 엄마를 가만두지 않았다. 그러자 아내의 살기 찬 눈길과 세상의 잣대가 무서웠던 아버지는 여자의 엄마를 더는 찾지 않았고, 자연스레 여자에게 아버지는 실체 없는 낯선 증오의 대상이 되었다.

여자가 버스를 세 번 갈아타며 힘들게 도착한 요양원 마당에는 하얗게 핀 벚꽃이 솜사탕처럼 단물을 내뿜고, 그 아래로 겨우내 덮었던 솜이불이 빨랫줄에서 뽀득뽀득하게 마르고 있었다. 여자는 따듯하지는 않고 점점 무겁고 딱딱하게 변해가는 오래된 이불 같은 자신의 생도 본질과 상관없이 이름 붙여진 모든 것들을 세제 가루 털어내듯 탁탁 털어내고, 오로지 자신의 이름만으로 햇빛 아래 걸리고 싶다는 생각을 했다. 여자가 엄마의 병실에 들어섰을 때, 침대에 누운 엄마를 향해서 무언가를 하느라 등을 보이는 한 노인의 뒷모습이 여자의 눈에 들어왔다. 아마도 엄마의 손을 씻기는 것 같았다. 여자는 그 찰나의 순간에 그 노인이 자신의 아버지라는 것을 직감했다. 이후에도 그건 여자에게 의문이었다. 기억에도 없고 자세히 본 적도 없는 아버지를, 등을 한 번 본 것으로 그 많은 세월을 건너뛰어 어떻게 그렇게 매가리 없이 쉽게 한눈에 일별할 수 있었는지. 사람의 등도 말을 할 수 있다는 것을 여자는 그때 처음 알았다.

여자를 발견한 엄마는 당혹감과 체념이 뒤섞인 눈길로 남편과 딸을 번갈아 바라보았다. 엄마를 병실에 남겨두고, 여자와 아버지는 요양원의 산책로 한 편의 나무 벤치에 서로 어색한 만큼의 간격을 두고 양 끝에 앉았다. 두 사람 사이에 놓여있는 나무 벤치 패널은 그동안 알 수 없는 곳으로 흘러가 버린 세월만큼이나 끝 간 데 없이 이어지기만 하는 기찻길 침목 같다고 여자는 생각했다. 젊은 아버지만 생각하고 있던 여자에게 아버지의 모습은 이 사람이 아버지가 아니라 혹시 자신의 할아버지가 아닐까 생각할 정도로 노쇠한 모습이었다. 사실 그동안 여자는 혹시라도 아버지를 만나게 되었을 때를 대비해 자신이 취할 행동에 대한 시나리오를 여러 개 가지고 있었다. 그러나 아버지의 태도는 여자의 시나리오가 비집고 들어갈 데를 찾을 수 없을 정도로 매우 독창적인 것이었다. 아버지는 눈물을 보이지 않았으며 용서를 구하지도 않았고 일견 당당해 보이기까지 했다. 여자의 시나리오와 유일하게 겹치는 부분이 있다면 그건 여자와 여자의 엄마를 한시도 잊은 적이 없었다, 는 대사였다. 문득 여자는 그동안의 분노가 무색하게, 처음 들었으나 이미 식상하게 들리는 아버지의 그 말이 어쩌면 정말일지도 모른다는 생각이 들었다. 자세히 보니 아버지의 얼굴 속에는 자신의 콧날이 거기 있었고 어머니의 가지런한 눈썹과 깊은 눈매도 있었다. 사람은 자신이 사랑했던 사람의 얼굴로 다음 생에 태어난다고 하지 않던가. 아버지는 다음 생까지 기다리지 못할 정도로 엄마를 그리워했을지도 모를 일이었다. 아버지의 어설픈 당당함도 어쩌면 그 그리움이 만들어낸 가면인지도 몰랐다.

그날 아버지가 여자에게 한 말의 요지인즉, 자신은 몇 달 전에 영원히 여자의 엄마 곁으로 돌아왔으며, 근처에 방을 얻어 매일 요양원으로 출근하며 엄마를 돌보고 있다는 것이었다. 엄마가 여자에게 당분간 요양원에 오지 말라고 한 이유가 자명해지는 순간이었다. 황당해하는 여자에게 아버지는 이제 엄마는 자신이 돌볼 테니 아무 걱정하지 말라고 덧붙였다. 지금 그 나이에 엄마가 또 머리끄덩이 잡힐 일 있냐며 말도 안 된다고 여자는 언성을 높였다. 그러나 아버지는 수개월 전 용기를 내, 자신의 아내에게 그동안 남편으로서 아버지로서 최선을 다했으니 이제 남은 생은 여자의 엄마와 살고 싶단 말을 이미 했다는 것이다. 그리고 자신의 아내가 오랜 세월 다른 여자를 맘에 품고 사는 남편에게 질렸다며 가고 싶으면 가라고 자신은 자식들 효도나 받으며 살겠다고 했으니, 그런 걱정은 안 해도 된다며 여자의 눈치를 보았다. 이후 두 사람의 대화는 정말 이게 몇십 년 만에 만난 부녀간의 대화일까 싶게, 모든 물기는 제거되고 바싹 마른 이불 홑청처럼 서걱거리며 사무적으로 이루어졌다. 결국, 그날 여자는 아버지에게 원망을 담은 그 어떤 말도 뱉지 못했다. 아버지에 대한 분노와 증오가 가뭇없이 사라진 세월 탓으로 자신도 모르게 자신의 몸 안 곳곳에 스며들어, 코르크 마개에 막혀있는 숙성된 포도주처럼 삭혀져 버린 것 같았다. 그러나 여자의 입을 다물 게 한 결정적인 쐐기는 아버지가 손을 씻어줄 때 여자가 보았던 엄마의 얼굴이었다. 여자는 엄마의 얼굴을 보며 마치 거울 속의 자기 모습을 자기가 바라보듯, 남편과 사랑에 빠졌을 때의 자신의 얼굴을 보고 있었다. 결국, 여자는 엄마가 기다리는 병실로 돌아가지 않고 되돌아오는 것으로 두 사람의 새로운 생활에 대한 무언의 인지를 대신했다.

성장하면서 여자는 평생을 생선 비늘 떨어질까 조심하듯, 숨죽여 쥐 죽은 듯 살아가는 엄마의 고행에 가까운 삶을 옆에서 지켜보았다. 그래서 차라리 혀를 깨물고 죽을망정 자신은 엄마와 같은 어리석은 사랑은 하지 않으리라고 날 바꾸고 달 바꾸며 자신에게 맹세하고 또 다짐했었다. 그런 여자에게 남편과의 사랑은 견디기 힘든 것이었다. 자신이 그토록 피하고 싶었던 엄마 인생의 데자뷔였기 때문이었다. 국문학을 전공한 남편과 영문학을 전공한 여자는 같은 대학의 교수와 강사로 만났다. 두 사람은 블랙홀에 빠져들어 가는 유성처럼 순식간에 무언가에 홀린 듯 그렇게 서로에게 빠져들었다. 모든 것은 교통사고처럼, 열병처럼, 피할 곳 없는 소나기처럼 찾아왔다. 무엇이 들어갔는지 그 과정은 세세히 기억 안 날 정도로 마치 뜨거운 불 속에 던져져 쇳물로 흘러내린 기분이었다. 여자는 남편을 깊이 사랑하게 될수록 스스로에 대한 모멸감으로 거울조차 볼 수 없는 지경이 되었다. 점점 더 세게 고무줄을 당기게 유혹하고, 마침내는 스스로 손을 놓게 만들어, 기어이 상처를 입히는 운명의 비겁한 음모에 여자는 죽음으로 복수하고 싶었지만 혼자 남을 엄마가 눈에 밝혔다.

　결국, 여자는 자신이 남편을 보지 않고는 숨 쉬는 것조차 힘들게 되었으며, 한강 물을 다 퍼부어도 그로 인해 타오르는 마음의 불을 끌 수는 없을 거라는 결론에 이르렀다. 그러자 운명에 훼절 당한 엄마의 인생을 답습하지 않는 유일한 길은 자신이 남편을 차지하는 것이라 믿게 됐다. 여자는 자신을 짓누르는 자존심, 양심, 도덕과 같이 정제된 알약들을 모두 머릿속에서 비워냈다. 오직 '엄마처럼 살면 안 된다.'는 생각만을 포르말린으로 소독된 솜에 적셔 빈틈없이 채워 넣으며 그악스럽게 버텼다. 처음에 여자와 남편과의 사이를 눈치챈 남편의 아내는 학교로 찾아와 여자에게 물세례를 주고 폭언을 하였지만 결국에는 예상외로 순순히 이혼을 해주면서 여자의 인생에서 소리 없이 사라져줬다. 여자와 남편은 그 도시와 학교를 떠나올 수밖에 없었다. 처음엔 경제적 어려움이 컸었다. 그러나 다행히 남편은 학계에서 도는 소문에도 아랑곳없이 다른 대학의 전임 자리를 얻을 수 있었고 마침내는 둘 만의 공간도 마련할 수 있었다. 이제 여자는 누가 뭐래도 그의 당당한 아내였다. 여자는 일부러 아파트 엘리베이터 안에서 만난 여자들에게 열심히 인사하고 예쁘게 꾸민 자신의 집으로 그들을 초대해 차를 마시고 음식을 나누며 이웃을 만들었다. 그들은 여자의 당당한 사랑을 인정해줄 증인들이었다. 남편과 산책할 때 자신에게 인사를 건네며 그들이 보내주는 눈길은 주민등록등본에 남편의 이름 아래 쓰인 자신의 이름을 봤을 때의 그 어색함과 민망함을 단박에 상쇄시켜주는 것이었다. 여자는 자신에게 있어 남편은 땅에서 나온 녹황색 채소든 바다에서 나온 해조류든 질끈 눈 한번 감고 뜨거운 그곳에 한 번만 몸을 던지기만 하면 감추어진 본래의 가장 아름다운 색으로 그것도 아주 짧은 순간에 변신시켜주는 마법의 소금물과 같은 존재라고 생각했다. 여자는 대학 강사 생활을 접고 집에 있으면서 지금껏 자신도 몰랐던 자신의 본래의 색을 마침내 찾았다고 굳게 믿었다. 집안의 모든 것들도 여자의 행복을 축하해주기 위해 그녀의 무대에 설치된 소품들이었다. 그녀가 남편을 출근시킨 뒤 집안을 반짝반짝하게 청소를 하고 소파에 앉아 차를 마실 때, 낭창낭창하게 흔들리던 커튼이 밖에서 불어오는 미풍에 풍선 모양으로 말아 올라갈라치면, 여자는 그것이 자신의 엄마가 결코 획득할 수 없었던 공인된 행복을 축하해주는 축제의 풍선인 양 느꼈다. 집안에 풍기는 커피 향기마저도 음표가 되어 여자의 귀로 흘러들어왔다.

그러나 시간이 흐르면서 여자의 예상과는 달리 상황은 조금씩 변하기 시작했다. 아침에 남편을 출근시키고 그가 다시 돌아올 때까지 지겨운 일상이 여자를 덮치기 시작했다. 하루에 두세 번 반복되는 똑같은 집안일은 여자를 숨 막히게 했다. 어느 날 아파트 단지 안의 슈퍼마켓에서 여자는 자신이 남편의 아내로부터 물세례를 받을 때, 옆에서 지켜보았던 예전의 대학 조교가 아이를 데리고 물건을 고르고 있는 것을 보았다. 놀란 여자는 도망치듯 그곳을 나왔고 그 이후로 남편과의 사랑 이야기를 알 것 같은 사람들과 더욱더 담을 쌓고 살게 되었다. 남편마저 학교에서 연달아 보직을 맡으며 갖가지 회식으로 매일 늦었고, 식탁은 이 집에서 가장 불행한 가구가 되어갔다. 식탁뿐 아니라 집안의 다른 가구들도 언젠가부터 박물관의 고정 전시물처럼 움직이지 않았고, 여자 자신도 집안의 가구가 되어갔다. 그러다 그즈음에 여자는 귀에 들리던 커피 냄새 대신, 집안 어딘가의 공동(空洞)에서 나는 매캐한 먼지 냄새를 맡게 되었다. 매일 쓸고 닦는 집에 먼지 냄새라니 여자는 이해할 수가 없었다. 여자가 한때, 집안 꾸미기에 공들이면서 갈 곳을 잃었던 먼지는 그 예전, 여자가 남편에 대한 뜨거운 그리움으로 불태운 이후 휑하니 뚫려있었던 여자의 서늘한 가슴으로 옮겨 앉았다. 그리고 공허와 알 수 없는 상실감과 버무려지면서 끈적끈적하고 치밀하게 쌓여가고 있다는 것을 여자는 알지 못했다.

그러던 어느 날, 여자는 텔레비전에서 신간을 읽고 토론하는 프로그램을 보게 되었다. 그리고 프로그램에서 떠드는 번역서의 원저자가 자신이 좋아하던 영국의 페미니스트 작가임을 알았다. 그 순간 여자는 남편을 처음 보았을 때처럼, 내가 숨을 쉬는 것이 아니라 심장이 나를 들었다 놨다 하는 게 아닌가 싶게 가슴이 뛰는 것을 느꼈다. 여자는 비로소 먼지의 실체를 어렴풋이 눈치채게 되었다. 그것은 자신이 영어로 된 전공서적 읽기에 심한 갈급이 든 상태이며, 책에서 알게 된 이야기를 누군가와 너무나 간절히 나누고 싶어 한다는 것이었다. 그것은 교단에 대한 목마름이었으며 여자가 태생적으로 가지고 있던 끝없이 샘솟는 인식욕을 확인하는 순간이었다. 사실 여자가 가장 좋아하는 일도, 가장 잘할 수 있는 일도 책 읽는 일이었다. 시골 마을에서 4살 때부터 책을 읽어 신동소리도 들었던 여자였다. 남편을 만나기 전까지 인생의 유일한 희망은 선생이 되어 원 없이 연구하고 지도하는 것이었다. 비로소 식탁은 비정상적인 방법으로 집안에서 자신의 역할을 수행하기 시작했다. 음식 대신 책을 받아주기 시작한 것이다. 여자는 미친 듯이 공부했고 숨이 막히게 행복했다. 시간이 얼마 지나지 않아 여자의 귀에, 어떤 방식으로든 털어내지 않으면 감당이 안 될 정도로 쌓인 지식이 은밀한 비행을 꿈꾸며 머릿속에서 힘겨운 날갯짓을 하는 소리가 들렸다. 여자에게 그 비행의 착륙지가 교단이 아니라면 불시착일 것이었다. 여자는 마침내 용기를 내어 대학교수 임용에 지원했다. 그러나 번번이 떨어졌다. 처음엔 자신의 연구실적 부족이 그 원인이라고 생각했다. 그러나 이유는 다른 데 있었다. 남편의 아내가 여자의 인생에서 사라져 준 것이 아니었다. 남편의 아내는 아버지의 아내와는 달리 더 근원적이고 영속적인 방법으로 여자의 인생에

개입했는데 그것은 정말 영원히 사라져 주었다는 것이다. 남편의 아내가 남편과 이혼 후 우울증을 겪다가 자살을 했다는 사실은 좁은 학계에 삽시간에 소문이 퍼졌지만, 집에만 있었던 여자만 몰랐다. 예전 엄마 때와 달라진 것은 아무것도 없었다. 세상의 잣대는 여전히 탄력 있게 운용되고 있었다. 남자인 남편과는 달리 여자는 어느 학교에서도 받아들여지지 않았다. 이후 절망한 여자는 머리 쓸 일들을 아예 없애버리기로 하고 활자가 들어간 책 모양의 모든 인쇄물을 거부했다. 망한 나라의 채권 같은 그 허망한 종이들은 여자에게 열패감과 무력감을 줄 뿐이었다. 지식을 놓아버리자 바늘에 실 따라가듯 지난 기억도 추억도 스멀스멀 희미해져 갔다. 모든 것은 분명해졌다. 이제 그 축하의 풍선은 사고가 나면 언제라도 터지기 위해 일촉즉발의 상황을 기다리며 일상을 짓누르는 운전석의 에어백일 뿐이었다. 여자가 살아있다고 느끼는 유일한 때는 이따금 찾아오는 편두통의 통증과 싸울 때뿐이었다. 그러나 그것도 잠시, 남편의 아내 소식을 알게 된 이후로 여자는 '두통은 업보 탓'이라고 말한 앨런 긴즈버그의 말이 맞을지도 모른다는 생각을 하면서 두통에 순응하게 되었다. 그러자, 일상은 다시 매일매일 판에 똑같이 찍혀 나오는 다식처럼 얼른 손이 가지 않는 낯설고 오래된 미각으로 채워져 가며 여자를 더 깊은 우울 속으로 몰고 갔다.

각다귀처럼 여자에게 한번 들러붙은 우울은 어떤 방법으로도 떨어져 나가지 않았고 결국에는 여자의 입을 다물게 했다. 마침 다행인지 불행인지 비슷한 시기에 여자의 남편도 말수가 점점 줄어들었다. 이제 부부는 최소한의 말 이외에는 서로 나눌 이야기가 없었다. 한때, 남편의 팔베개라야 잠을 자는 여자 때문에 여자의 남편은 팔을 치료받으러 병원까지 다녔던 적이 있었지만, 언젠가부터 추위를 타는 남편과 따뜻한 방을 답답해하는 여자는 자연스레 각방을 쓰기 시작했다. 예민한 여자는 늦게까지 잠을 못 이뤘고 아침 일찍 출근해야 하는 남편은 일찍 잠자리에 들어야 했다. 결혼 후 한동안, 정확히 말하면 남편의 속옷을 삶을 때까지, 여자는 새벽부터 일어나 깔밋하게 차려 내놓은 칠첩반상으로 남편을 감격하게 했다. 그러다 이제는 여자가 아침잠을 설치면 편두통이 생긴다는 이유로 남편은 우유에 잡곡 가루 몇 숟가락과 꿀 한 방울을 떨어뜨려 수저로 휘휘 저어 두 입에 걸쳐 털어 넣는 것으로 아침을 대신하게 되었다. 남편은 채 섞이지도 않은 잡곡 가루들을 순차적으로 입안에서 씹으며 아내가 깰까 조용히 문을 닫고 출근하였고 그 행동은 이 집에서 남편이 여자에게 보여주는 유일한 애정 표현이었다.

문제는 서로의 말수가 줄어들었다는 것을 전혀 눈치채지 못하고 있었다는 것이었다. 여자가 '쥬만지'라는 영화에서 보았던 집안을 온통 휘감으며 무섭게 성장해가던 그 식물들처럼, 침묵과 우울과 공허가 매일매일 바닥과 천장과 벽의 구석구석에 실금을 내더니 급기야는 벌어진 벽 사이로 남편과 여자 사이에 건널 수 없는 깊은 심연을 만들어 내고 있었다. 그러나 두 사람 누구도 그 심연의 검은 아구리가 언젠가는 자신들을 삼킬 수도 있으리라고는 꿈에도 생각지 못했다.

여자가 전화할 때마다 엄마는 아버지가 보살펴줘서 잘 지내니 자신의 걱정은 말라며 굳이 이 먼 데까지 오느라 고생할 필요 없다는 말을 반복했다. 그러나 그날 여자는 용기를 내어 엄마가 좋아하는 프리지어 꽃 한 다발을 사 들고 엄마가 있는 요양원을 찾아갔다. 아버지라는 사람이 등장하고 난 후 몇 개월 만의 일이었다. 아버지가 외출 중이길 바라며 여자가 엄마의 방문을 살며시 열고 들어섰을 때 엄마의 침대 위에 누워있던 웬 낯선 할머니가 여자를 향해 알 수 없는 미소를 지어 보였다. 놀란 여자는 원무과로 달려갔다. 원무과에선 엄마가 두어 달 전에 퇴원했다며 엄마가 남긴 주소를 알려주었다. 엄마를 이해할 수 없는 두 번째 일이었다. 간호사는 마뜩찮은 얼굴에 자식이 되어 부모 행방도 모르고 한심하다는 경멸의 눈초리를 담아 요양원에서 다섯 정거장 정도 떨어진 곳이라 그렇게 멀지 않을 거라고 말해주었다.

버스 정거장으로만 다섯 정거장이었을 뿐 버스에서 내려 걸어가야 하는 길은 만만치 않았다. 길가에서 만난 한 노인이 이제 저기 저수지만 지나 조금만 가면 된다며 주름투성이의 손으로 멀리 보이는 저수지를 가리켰다. 저수지로 가는 길가에는 꽃아리, 개망초, 그리고 보리뱅이 등이 서로 머리를 맞대고 옹기종기 모여 앉아 흙먼지를 뒤집어쓰고 있었다. 비록 본래의 색을 잃었어도 같이 먼지 쓰고 기대어 서로 결코 닮은 데 없이 자신만의 형상으로 기어이 뿌리내려 버티고 있는 그 모습들이 처연해 보였다. 길이 조금 좁아졌다 싶더니 갑자기 시야가 확 트이며 능수버들에 둘러싸인 저수지가 나타났다. 사람은 한 명도 눈에 띄지 않았다. 버들가지들은 여러 명의 여자가 빙 둘러앉아 이제 막 물에 머리를 담그고 동시에 머리를 감으려는 듯, 저수지를 향해 긴 가지들을 늘어뜨리고 있었다. 그때 어디선가 불어온 바람이 무리 지어 늘어진 황록색의 수양버들 가지들을 펼쳐놓았고 그 가지들 아랫부분으로 언뜻언뜻 비치는 햇빛이 삼각형 모양의 유리 조각처럼 반짝였다. 문득 여자는 그 모습이 여자들의 주름치마 아랫단 같다는 생각을 했다. 그 치마에 싸여 육신과 영혼이 점점 녹아 작은 손수건 한 조각으로 날아가 마침내는 무화 되어 사라질 것 같은 느낌이 들었다. 그러자 여자는 왠지 모르게 갑자기 가슴이 따뜻해졌다. 이날의 햇살과 버들가지들이 조금만 더 여자를 잡았더라면 여자가 행복했던 시절, 기억의 편린들이 여자의 불행을 막을 수 있었을까?

저수지를 지나 십 분 정도 걸으니 어설프게 포장이 된 도로를 사이에 두고 집 몇 채가 깍지 낀 손가락처럼 서로 마주 보고 있는 좁은 길이 나왔다. 주소에 적힌 집은 그 집 위로 길이 갑자기 좁아져 사람만 겨우 다닐 수 있을 정도의 산길로 이어져 있는 골목의 마지막 집이었다. 윗부분이 둥글려져 있는 나무색 그대로의 낮은 대문이 살짝 열려있었다. 여자는 몸을 숙여 안을 들여다보았다. 방이 두 개 정도로 보이는 마당이 작은 집이었다. 한켠에 작은 수돗가가 보이고 그 앞에 백발이 성성한 그렇지만 뒤태가 선이 고운 여인 한 명이 대문을 등지고 쭈그리고 앉아 빨래를 하고 있었다. 여자의 엄마였다. 그 연배의 여자들 수백 명을 등 돌려 줄 세워도 단박에 찾아낼 수 있는 익숙한 엄마의 뒷모습이었다. 여자가 평생 처음 와 보는 낯선 곳에서, 엄마에게도 아무런 연고도 없을 엄한 장소에서 홀로 앉아 등 돌리고 빨래하고 있는 엄마의 야윈 뒷모습은 여자에겐 충격이고 낯섦이고 먹먹함이었다. 낮게 내려앉은 옥색 하늘을 배경으로 엄마의 앉은키 정도의 높이에 피어있는 알록달록한 꽃들이 흰머리의 엄마를 둘러싸고 엄마를 들여다보고 있는 모습은 마치 사람은 없고 안개꽃이 가운데 들어간 꽃다발인 듯 비현실적으로 보였다. 여자는 그런 엄마의 모습이 자신은 닿을 수 없는 피안 세계의 환영처럼 느껴졌다.

"엄마 나한테 연락도 안 하고 도대체 뭐하시는 거예요? 이 집은 또 뭐예요? 갑자기 왜 이런 엄한 데 계시는 건데요? 설마 그분… 또 가버린 거예요? 여자는 대문 밖에서 엄마를 보고 느꼈던 그 먹먹함과 그동안 걱정했던 마음이 안도로 녹아내리며 생겨나는 분노가 상충하는 바람에, 마당 한가운데 서서 엄마가 대답할 틈도 주지 않고 두서없는 질문을 쏟아내고 있었다. 여자의 엄마는 아무 대답 없이 조용히 마루에 오르더니 오른쪽 방문을 먼저 열고 들어가 옆으로 비켜섰다. 그리고는 들어오라는 눈짓을 했다. 영문을 몰라 엉겁결에 댓돌에 신발을 벗어놓고 따라 들어간 여자는 자신의 앞에 벌어진 광경을 보고 놀라, 가지고 갔던 프리지어 꽃다발을 방문턱에 떨어뜨렸다. 그곳엔, 방 아랫목으로 보이는 곳에 아버지가 요 위에 누워있는데 한눈에 보아도 환자의 모습이었다. 입이 한

쪽으로 돌아가 있고 벌어진 입 사이로 침이 고여 있었다. 엄마는 다가가 옆에 있던 가제 손수건으로 남편의 입을 정성스레 닦아주면서 말했다. "여보, 민주 왔어요." 여자는 벌어진 입을 다물지 못하고 멍하니 그 모습을 한동안 바라보고 서 있었다.

마루 건너편 방에 여자는 엄마와 마주 앉았다. 시골 방에는 어울리지 않게 한쪽 벽면이 아버지의 것으로 보이는 책들로 채워져 있었다. 엄마가 조그만 앉은뱅이 찻상 위에 있는 찻잔을 여자에게 밀어주며 차분한 목소리로 말했다. "아버지나 나나 당장 내일 죽어도 놀랄 나이도 아닌데, 병원 같은 데서 귀한 시간 낭비하기 싫었다. 그뿐이야. 그러니 너무 걱정하지 마라." 찻잔 속에는 말린 하얀 목련이 옅은 박하 향을 풍기며 잎 가장자리 몇 군데가 갈색으로 변한 채 뜨거운 물을 다소곳이 참아내고 있었다. 여자는 그 목련이 엄마 같다는 생각이 들었다. "걱정 안 하게 됐어요? 이게 말이 된다고 생각해요? 아니 정말 이건 이럴 수는 없는 거예요. 아니, 우리 중에 누가 그분한테 와달라고 부탁한 사람 있어요? 그동안 우리 모녀가 죽었는지 살았는지 한 번 찾아와 보기라도 했냐고요!" 여자는 화를 삭이려 그제야 엄마가 밀어준 꽃차를 단숨에 마시며 여전히 격앙된 소리로 말했다. "엄마한테 꼴랑 8개월 봉사하고 반신불수라뇨? 그 집더러 모셔가라고 해요. 그 대단했던 사모님께선 엄마 따라다니며 괴롭혔던 건 다 잊었나 보죠. 교장 사모님, 장학사 사모님 소리 들으며 누릴 것 다 누리고 이제 남편 병수발 할 때 되니까 결국 모른척하는 거잖아요. 이건 정말 말도 안 돼요! 그 집 연락처 있죠? 연락처 줘 봐요." 여자는 양손 바닥을 엄마에게 신경질적으로 내밀었다. "너는 누가 와달라고 부탁한 사람 있느냐고 그랬지?" 엄마는 시선의 끝을 찻잔 속의 목련에 둔 채 잠시 말을 멈추더니 말했다. "내가 했다." 여자는 놀란 눈으로 물었다. "뭐라고요? 그럼 엄만 그동안 나 몰래 연락을 하고 있었던 거예요?", "난 늘 네 아버지를 생각했어. 잠들기 전에 이불을 올려 덮으며 속삭이곤 했지. '잘 계시는 거죠? 보고 싶어요.'라고 말이다. 네 아버지가 45년 만에 내 앞에 다시 나타났을 때, 난 밤마다 속삭였던 나의 간절한 소리가 드디어 아버지의 귀에 들렸다고 생각했다." 여자는 기가 막혔다. "엄마는 엄마 인생에 대해 억울한 것도 없으세요? 가족들과 연도 끊고, 교사직도 포기하고 얼마나 힘들게 살아오셨어요! 엄마한테 여자로서의 삶은 없었어요.", "아니! 나처럼 평생 여자로 산 사람도 없지 싶다. 난 늘 네 아버지를 마음에 담고 살았거든. 보고 싶어 마음이 아프긴 했지만…… 네 아버지 생각에 난 늘 설레었어. 난 언제나 비싼 옷은 아니라도 단정히 입고 다녔지. 그리고 아버지가 나를 사랑하셨을 때의 그때 그 모습을 유지하려고 늘 애썼어. 혹시 길거리에서라도 우연히 아버지를 마주칠까 봐, 아버지가 먼발치에서라도 날 보고 가실까 봐." 그때 갑자기 엄마는 처음으로 눈에 눈물이 그렁그렁 맺히더니 목소리가 떨리며 울먹이는 소리로 말했다. "아니… 보고 가셨으면 해…서……."

떨리는 엄마의 목소리에 여자도 갑자기 목이 메었다. 엄마가 칠십이 넘은 나이에도 어디 한군데 흘러내리는 선 없이 정갈한 아름다움을 유지하고 있는 이유를 비로소 알 것 같았다. "엄마, 아무리 그래도 이건 아니에요. 정말 그 집에서도 알고 이러는 거예요? 모셔가겠단 말 안 해요?", "내가 부탁한 거야. 내가 돌봐드리겠다고 했어. 민주야! 지금 난 내 인생에서 최고로 행복해. 요즈음은 하루가 어떻게 지나가는지도 모르겠어. 창문으로 들어오는 아침 햇살을 한가로이 네 아버지와 같이 맞고, 또 어떨 때는 밤을 새우며 아침까지 이야기를 나누다가 이른 아침을 먹고 다시 함께 잠들기도 해. 아버지와 차를 나누고, 마당의 꽃을 구경하고, 마루에서 비를 감상하고, 아버지께 책을 읽어드리고, 손을 잡고 함께 잠이 들고 내게는 정말 하루하루가 꿈만 같아." 여자는 엄마가 자신의 전생을 걸고 택했다고 생각한 사랑이 사실은 엄마가 택한 것이 아니라, 사랑이 엄마를 택해 철저히 희롱하고 유린하고 처참히 피 흘리게 하고 마침내는 잡초처럼 뿌리째 뽑아 여름 땡볕 아래 던져놓았다고 생각했다. 이래도 네가 뿌리내리고 살아보려면 어디 한번 살아보라고. 엄마는 화살처럼 쏟아지는 작열하는 태양 볕 아래 온몸을 휘어 그늘을 만들어내 뿌리의 물기를 지키려는 이파리의 몸짓으로 그 잔인한 사랑의 은밀한 엄단에 반역을 꾀하는 중이었다. 비록 아버지가 부재했던 세월 동안 여자가 겪었던 고통과 분노의 소금기는 어느 정도 날아갔다고 하여도, 엄마의 가슴 저릿한 고백은 엇나간 엄마의 운명보다 더 진하고 더 굵은 소금 결정체로 남아 여자의 상처 난 가슴 밑바닥을 아리게 하였다. 결국, 여자는 엄마의 병실에 놓으려 가져갔던 꽃을 아버지가 누워있는 방의 화병에 꽂았다. 꽃을 꽂는 여자의 모습을 뒤에서 지켜보는 엄마의 안도하는 눈길과 아버지의 뒤틀린 얼굴에서 뿜어 나오는 불규칙한 숨소리를 등 뒤로 하고 여자는 그 나무 대문 집을 떠나왔다.

그리고 얼마 있다 여자는 남편이 지방 학회에 가느라 놓고 간 차를 정말 오랜만에 직접 운전해서 엄마의 집을 다시 찾았다. 대문 앞에 차를 대려니 엄마의 시골 살림에 필요할 것 같아 여자가 이것저것 산 물건들이 덜컹거리며 제각각의 소리를 냈다. 지난번과는 달리 나무 대문은 굳게 닫혀 있었다. 밀어보니 안으로 열렸다. 마당은 조용했고 불러도 엄마의 모습은 보이지 않았다. 방이 조용한 것을 보니 아버지는 잠이 든 것 같았다. 여자는 가져간 짐들을 아버지가 깨지 않게 조용히 여러 번에 걸쳐 마루에 옮겨놓았다. 오랜만의 장거리 운전 때문인지 피곤이 몰려왔다. 여자가 마루 기둥에 잠깐 기대앉아 엄마를 기다린다는 것이 설핏 잠이 들어 눈을 떠보니 이미 해는 지고 황혼마저도 작은 마당을 뒤로하고 뒷모습을 보이며 서둘러 떠나고 있었다. 집안은 여전히 바늘 떨어지는 소리도 들릴 정도로 고요한 적막강산이었다. 여자는 혹시나 하는 맘에 아버지 방문을 열어보았다. 놀랍게도 엄마와 아버지는 마치 부부 같기도 하고 오누이 같기도 한 모습으로 서로 마주 보고 편안한 얼굴로 서로의 손을 잡고 조용히 누워 있었다. 여자의 키 높이 정도에 있는 창문에서 햇살이 두 사람을 비추고 있었다. 아니, 비추는 것 같았다. 실제로는 무언가를 애도하는 달빛이 그새 창문을 비집고 들어와 슬픔을 풀어내느라 방안 가득히 흐르다 나갈 길을 못 찾고 흔들리고 있었는지도 몰랐다. 그러나 여자의 눈에는 어두운 죽음의 그림자나 두 사람이 떠나간 다음에 의미 없이 혼자 흘러갔을 빈껍데기 같은 시간들은 전혀 느껴지지 않았다. 오히려 유리알과 같이 맑은 평온함과 속이 꽉 찬 열매 같은 현재성과 햇빛으로 느낄 정도로 환한 생명의 명징함이 방안을 휘감고 있었다. 배경 없는 정물화처럼 두 사람의 모습만이 점점 두드러져 여자의 눈을 가득 메웠다. 카메라 화면에 더 많은 것을 담기 위해 뒤로 물러설 수밖에 없는 사진사처럼 뒤로 한 발짝을 내딛자, 갑자기 저항할 수 없는 어떤 힘이 여자의 발목을 잡아끌었다. 여자는 마치 다리가 나무뿌리가 된 듯 방바닥에 고정된 채 꼼짝 못하게 되었고 양팔은 나뭇가지처럼 떨리기 시작했다. 그 순간 여자는 아버지를 몇십 년 만에 만나 뒷모습 한 번을 보고 아버지라는 것을 알아챘던 것처럼, 그토록 엄마를 끈질기게 따라다녔던, 간단없이 지난했던 외로움의 시간들이 이제 엄마를 놓아주었음을 한겨울 계곡 물에 발 담글 때보다 더 분명하게 통각으로 느끼고 있었다.

두 사람의 장례를 치르면서 여자는 어처구니없게도 자신이 이제 정말 오갈 데 없는 천애의 고아가 되었다는 두려운 생각이 들었다. 얼핏 남편을 바라보니, 마치 기차에서 자다가 내릴 역을 놓친 사람처럼 황당한 얼굴로 생전 처음 보는 문상객들을 어색하게 맞고 있었다. 태어나 처음 보기는 여자도 마찬가지였다. 타인의 슬픔의 적극적 소비자를 자청하기엔

상갓집만 한 데가 없다는 듯, 많지 않은 외가 쪽 친척들은 어떻게 그렇게 두 분이 함께 돌아가시게 되었느냐는 취지의 비슷한 질문들을 처음이자 마지막으로 여자에게 돌아가면서 해댔다. 엄마가 자식이 있다는 것만 빼면 거의 수녀 같은 삶을 살았으며, 외롭기는 반 고흐보다 더 외롭고 단조로운 삶을 살았다는 것까지는 말해줄 수 있었지만, 엄마의 마지막에 대해서는 여자도 알 수 없었다. 다만 여자가 위로받는 것은 이제 그들은 비로소 한집에서 영원히 함께 살게 되었다는 것이었다. 아버지의 본가에서 두 사람의 징한 사랑이 하도 기가 막혔는지 합장을 허락해주었기 때문이었다.

　여자가 그렇게 엄마를 보낸 지 반년이 지나갔다. 반년이란 세월은 고통이 휘발되고 슬픔이 이미지로 저장되어 암석화를 거쳐 단단한 화석으로 자리 잡기엔 부족한 시간인 탓에 여자의 몸 구석구석에는 상실의 고통이 여전히 상흔으로 남아있었다. 그러던 어느 날, 출근한 남편이 집으로 전화를 했다. 여자는 최근 들어 밥은 먹었냐며 자신의 일상을 물어봐주는 남편의 뜬금없는 전화를 몇 차례 받았던 터라 같은 용건일 거로 생각했다. 그러나 이번에 남편은 다급한 목소리로 아무래도 중요한 자료가 든 유에스비를 분실한 거 같다며 자신의 서재에 유에스비가 있는지 확인해 달라고 했다. 여자는 남편의 부탁대로 서재에 들어가 여기저기를 찾아보다 마지막으로 책상 서랍을 열어보았다. 고급스러워 보이는 선물용 종이 박스 하나가 서랍을 꽉 메우고 있는 것이 눈에 띄었다. 그리고 박스와 서랍 사이 틈에 끼어있는 유에스비가 보였다. 유에스비를 꺼내고 다시 서랍을 닫으려다 여자는 무심코 박스를 열어보았다. 집안 어디에서도 그 주인을 찾을 수 없는 허리 부분이 잘록한 젊은 여성의 꽃무늬 원피스 한 벌이 눈에 들어왔다. 갑자기 그녀의 등 뒤 어디에선가 불길하고 스산한 바람이 불어 왔다. 정확히 그 바람은 정수리에서 여자의 뒷목을 타고 내려오다 가슴 부분에서 순간 멈추며 여자의 숨을 막히게 했다.

자신도 모르게 멈췄던 숨을 토해내며 정신을 차린 여자는 책상 앞의 의자를 잡아당겨 컴퓨터 앞에 앉았다. 의자에서는 녹슨 문을 여는 듯한 쇳소리와 바람 빠진 공을 누를 때 나는 허망한 소리가 났다. 소파가 아닌 책상의자는 여자를 낯설어하고 있었다. 여자는 방금 찾아낸 유에스비를 컴퓨터에 꽂았다. 화면에 나오는 아이콘을 차례대로 클릭해서 폴더를 열고, 닫고 하는 행동을 여러 번 정신없이 하다가 '사랑아 너는'이라는 제목의 폴더에 눈길이 멈췄다. 열어보니 그 안에는 사랑의 환희를 담은 시들이 즐비했다. 남편이 시인이며 국문과 교수이니 당연한 일이었지만 자신들의 마른 우물 같은 건조한 삶에서 물기가 뚝뚝 떨어지는 그런 싱그러운 사랑시를 길어 올린 남편이 불길하게 낯설었다. 시마다 아래편에 남편이 적어놓은 단상이 눈에 띄었다. "정말 다시 태어난 느낌이다. 사랑이란 게 이런 것인가? 하루를 같이 있어도 10년을 같이 있었던 것 같은 사람! 하찮은 원피스 하나로 그녀에 대한 나의 이 벅찬 사랑을 어찌 전달할 수 있으랴! 그녀에게서 시가 나오고 산문이 나온다. 그녀는 나의 뮤즈다. 그녀는 내가 사는 이유다. 두렵다. 이 행복이 깨질까 봐. 그녀를 나에게 보내준 세상의 모든 절대자에게 감사한다. 사랑이라는 게 과연 뭘까? 한 사람의 인생에 여러 번 찾아올 수 있는 걸까?"

근래에 어색할 정도로 갑자기 다정해진, 아니 다정하려고 노력하는 남편의 태도가 생각났다. 부인하고 싶지만, 너무도 분명한 현실 앞에 여자는 순간 몸이 심하게 떨리는 것을 느꼈다. 엄마의 죽음을 목도했을 때와는 달리 자신의 존재 자체가 부정되는 떨림이었다. 온몸의 세포가 활동을 정지하고 아마 그곳에 마음이 있으리라고 짐작되는 곳으로부터 뜨겁고 껄끄러운 덩어리 하나가 치밀어 오르더니 그녀의 목에 걸리며 이물감을 주고 있었다. 어디선가 건물이 부서질 때 흩날리는 시멘트 분진 냄새가 났다. 땅 저 아래에서 무언가가 여자를 끌어 잡아당겨 앉아 있던 의자와 함께 시커멓게 구멍 뚫린 발아래로 빨려 가버릴 것만 같았다. 이어서 그녀의 젖은 눈이 흔들리면서 흐려진 시야 사이로 컴퓨터 화면 속의 글자들은 키질에 까불린 곡식의 티처럼 한 자씩 날아갔다. 잠시 후 화면 보호기의 검은 화면이 화면을 덮쳤다. 그곳에 비친 화면을 꽉 채우는 자신의 거대한 모습은 여자를 다시 한 번 몸서리치게 했다. 여자는 누구라도 여자를 한 번 보면 며칠 동안은 기억에 남을 정도의 미모와 균형 잡힌 몸매를 자랑했었다. 그러나 이제 누가 여자를 오래 기억한다면 아마 그것은 여자에게서 엿보이는 예상할 수 있는 아름다움을 굳이 비껴간 모습에서 느껴지는 안타까움 때문일 것이었다.

사랑은 왜 이렇게 위협적이고 치명적이며 위험한 것인지. 여자는 뜨거운 햇볕 아래 이미 빛바랜 낡은 생(生)에 묶여 기진맥진한 포로에게 총질 대신 빈정거리며 투항하라고 종용하는 이 '전쟁 같은 사랑'에 치가 떨리고 신물이 올라왔다. 속옷을 삶아 다림질하는 따위의 바보짓을 하지 말았어야 했다. 여자는 비로소 20년 전에 남편의 아내가 학교까지 찾아와서 자신에게 물세례를 줄 때와는 달리, 왜 결국에는 순순히 남편을 놓아주었는지 깨닫게 되었다. 그것은 인간 앞을 위압적으로 가로막고 선 운명이라는 거대한 성벽 앞에서 되돌아갈 곳 없는 인간이 던진 마지막 돌팔매였고 감춰놓았던 자존심이었던 것이다.

그날 이후로 며칠 동안 여자는 낮과 밤 구별 않고 오로지 잠을 청했다. 수면만이 유일한 여자의 도피처였다. 하지만 잠에서 깨고 나면 더욱 명료해진 의식 속에서 처절하게 악몽과 싸워야 했다. 그 혼돈의 시간 속에서 여자는 자신과는 달리 나름의 방식으로 자신의 사랑을 끝까지 지켜낸 엄마가 떠올랐다. 순간 엄마의 처절한 몸짓들이 남아있을 그 나무 대문 집에 가봐야겠다는 강박에 가까운 조급함이 느껴졌다. 여자는 핸드백에 스카프와 편두통약을 아무렇게나 쑤셔 넣고 서둘러 집을 나섰다. 가는 길에 다시 들린 저수지는 10분만 가면 엄마를 만날 수 있는 장소로서의 특권을 상실한 탓인지 어디론가 물이 유실되는 게 아닐까 싶게 힘을 잃고 있었다. 그때 여자의 휴대폰이 울렸다. 남편이 보낸 문자였다. 문자를 읽으면서 여자는 순간 자신을 지탱해주었던 팽팽한 마지막 실 한 가닥이 끊어지는 소리를 들었다. 그것은 거문고 줄 끊어지는 소리처럼 공명을 주며 둔탁하게 여자의 귓가를 때리고 있었다. 여자는 두 손으로 귀를 막으며 깨달았다. 이제 엄마의 나무 대문 집을 찾아갈 필요가 없어졌다는 것을, 그리고 비로소 자신은 더는 고아가 아니라는 것을. 여자는 남편에게 천천히 답장을 보냈다. 잠시 후 여자는 신발을 벗어 놓고 그 옆에 핸드백을 가지런히 놓고, 까마득히 먼 옛날 그 어느 때부터 거기 버티고 있었을 저수지를 향해, 이십 년 전에 애써 외면했었던 자신의 본질의 밑바닥을 향해 한 발, 한 발 내딛기 시작했다.

여자가 떠나고 몇 달이 지난 후, 여자의 남편이 친구인 장 교수와 함께 여자의 마지막을 지켜보았을 버드나무가 늘어진 저수지에 앉아있었다. 남편과 장 교수 사이에는 '사랑아 너는 언제나 머물러 있었다'라는 제목의 시집 한 권과 주름치마 하나, 그리고 여자가 남편의 서랍에서 보았던 꽃무늬 원피스가 놓여있다. "장 교수, 내가 그 사람이 가던 날 나에게 문자를 보냈더란 말 안 했지? 생각할수록 마음 아파서 그동안 아무에게도 말 못했어. 집사람이 나한테 남긴 마지막 말이 뭔지 아나? 글쎄… 그게… '잘못 보냈어요.'였어. 내가 그날 수업 들어가기 전에 '보고 싶어. 사랑해. 오늘 저녁 맛있는 거 함께 먹자.'라고 보냈었거든. 그 사람이 그걸 자기한테 보낸 게 아니라고 생각했나 봐. 그래서 곰곰이 생각해보니 내가 집사람에게 '보고 싶다.', '사랑한다.'라는 말을 마지막으로 한 적이 언젠지 기억이 없더라고. 나도 학교에서 보직 맡으며 바쁘게 일 할 때는 몰랐는데, 퇴직이 가까워져 오니 인생이란 게, 저문 들녘같이 허무하고 너무 쓸쓸한 거야. 사회 생활하는 나도 이렇게 외롭고 인생이 허무한데, 그동안 세상과 단절하고 혼자 집에서만 있었을 집사람을 생각하니… 얼마나 외로웠을까 싶고, 어리석게도 그걸 퇴직할 때 되어서야 깨달았으니 내가 죽일 놈이다 싶더라고. 사실 학문적 재능은 집사람이 나보다 월등했었지. 책보는 모습이 빛날 정도였는데…. 어느 날인가, 아내가 분명 집에 함께 있었는데 집에 없는 것 같은 거야. 같은 막걸리병 안에 담겨 있으면서도 술지게미 위로 말갛게 분리된 청주 같은 그런 느낌이랄까. 그래서 내가 그 사람을 주인공으로 하고, 그 사람에게 바치는 사랑을 주제로 시집을 내서 집사람을 기쁘게 해줘야겠다고 결심했지. 그런데 막상 시를 쓰려니, 그 예전의 간절했던 사랑이 아스라하고 그립긴 한데, 자네도 알다시피 집사람 모습이 좀 변했잖은가. 그래서 그런지 그 실체가 잘 안 잡히더라구. 그러다 우연히 옷 방에서 그 사람이 옛날에 입었던 이 꽃무늬 원피스를 보게 되었어. 그런데 순간 갑자기 강렬한 느낌이 오는 거야. 그래서 내가 아! 이거다 싶어서, 그때부터 옛날에 내가 집사람한테 썼던 편지, 그 사람 생각하면서 썼던 메모, 일기 같은 것을 다 찾아내서 그중에 제일 느낌이 와 닿는 것 하나씩을 골라서 연상되는 그때 느낌을 적으면서 한 편씩 한 편씩 시로 완성했지. 정말 시를 쓰면서 어찌나 행복했던지…, 꼭 그때로 돌아가서 그 사람이랑 다시 연애하는 기분이었어. 저 시집 받으며 놀라는 모습 정말 보고 싶었는데… 이젠 다 소용없는, 임자 잃은 시집이 되어버렸네."

친구의 가슴 절절한 이야기를 조용히 들어주던 장 교수가 시집의 표지를 쓰다듬었다. 그리고는 의아한 표정으로 그 옆에 있던 주름치마를 들어 올렸다. "아, 그거? 집사람 치마야. 예전에 둘 다 학교 그만두고 일이 없어서 나한테 어쩌다 들어오는 강연료로 생활하던 시절이 있었거든. 그

때 어느 날인가 집사람이 버스정거장으로 나를 마중 나왔는데, 쌀쌀한 날씨에 얇은 주름치마를 입고 있더라고. 그런데 주름치마 모양이 이상한 거야. 그래서 물었더니, 치마가 낡아서 아랫단 두어 군데가 삼각형 모양으로 헤졌다나 봐. 그래서 원래 디자인이 그랬던 것처럼 자기가 나머지 부분도 뺑 돌려서 삼각형 모양으로 타공했다고 하더라고. 내가 그 말을 듣고 너무 마음이 짠해서 강연료 타자마자 사준 원피스가 이 꽃무늬 원피스야. 비싼 것도 아닌데 그 사람이 입으니까 어찌나 예쁘던지… 내가 이 세상에 태어나서 '강민주'가 내 여자가 된 것 하나만으로도 나는 이번 생은 성공했다고 생각했었지…… 그런데 내가 어떡하다 그 소중한 사람을…… 그렇게 외롭게……."

그때 어디선가 불어온 바람이 무리 지어 늘어진 황록색의 수양버들 가지들을 펼쳐놓았고 그 가지들 아랫부분으로 언뜻언뜻 비치는 햇빛이 삼각형 모양의 유리 조각처럼 반짝였다. 여자의 남편은 그 모습이 언젠가의 아내의 주름치마 아랫단 같다는 생각을 하며 치마를 들어 얼굴을 묻었다. 무심한 수양버들 가지 하나가 남편의 머리 위로 떨어졌다가 바람에 손수건처럼 멀리 날아갔다.

# 꼬리 달린 여자

김수민

　감사합니다. 수상 소감을 쓰는 지금 이 순간에도 사실 실감이 나지 않습니다. 한참을 망설이다가 백지 위에 겨우 꺼낸 문장이 '감사합니다.'였습니다.

　학교 졸업 후 이어갈 생업이 필요했기에 나름의 전공을 살려 아이들에게 논술과 국어를 가르쳤습니다. 아이들이 쓴 글을 고치고 손보면서 내가 글 옆에 있다는 위안을 했었습니다. '넌 단지 문학소녀의 꿈을 꿨던 것뿐'이라는 누군가의 말에 조용히 웃을 수밖에 없었지만, 그래도 떼쓰는 어린애처럼 글은 계속하여 쓰고 싶었습니다.

　근무 중 급하게 저녁을 먹다가 전화 한 통을 받았습니다. 수상 소식을 알리는 사무국장님의 전화였습니다. 어찌나 놀랐던지 "네. 네. 감사합니다."하고 대답만 겨우 했던 것 같습니다. 도무지 실감이 나지 않아 반응도 잊었던 모양입니다. 그 마음이 가여웠는지, 혹은 기특했는지 이렇게 귀한 선물을 내려주신 것 같아 그저 감사할 따름입니다.

　지금 이 순간, 가만히 저를 들여다보시다 "우리 수민이 꽃은 언제 필까?"하고 빙긋이 웃으시던 교수님의 얼굴이 떠오릅니다. "나는 니 글이 좋아."라고 말해주던 친구의 얼굴도 떠오르고, "글 잘 봤어요."라고 불쑥 말을 꺼내주던 이의 얼굴도 떠오릅니다. 쑥스러운 마음에 글을 보여주지도 못했던 내 가족에게도 이번만큼은 용기 내볼까 합니다.

저를 '글쓰기 좋아하는 애'로 기억해주시는 모든 분께 감사 인사를 드리고 싶습니다. 되도록 오랜 시간을 글쓰기 좋아하는 사람, 그래서 쓰고 또 쓰는 사람으로 남고 싶습니다.

# 꼬리 달린 여자

김수민

　세상이 발칵 뒤집혔다. 하룻밤 사이에 꼬리 달린 여자들이 나타났다. 그녀들의 말을 빌리자면 꼬리는 동화책 속 콩 나무처럼 갑자기 자라났다고 했다. 자고 일어났더니 아주 커다란 꼬리가 생겼다는 것이다. 꼬리는 제각각 모양이 달랐다. 토끼, 고양이, 여우, 다람쥐, 강아지, 원숭이 등등……. 온통 털로 뒤덮인 동물 꼬리 모양이라는 것만이 유일한 공통점이었다. 세상은 경악으로 물들었고 도시는 마비 됐다. 몸뚱이만한 꼬리를 붙들고 병원으로 달려오는 여자가 있는가 하면, 엉엉 우느라 집 밖으로 나오지 못하는 여자들이 허다했다. 각종 언론매체는 꼬리가 자란 그녀들을 찾아 증거물을 찍기 급급했고 앞다투어 문제의 원인을 두고 추측성 기사들을 쏟아냈다. 누군가는 대국민 사기극이라 했고, 누군가는 공기나 물을 타고 오염 물질에 감염된 것이라고 했으며, 항간에는 UFO를 타고 온 외계인의 실험이 시작되었다는 얘기가 떠돌았다. 물론 어느 것도 그녀들의 이상 현상을 쉽게 설명해주진 못했다.

　"자고 일어났는데 허리랑 엉덩이뼈가 너무 뻐근한 거예요. 아, 내가 잠을 잘못 잤나 보다 하면서 기지개를 켰죠. 그런데 뭔가 쿵하고 침대 아래로 떨어지는 소리가 들려서 쳐다봤더니 이렇게……."

뉴스 화면에서 모자이크 처리된 여자는 말을 채 끝맺지 못하고 고개 숙여 울었다. 여자의 뒤로(정확히는 바지 위로) 커다랗고 뭉툭한 꼬리가 솟아 있었다. 갈색 바탕에 검은 줄무늬는 흡사 다람쥐의 그것과 닮아보였다. 어깨까지 들썩이는 여자의 흐느낌을 따라 둥글게 말린 꼬리 끝이 살랑거렸다. 눈으로 보고도 믿을 수 없는 만화 같은 장면에 하마터면 소리 내어 웃음이 터질 뻔했다. 이건 황당함을 넘어선 코믹 그 자체였다.

"대-박. 저거 진짜야?"

이제 막 방에서 나오던 은오의 입이 떡 벌어졌다. 은오는 후줄근한 반바지에 후드 모자를 뒤집어쓴 채로 텔레비전 앞에 쭈그려 앉았다. 이젠 아예 제집처럼 편안한 모양새였다. 본격적인 시청 자세에 들어가는 그를 보며 냉장고에서 냉수 한 잔을 떴다. 텔레비전에서는 격양된 감정을 감추지 못하는 또 다른 여자의 하소연이 나오고 있었다.

"마셔. 자고 일어나면 물부터 한 잔."

"어, 어…… 고마워."

시선은 화면에 고정한 채 대충 뻗어오는 손에 컵을 쥐여주었다. 꿀꺽꿀꺽 잘도 마시면서 눈은 여전히 텔레비전을 향해 있었다.

"어떻게 저럴 수가 있지? 자기야, 저 여자 봐봐. 꼬리가 우리 집 고양이랑 똑같아!"

은오는 손가락질까지 하며 흥분을 감추지 못했다. 확실히 화면 속 여자의 검은 꼬리는 8년째 키우는 그의 고양이를 빼닮았다. 그대로 가져와 합성했다고 해도 믿을 정도였다. 다리가 저리지도 않는지 쭈그린 자세 그대로 시청에 몰입한 그를 두고 돌아섰다. 아침으로는 간단한 토스트가 좋을까, 따뜻한 양송이 스프가 좋을까. 세상이 어떻게 돌아가든 나에겐 그와 내가 먹을 아침을 차리는 일이 먼저였다.

오후 무렵, 꼬리 이야기는 더더욱 세상을 시끄럽게 하고 있었다. 텔레비전 채널마다 뉴스 속보가 이어졌고 인터넷을 접속해도 상황은 마찬가지였다. 실시간 검색 순위 1위 여자 꼬리, 2위 돌연변이, 3위 꼬리 없애는 법, 4위 UFO……. 나타났던 꼬리가 다시 사라졌다는 소식은 어디에도 없었다. 얼굴은 모자이크한 여자들의 꼬리 사진이 고민 상담으로 포털 사이트를 점령하고 있었다. 당사자들은 절망과 놀라움에 빠져있었지만, 그들의 글을 읽는 건 꽤 흥미로웠다. 살을 뚫고 생겨난 꼬리일 텐데 하나같이 통증이나 가려움을 느끼지 못했다고 했다. 팔이나 다리를 움직이듯 의지대로 꼬리를 움직일 수도 있다고 했다. 간혹 꼬리 사진을 올려 이 꼬리를 가진 동물을 찾아달라는 글도 눈에 띄었다.

불행 중 다행인 것은 꼬리의 원인이 비교적 빠르게 밝혀지고 있다는 점이었다. 꼬리가 생긴 여자들의 공통점은 특정 지역도 특정 나이도 아닌 단 하나. 어느 제약회사의 여성 전용 다이어트 약을 복용한 적 있거나 복용 중이라는 공통점이었다. 시중에 판매된 지는 육 개월 남짓 되었고 효과가 좋다는 입소문을 타기 시작한 약이었다. 사실이라면 살을 떼어내려다 오히려 꼬리를 얻은 격이었다. 관련 기사들이 쏟아지기 시작하자 검색 순위 판도가 뒤바뀌었다. 제약 회사에서는 경위 파악과 입장 정리의 시간을 달라 요청했다. 그 사이 사람들은 무리한 동물 생체 실험 과정에서 빚어진 저주라며 또 다른 소문들을 낳았다. 손바닥만 한 크기의 하늘색 원통 모양은 나 역시 처음 보는 게 아니었다. 며칠 전 대학 동기인 아린이의 SNS에서 이 약을 봤다. 두 달 뒤 결혼식을 목표로 예쁜 신부가 되겠다는 글도 함께 적혀있었다. 무릎 위에 노트북을 올려놓고 있던 어정쩡한 자세에서 카펫으로 내려와 편하게 자세를 잡았다. 테이블 위에 노트북을 놓고 서둘러 아린이의 SNS에 접속했다. 아린이가 올린 사진 아래는 이미 나와 비슷한 생각으로 찾아온 사람들의 댓글이 줄 잇고 있었다.

'아린아, 너 괜찮아?'

'왜 전화를 안 받아. 너도 꼬리 생긴 거 아니지?' 등등…….

스크롤을 한참 내려야 할 만큼 많은 댓글들이 남겨질 동안 아린이의 괜찮다는 답변은 어디에도 없었다. 덕분에 이미 아린이에게 꼬리가 생겼다는 것은 기정사실화 되었고 몇몇은 '힘내'라는 위로의 댓글까지 남겨둔 상황이었다. 간혹 악플러들이 남긴 저급한 댓글들이 눈살을 찌푸리게 만들기도 했다. 정말로 꼬리가 생겼을까. 전화를 해볼까 망설였지만, 우리가 그 정도로 친한 사이는 아닌 것 같아 그냥 관두었다. 청첩장을 받았을 때, 기쁨보다 축의금은 대체 얼마를 내야 하나 고민이 앞서던 딱 그만큼의 애매한 사이였으니까…….

난데없는 꼬리 대란으로 온 세상이 들끓었다. 피해를 입은 여자들 대부분은 자취를 감췄다. 종종 얼굴을 완전 무장한 채로 어딘가 바쁘게 오가는 모습들이 목격됐지만, 대부분은 칩거 중으로 알려졌다. 해외까지 소식은 빠르게 퍼져나갔다. 외신 기자들이 찾아들었고 해외토픽에 연일 이름이 올랐다. 사람들은 꼬리가 생긴 그녀들을 통칭 '꼬리녀'라 불렀다.

세상이 딜레마에 빠져있을 때, 결국 참다못한 어느 꼬리녀가 부엌칼을 들었다. 자신의 꼬리를 절단하려 했고 응급실로 옮겨졌으나 의식불명에 빠졌다고 했다. 기자는 그녀가 평소에도 극심한 다이어트 스트레스를 받는 초고도비만 환자라고 말했다. 스스로 꼬리를 자해했다는 소식이 퍼지자 여기저기 분노의 목소리가 일었다. 인터넷에서는 꼬리에 불을 질러버리겠다거나 절단 수술을 받을 수는 없냐는 글도 심심찮게 보였다. 해당 제약회사는 서둘러 신약 개발에 임할 것을 발표했다. 정부의 아낌없는 지원까지 약속받은 지도 어느덧 닷새가 흘렀다. 기적처럼 꼬리가 사라졌다는 소식은 어디에도 들리지 않았다.

　퇴근하는 은오를 기다렸다가 단골 가게를 찾았다. 바삭한 치킨과 생맥주가 먹고 싶어서였다. 평소보다 더 왁자지껄한 분위기에 멈칫했지만, 우리를 먼저 알아본 사장님이 서둘러 한쪽 테이블을 내어주었다. 청양고추가 들어간 바삭바삭 닭튀김이 신메뉴로 나와 있었다. 새로운 메뉴를 먹어볼까 생각하는데 주변을 휘둘러보던 은오가 말했다.

　"이모는요?"

　그리고 보니 늘 깔깔 웃으며 가게를 호령하던 사장님의 아내가 보이지 않았다. 아까부터 은오가 긴 목을 빼고 두리번거리던 이유였다. 왁자지껄한 가운데 새삼 허전한 기분이 들었다. 한 손에 계산서를 받쳐 들고 있던 사장님이 볼펜 끝으로 머리를 긁적였다. 표정에 얼핏 난처함이 스쳤다. "쓰읍ー" 소리가 나도록 마른 입맛을 다시더니 코앞으로 불쑥 허리를 숙였다. 사장님은 특별히 우리를 신경 쓰는 사람이 없는데도 불구하고 힐끔힐끔 좌우를 살폈다.

　"말도 마라. 글쎄 우리 집사람이 그놈의 꼬리가 생겨가지고는! 집에서 꼼짝을 안 해. 울고불고 난리도 아니야. 내가 요 며칠 한숨도 못 잤다니까?"

　"진짜요?"

　은오는 놀란 기색을 숨기지 않고 가감 없이 드러냈다. 평소보다 유달리 바빠 보이는 데는 다 이유가 있었다. 사장님은 휘둥그레진 은오의 옆구리를 꾹 찌르며 어울리지 않는 윙크를 했다. 검지까지 입에 갖다 대고 비밀 사인을 보내자 제법 비장해진 표정의 은오가 고개를 끄덕였다. 꼬리가 솟아오른 사장님의 아내를 상상했다. 몸집에 균형을 맞춘 꼬리 크기라면 테이블과 테이블 사이를 오가며 서빙 하는 일은 당연 불가능이었다. 아마 꼬리에 휩쓸린 접시가 여기저기 나뒹구는 사고다발구역이 되겠지. 가슴보다 더 볼록하게 나온 배를 앞으로 내밀고 꼬리를 흔드는 모습이 자연스레 떠올랐다. 동시에 한쪽 구석에서 퉁퉁한 꼬리를 끌어안고 엉엉 우는 모습까지. 그 모습이 만화 속 한 장면처럼 그려져서 문득 조금은 귀엽다는 생각이 들었다. 누군가의 끔찍한 재앙을 가엽게 여기면서 동시에 귀여워할 수 있다니…… 내가 생각하기에도 아이러니한 일이었다. 슬쩍 눈이 마주치자 은오가 벙긋거리는 입모양으로 '신기하다–' 했다. 신기한 일. 어느 날 갑자기 꼬리가 불쑥 생기는 신기한 일이라……. 왜 그 순간 아린이가 떠올랐는지 모르겠다. 아린이의 SNS는 여전히 업데이트도 없이 멈춰있었다.

치킨이 나올 때까지 우리는 오늘 있었던 일들에 대해 이야기 나눴다. 은오의 회사도 꼬리녀 소동을 빗겨가지 못했다. 몇몇 여직원들의 무단결근이 이어지면서 은오 또한 업무 과중에 시달리고 있었다. 듣자하니 어느 팀은 여직원들이 해당 다이어트 약을 공동구매한 탓에 단체로 패닉 상태에 빠졌다고 했다. 유일무이하게 그 팀의 여직원 한 명이 출근했는데, 출근부터 퇴근까지 절대로 두꺼운 외투를 벗지 않는단다. 이유는 묻지 않아도 알만했다. 부장에게 장기 휴가에 대해 묻는 걸 누군가 들었고, 꼬리 절단 수술을 받기 위함이라는 소문이 사내에 쫙 깔렸다고 했다. 성형외과에 꼬리 절단 수술 문의가 빗발치고 있다는 얘기는 나도 들었다. 인간을 상대로 이뤄진 적 없는 수술인데다 자칫 잘못하면 부작용으로 걷지 못할 수도 있다는 소문이 파다했다. 그 여직원은 정말 걷지 못하는 한이 있더라도 꼬리를 잘라내려는 걸까. 희망과 절망을 오가고 있을 여직원을 얘기하면서도 은오의 태도는 시큰둥했다. '꼬리가 생겼대. 근데 그래서 뭐?' 하는 정도랄까. 먼저 나온 무를 집어먹으며 어깨를 으쓱거릴 뿐이었다.

벽면에 부착된 스크린에서는 생방송 음악 프로그램이 방영 중이었다.

번쩍거리는 조명을 받으며 춤추고 노래하는 가수들은 대부분 내가 모르는 얼굴이었다. 뚱한 내 표정을 눈치챈 은오가 "우리 벌써 나이든 게 아닐까?"하고 콧잔등을 찡긋거리며 웃었다.

"저거 김도이 아니야?"

"세상에— 김도이도 꼬리가 났어?"

한 테이블을 시작으로 가게 안 사람들의 이목이 스크린으로 집중됐다. 2030 여자들의 워너비 아이콘이라는 김도이의 무대가 시작되고 있다. 짙은 스모키 화장에 몸매가 훤히 드러나는 가죽 의상을 입은 그녀가 카메라를 정면으로 응시했다. 마치 우리가 있는 곳을 다 바라보는 것처럼……. 그리고 연이어 춤을 추며 빙그르 뒤를 도는 순간, 화면 가득 검은색 여우 꼬리가 살랑거렸다. 조명을 받아 윤기마저 감도는 꼬리가 마치 예정된 콘셉트의 일부인 듯 자연스러워 보였다.

[진짜 나를 찾아~ 당당한 너를 보여줘~]

그녀는 노래 중간쯤 아예 뒤돌아 허리를 흔들며 꼬리가 강조되는 안무를 선보였다. 카메라 감독도 거침없는 클로즈업으로 그녀의 꼬리를 돋보이게 하는데 일조했다. 사람이 여우가 된 듯, 여우가 사람으로 변신을 꾀한 듯 오묘한 분위기가 무대를 장악하고 있었다. 4분이 채 되지 않는 무대가 끝났을 때, 김도이는 각종 CF를 섭렵하게 만든 특유의 눈웃음을 지었다. 짜인 각본이라는 걸 알면서도 속게 할 만큼 그녀는 행복해 보였다. 꼬리를 달고도 당당하게, 누구보다 행복하게 웃는 얼굴이라니. 같은 여자가 보면서도 머리털이 쭈뼛 곤두서는 느낌이었다. 짧은 시간이었지만 가게 안에서 누구도 음식에 집중하는 사람은 없었다.

"대—박."

무를 집어먹다 말고 볼록해진 볼로 은오가 한마디 했다. 한동안 화면에서 시선을 떼지 못하고 있기에 발끝을 툭 걷어찼더니, 그제야 "으응?"

하고 떨떠름한 반응을 보였다. 우물 우물거리며 뼛조각을 뱉어내고는 또 한 번 스크린을 돌아봤다. 확실히 김도이는 멋있었지만 은오의 반응이 퍽 달갑진 않았다. 어벙해진 얼굴을 보는데 딱 한마디가 떠올랐다.

'아무 데서나 꼬리치지 마세요.'

김도이의 선택은 아무도 생각하지 못한 정면 돌파였다. 그리고 그녀의 전략은 가히 성공적이었다. 세상은 김도이를 신호탄으로 또다시 빠르게 달라졌다. 사람들은 제약회사에서 신약을 개발해주기만을 기다리지 않았다. 방송 직후부터 '김도이 꼬리패션'이 온라인, 오프라인 할 것 없이 소란을 만들었다. 김도이가 약까지 복용해가며 다이어트를 감행했었다는 사실보다 그녀가 당당하게 꼬리를 내어놓았다는 데 이목이 집중됐다. "저 원래 살 안찌는 체질이에요—"하던 그녀의 인터뷰는 이미 사람들 머릿속에서 지워진지 오래인 것 같았다. 그 뒤로도 김도이는 자신의 SNS에 꼬리를 드러내놓고 각종 셀카 사진들을 올렸고 사람들의 반응은 그때마다 폭발적이었다. 물론 그녀를 향한 칭찬과 찬사 가운데 보기 싫다, 혐오스럽다는 악성 댓글도 있었지만, 그녀는 의연하게 대처했다. 지속적으로 글을 남긴 한 악플러에게는 '부러우면 지는 거랬어요. 난 당신이 가지지 못한 걸 가졌거든.'하는 답 댓글을 보내 더 큰 호응을 끌어냈다. 김도이는 순식간에 2030 여성들의 워너비 스타이자, 꼬리 여신 또는 꼬리녀들의 대통령이 되어있었다.

김도이를 시발점으로 칩거 중이던 여자들이 살 길을 도모하기 시작했다. 집 앞 슈퍼를 다녀오거나 용기 내 출근까지 했다는 꼬리녀들의 이야기가 이어졌다. 집안에 스스로를 가뒀던 사람들이 다시금 세상으로 나오기 시작하자, 그녀들을 돌연변이라고 하던 사람들도 슬슬 돈을 쫓기 시작했다. 사업 수완을 챙기려는 자들은 '김도이 꼬리패션'을 놓치지 않앗다. 한 홈쇼핑에서는 아예 꼬리 달린 쇼호스트가 나와 꼬리 전용 샴푸와 빗을 판매했다. 흡사 진돗개 꼬리 같은 자신의 꼬리를 앞으로 끌어와 정성스레 빗는 쇼호스트의 표정에 뿌듯함이 어렸다. 한 손에 들린 빗은 애견용품점에서나 볼 수 있던 것과 비슷한 모양새를 하고 있었다. 쇼호스트는 첼로를 켤 때처럼 어깨에 꼬리를 두르고 나긋나긋한 손길로 연신 털을 쓸어내렸다. 마치 처음부터 한 몸이었던 양 자연스러운 동작이었다.

"보세요. 눈으로만 봐도 윤기가 자르르 흐르죠? 길을 가는데 이런 꼬리를 가진 여자 분이 눈앞에서 지나간다고 상상해보세요. 얼마나 아름다워요. 보는 사람마다 한 번만 만져보고 싶다 생각하실 걸요? 백화점 명품관에서도 살 수 없는 꼬리를 달고 근사한 여성이 되는 거예요, 여러분."

쇼호스트는 이 빗과 샴푸만 있다면 당장이라도 내가 명품이 될 수 있다고 일장연설을 늘어놓았다. 자랑스레 꼬리를 추켜세울 때마다 방청객들의 탄성이 쏟아졌고 배경음악으로는 김도이의 노래가 끊임없이 흘러나왔다.

[진짜 나를 찾아~ 당당한 너를 보여줘~]

지금 이 순간, 화면에서 모든 이들의 시선과 부러움을 한몸에 받는 사람은 꼬리 달린 쇼호스트 하나뿐이었다. 마치 저 빗과 샴푸만 있으면 김도이에 버금가는 여성이 될 수 있을 것처럼 최면에 빠져드는 기분이었다. 결국, 상품은 판매 시작 17분 만에 완전매진 되었다. 꼬리를 없애준다는 것도 아니고 꼬리를 더욱 돋보이게 해준다는데 거짓말처럼 완판이 된 것이다. 설마 했는데 눈으로 보고도 믿을 수 없는 상황이었다. 하염없이 감사 인사를 전하는 화면 속 쇼호스트를 물끄러미 바라봤다. 사람들이 확실히 달라졌다. 꼬리 때문에 경악하던 때가 있었냐는 듯 하나둘 동조하여 세상을 바꾸고 있었다.

다음날부터 온갖 사이트에는 꼬리 빗과 샴푸 세트 후기들이 도배됐다. 사람들은 더 이상 꼬리를 숨기지 않았다. 홈쇼핑에서 판매됐던 비슷한 상품들이 각종 쇼핑몰과 백화점, 마트에 비치되기 시작했고 하루가 다르게 다양한 종류가 쏟아져 나왔다. 꼬리를 빼서 입는 트임 옷, 꼬리 전용 빗, 전용 액세서리, 전용 샴푸, 전용 에센스, 전용 향수 등등……. 꼬리만을 위한 상품들이 줄을 이었고 그만큼 꼬리의 가치는 특별 관리받아야 할 대상처럼 여겨졌다. 꼬리를 위한 투자는 네일샵이나 헤어샵에서 관리받는 것처럼 자연스레 영역을 넓혀갔다. 누군가가 꼬리 때문에 설움을 당했다는 이야기를 하면 같은 꼬리녀들이 득달같이 달려들어 피해여성의 편을 들었다. 시간이 지날수록 조직적인 움직임은 더더욱 힘을 키워갔다. 그녀들은 일종의 동지애, 전우애와 비슷한 감정을 공유하고 있었다.

한 유명 모델은 '꼬리 달린 사람들도 우리와 같은 사람'이라며 직접 제작한 꼬리를 달고 어느 시상식장에 나타났다. 그녀의 당당한 워킹과 소신 발언이 많은 호응을 얻을 거라 예상했지만, 이는 보기 좋게 빗나갔다. 모델의 SNS로 몰려든 꼬리녀들이 진짜도 아닌 게 어디서 있는 척, 위하는 척이냐는 맹비난을 했고 반나절도 못 가서 모델이 SNS 계정을 탈퇴하며 일단락되었다. 어느덧 꼬리가 있는 사람들은 '진짜'가 되었고 꼬리가 없는 사람들은 '가짜'가 되어가고 있었다.

어느 날은 휴식기에 들어갔던 걸그룹이 앨범 재킷 사진을 공개했는데, 네 명의 멤버가 모두 꼬리를 달고 컴백을 예고했다. 토끼 하나, 사슴 하나, 강아지가 둘이었다. 사람들 사이에는 멤버들 모두 꼬리가 생길 때까지 다이어트 약을 먹었다는 루머가 삽시간에 퍼졌다. 제일 처음 한 멤버에게 꼬리가 생긴 뒤로 기획사 사장의 반강요에 못 이겨 나머지 아이들이 약을 먹었다는 둥, 먼저 생긴 멤버를 시기해서 스스로 먹었다는 둥 이야기는 점점 더 구체적이고 다양해졌다. '없는 꼬리를 굳이 만들기야 했겠어?'하고 시큰둥한 반응을 보이는 사람들도 있었지만, 그저 헛소문으로 치부하기에는 거짓말처럼 꼬리를 가진 인구가 늘어나는 중이었다. 사건이 터진 직후, 제약회사에서는 유통된 약을 모두 거둬들여 폐기처분하고 해당 제품을 판매 중단했다. 하지만 이것은 눈 가리고 아웅─하는 일에 불과했다. 사람들이 자신의 약을 되팔기 시작한 것이다. 암표처럼 암암리에 팔리면서 프리미엄 가격까지 붙어 몸값이 어마어마해졌다. 인터넷에서 판매 글이 올라오기 무섭게 사람들이 몰려들었고, 누군가의 손을 거칠 때마다 금액은 배로 뛰어올랐다. 미성년자 아이들은 각자 용돈을 한 푼 두 푼 모아서 약을 산 뒤에 나눠가진다는 기사도 심심찮게 볼 수 있었다. 그 중에는 실제로 효과를 보는 아이도 있고 과다복용으로 응급실행을 면치 못하는 아이들도 허다하다고 했다. 몸을 바꾸면서까지 꼬리를 가지려는 이유는 무엇일까…….

이제 막 설거지를 마친 은오는 또 아이처럼 내 허리를 끌어안고 품으로 파고들었다. 두 사람이 드러누운 꼴이 되자 좁은 소파가 빈틈없이 가득 들어찼다. 얄팍한 티셔츠 위로 은오의 차가운 손이 고스란히 전해졌다.

"또 찬물에 맨손으로 씻었지?"

"우리 자기, 눈치도 빨라. 고무장갑은 불편해. 그릇이 얼마나 뽀득뽀득 깨끗해졌는지 알 수가 없단 말이야─"

손이 상한다고 몇 번이나 일러줬는데도 은오의 버릇은 쉽게 고쳐지지 않았다. 그는 뭐든 직접 만지는 걸 좋아했다. 지난여름, 갯벌에서 맨손으로 조개를 잡다 소라게 집게에 호되게 물린 적도 있었다. 차가워진 손끝으로 내 어깨며 티셔츠 자락을 만지작거리던 은오가 한마디 했다.

"내가 재미있는 거 보여줄까?"

은오는 내 대답이 떨어지기도 전에 몸을 뒤척이며 주머니에서 휴대폰을 꺼내들었다. 입술 끝에 힘을 주고는 꽤 자신만만한 얼굴로 액정을 꾹

꾹 눌렀다.

"짠! 이거 봐."

사무실 책상 앞에 앉은 여자의 뒷모습이 영상으로 담겨 있었다. 이리 저리 흔들리긴 했지만, 의자 등받이 아래로 비죽 튀어나와 바닥까지 늘 어진 무언가가 보였다.

"이게 뭐야?"

입은 직감을 무시하고 아무것도 모르는 척 거짓말했다. 알고 있으나 알고 싶지 않았다.

"우리 팀원 미정씨. 오늘 갑자기 꼬리를 달고 나타났다니까? 사무실 입구에서부터 막 쭈뼛쭈뼛 쑥스러워하면서 오는데 머리 위로 커다란 꼬리가 왔다 갔다 하는 거야."

은오는 마치 대단한 흥밋거리를 이야기하듯 목소리를 높였다. 은오의 실룩거리는 입을, 볼록 솟아오른 광대를 바라봤다. 호선을 그리며 휘어진 두 눈이 김도이를 볼 때보다 반짝거리고 있었다.

"이거 무슨 꼬리 같아? 너구리 같지 않아? 부장님이랑 내기했거든. 여자들은 왜 이렇게까지 꼬리가 갖고 싶은 거야? 예뻐서 그런가."

영상이 재생되는 20여 초 동안 꼬리를 살랑거리던 여자가 시선을 느꼈는지 뒤를 돌아봤다. 화면이 마구 흔들리더니 "어머. 뭐예요—"하고 간드러지는 여자의 목소리가 들렸다. 콧소리가 담긴 여자의 투정과 함께 은오의 장난스런 웃음이 터지고서야 영상은 끝이 났다. 살랑거리는 꼬리보다 가볍고 들뜬 웃음소리였다. 영상이 끝난 뒤 여자와 은오가 어떤 대화를 주고받았을지는 알 수 없었다.

"이러니까."

"응?"

"너처럼 이런 반응을 보여주니까 그게 진짜 자기 매력인 줄 아는 거잖아."

나도 모르게 튀어나온 말끝에 묘한 짜증이 실렸다. 내가 말하고 내가 듣기에도 흠칫하게 될 만큼 신경질적이었다. '화'가 담긴 에너지는 조금만 모가 나도 상대가 느낀다던데, 은오는 덤덤한 얼굴로 코를 훌쩍일 뿐이었다. 티셔츠 자락을 만지작거리는 은오의 손끝은 여전히 차가웠다. 뺨 언저리에 닿는 숨결도 어딘가 미적지근했다. 정말이지 이유를 알 것 같았지만 알고 싶지 않았다.

하늘 높은 줄 모르고 올라가던 꼬리 이야기에 다시 흠집이 났다. 아침에 눈을 뜨자마자 처음으로 접한 뉴스는 자신의 꼬리를 비관한 한 여자의 자살 소식이었다. 자신의 방 붙박이장에서 목을 맸다고 했다. 여자는 다이어트를 위해 약을 먹기 시작했고 부작용으로 쥐꼬리가 생겼다고 했다. 꾸준히 약을 복용하다 보면 꼬리가 바뀐다는 소문을 맹신한 탓에 과다복용으로 위세척을 한 것만도 수차례…… 계속되는 실패로 결국 자살을 택했단다. 꽃다운 나이였고, 두 달 뒤 결혼을 앞두고 있는 예비 신부라고 했다. 청첩장 봉투에 남겨놓은 자필 유서도 공개되었다.

[저주받은 쥐꼬리. 왜 나는 안 돼? 처음부터 태어나지 말았어야 해.]

사람 몸뚱이에 걸맞게 자라난 대형 쥐꼬리라니.

텔레비전을 끄고 샤워를 하는 동안에도 머릿속에서는 쥐꼬리가 맴돌았다. 쭉 뻗은 채 마디마디 나눠진 꼬리가 뱀처럼 움직이는 모습이 떠올랐다. 뉴스에서조차 꼬리가 생긴 걸 문제 삼지 않았다. 하필이면 그 꼬리가 쥐꼬리라서 여자를 죽음으로 내몰았다고 했다. 그러니까 강아지 꼬리, 여우 꼬리처럼 애초에 꼬리가 있는 건 인간이 죽음을 고민할 만큼 괴로워할 일이 아니라는 얘기였다.

쉴 새 없이 물줄기가 떨어지는 가운데 손을 뻗어 척추부터 꼬리뼈까지 더듬어 보았다. 부드러운 피부 아래 딱딱하고 볼록하게 튀어나온 뼈가 꼬리 나올 자리를 알리고 있었다. 뿌옇게 김 서린 거울을 문질러 닦았다. 물방울로 얼룩진 거울에 샤워기만 들고 우두커니 선 내 모습이 담겼다. 머리 위로 솟아오르는 수증기가 꼬리처럼 굼실거렸다.

젖은 머리를 닦는 중에 휴대폰 알림이 울렸다. 옷도 주워 입지 않은 상태로 앉아 폰을 들여다보았다. 예고 없이 날아든 부고 문자 한 통. 네모난 액정 안에 주인공으로 적힌 이름은 아린이었다. 머리카락을 타고 내려온 물방울이 액정 위로 뚝뚝 떨어졌다. 아린이의 이름이 흐릿하게 번져갔다.

은오는 관계 후에도 내내 침대에 머물러 있기를 원했다. 씻고 나면 훨씬 개운해질 거라고 이야기해봤지만, 언제나 내 허리를 부둥켜안고 침대에 파묻혀있었다.

"우리 자기는 어떤 꼬리가 어울릴까 몰라."

어김없이 마주보고 누워있던 은오가 내 허리와 꼬리뼈 어디쯤을 장난스럽게 토닥거렸다. 은오라면 한 번쯤 꼬리가 생긴 내 모습을 상상했을지도 모른다. 그런 생각이 들자 조금씩 식어가고 있던 공기가 이불 밖으로 드러난 어깨까지 춥게 만들었다. 손을 뻗어 얼굴을 감싸 쥐고 얼굴을 마주봤다. 캄캄한 방 안에서도 은오의 두 눈은 어딘가를 꿈꾸는 것처럼 반짝이고 있었다.

"꼬리가 있었으면 좋겠어? 김도이한테 넋 놓는 거 내가 다 봤어."

슬쩍 핀잔을 주자 내 손길을 마다한 은오가 목덜미에 고개를 묻었다. 품안에서 낮은 목소리가 웅얼웅얼 울렸다.

"난 그냥 니가 좋아."

은오의 머리카락을 천천히 쓰다듬었다. 내 손길에 맞춰 등허리를 감싸

안는 손바닥의 체온이 미적지근했다.

"뭐 좀…… 섹시하긴 하려나?"

귓가에서 은오의 웃음소리가 비눗방울처럼 피어올랐다 터졌다. 은오의 상상 속에서 나는 어떤 꼬리를 달고 있을까. 농담 삼아 꼬리 이야기를 이어가려다 더 굳게 입을 닫았다. 다음 말을 이어갈 자신이 없었다.

"자기야. 나 오늘도 여기서 자고 가면 안 돼?"

은오는 내게 속삭이는 동안에도 둥근 손끝으로 꼬리뼈 언저리를 간질였다.

결코 무겁지 않은 체온 속에서 나는 점점 더 깊이 잠겨갔다.


부고 문자를 받은 그날 밤, 제약회사에서는 마침내 치료제 개발에 성공했다는 기사를 발표했다. 다음 주부터 병원과 보건소에서 진단 검사 후 처방을 받을 수 있다는 내용이었다. 말도 안 되는 사건을 수습하기 위한 또 한 번의 기적이 일어난 셈이었다. '속보'라는 머리말을 달고 여기저기서 문자가 날아들었다. 아린이의 부고 문자와 치료제 개발 성공 문자가 수신함에 나란히 줄을 섰다. 선 하나가 천국과 지옥처럼 두 문자 사이를 갈라놓고 있었다.

나는 휴대폰을 두 손으로 붙들고 깊이 잠든 은오의 품 안에서 둥글게 몸을 말았다. 몸을 굽힐수록 뼈마디와 팽팽해진 피부가 가까이 맞닿았다. 무릎뼈가, 척추뼈가, 그리고 꼬리뼈가 볼록하게 튀어나온 모습으로…… 그저 가만히 검은 밤이 푸른 새벽이 되기를 기다렸다.


아린이의 빈소는 영안실 복도 가장 구석방이었다. 영정 사진 속 아린이는 단정한 올림머리에 상아색 블라우스를 입고 있었다. 어깨너머로 불쑥 솟아있는 꼬리도 없이 정갈한 모습이었다. 아린이의 웨딩 사진에서 봤던 남자는 빈소 한쪽 귀퉁이에 앉아 연신 눈물을 훔쳤다. 우리 일행이 머물렀던 한 시간여 동안, 남자는 영정사진과 뚝 떨어진 거리에서 다가가지도 멀어지지도 못했다.

빈소에는 일곱 명의 동기가 모였다. 그중에 여자는 넷이었고 꼬리가 없는 여자는 나 하나였다. 우리가 나눌만한 이야깃거리는 많지 않았다. 단지 한쪽에서 학교 다닐 때 아린이와의 추억담을 던져놓으면 반대쪽에서 "그래, 그랬었지."하고 고개를 끄덕여주는 정도였다. 그러다 할 말이 조금 줄어들면 누군가가 아린이의 SNS에 달린 댓글들에 대한 이야기를 꺼내기도 했다. 쥐꼬리를 탓하는 사람들은 있어도 꼬리를 탓하는 사람은 없었다. 죽음을 애도하는 사람도 있었지만 아린이의 죽음 때문에 꼬리의 가치가 떨어질까 걱정하는 사람들이 더 많았다. 그렇게 이어간 댓글 끝에 아린이는 그저 어리석은 선택을 해버린 한 마리의 쥐가 되어 있었다.

안타까운 이야기였지만 특별히 슬프지는 않았다. 축의금을 조의금으로 썼다는 사실 말고는 달라진 것도 없었다. 이야기를 나누는 동안 여자 동기들은 바닥에 앉아 사람들이 지나다닐 때마다 꼬리를 이리 치우고 저리 치우기 바빴다. 자리를 털고 일어날 때쯤에는 세 사람 모두 꼬리를 틀어말아 끌어안다시피 하고 있었다. 똑같이 꼬리를 끌어안고 똑같이 반쯤 눈을 내리깔고 있는 모습……. 입꼬리가 간질거렸지만 입 안쪽 살을 꾹 깨물고 참았다. 빈소가 지하에 마련된 탓인지 등을 타고 찬바람이 스치는 듯한 착각이 들었다. 어젯밤 닿았던 은오의 손길이 아직도 꼬리뼈를 맴돌며 춤추는 기분이었다.

동기들과의 만남은 그리 길지 않았다. 빈소를 들고 나는 동안 혼자가 아니라는 어색함은 면했지만, 그 시간만 함께하자고 약속한 듯 자연스레 흩어졌다.

집으로 갈 때는 버스에서 한 정거장 빨리 내려 마트에 들려야겠다. 은

오가 좋아하는 해산물을 사서 버터를 바르고 구이를 하면 어떨까. 정류장까지 오 분 남짓한 거리를 걸으면서 머릿속으로는 쇼핑할 재료들을 체크했다.

정류장 바로 옆 빌딩 앞에서는 십 수 명의 사람들이 대열을 만들어 장악중이었다. 머리에 똑같은 색깔의 띠를 둘러맨 시위대였다. 하나같이 입을 닫고 굳건한 표정으로 방패처럼 플래카드를 들고 있었다. 까맣게 모여 있는 이들의 머리 위에는 그보다 더 까맣게 떼 지은 꼬리들이 굼실거렸다.

'신약 판매 결사반대'

'치료제가 아니라 꼬리 죽이는 독약'

'우리는 병에 걸린 게 아니다!'

플래카드 앞을 한 걸음씩 지날 때마다 사람들의 시선이 발목을 잡고 뒷덜미를 잡았다. 침묵 속에 격양된 숨소리가 한 걸음씩 박자를 맞춰 따라오는 듯했다. 반대, 독약, 꼬리, 자유……. 굳이 보려 애쓰지 않아도 붉고 푸른 글씨들이 눈앞을 날아다녔다. 허리춤 어딘가에 꽂히는 시선들이 따가워 핸드백을 끌어안고 고개를 숙였다. 나도 모르게 점점 더 걸음이 빨라졌다. 꼬리를 가진 자들의 눈이 꼬리를 가지지 못한 내 발걸음을 따라 쫓아왔다.

주머니에 넣어둔 휴대폰이 온몸으로 힘차게 울었다. 아마도 은오일 것이다. 오늘 회식이 잡혔다거나, 혹은 무언가가 먹고 싶어졌다거나……. 전화를 받지 않기로 했다. 대신 손목에서 달랑거리던 가방을 열어 아무렇게나 굴러다니고 있던 원통을 꺼내들었다. 뚜껑을 잡고 비틀었더니, 짤깍 짤깍 소리 내며 하늘색 몸통과 뚜껑이 분리됐다. 손바닥으로 입구를 막고 아무렇게나 흔들자 참을 수 없는 가벼움을 가진 알약 두 알이 튀어나왔다. 마른입에 알약을 모두 털어 넣었다. 어금니에 으깨진 알약이 오도독 오도독 소리를 냈다. 신맛인지 쓴맛인지 모를 맛이 입안 가득히 퍼졌다. 시위대와 멀어지고 있었지만 걷는 속도를 줄일 수는 없었다. 거리 어딘가에서부터 검은 꼬리를 살랑이던 김도이의 노래가 들리는 듯했다. 달랑 두 줄 남겨놓았다던 아린이의 유서가 멜로디 사이를 파고들었다.

진짜 나를 찾아… 처음부터 태어나지 말았어야 해…… 왜 나는 안 돼……?

달린 꼬리가 없는데도 길게 늘어지는 그림자가 자꾸만 그들의 시선에 물렸다. 꼬리에 꼬리를 물고…… 꼬리에 꼬리를 물고…….

삶의 향기가
문학이 됩니다

# 수필 부문 수상작

# 단아한 슬픔

김진순

  강물의 유유한 흐름처럼 세월이 간다. 여름 햇볕이 활개를 치던 것이 불과 얼마 전인데 거리에는 마른 나뭇잎이 나부끼고 소슬한 바람은 가을이 무르익었다. 태연한 시간처럼 거칠고 지난한 삶도 흘러가고 있다. 캄캄한 밤길처럼 암담했던 날들이 지나가고 있다. 상실 이후 나에게 시간의 미학은 구원이 되었다.

  참척의 슬픈 소재를 다루었던 글이 수상의 영예를 안겼다. 우리는 기뻤기에 모두 웃었다. 이것은 희극일까 비극일까. 떠난 아들로 인해 희열을 만끽하는 불가해한 삶이 여기 덩그러니 있다. 그럼에도 질긴 슬픔을 별빛에 걸어놓고 축복의 가장자리에 겸허한 마음으로 섰다.

  날마다 아침을 차려주고 아프다고 하면 쏜살같이 달려오는 남편에게 감사와 사랑을 전한다. 응급실을 다니며 놀란 적이 많았는데 충분히 위로가 되었으면 좋겠다. 안타까워하며 애써 웃음과 유머로 용기를 채워주고 기도하는 동생에게 고맙다. 얄팍해진 팔과 등을 쓰다듬으며 불안을 털어내 주던 아가다 언니에게도 감사한다. 또한, 자식을 잃은 엄마들 모임인 엔젤 언니들에게 각별한 애정을 보낸다. 숨결을 마주했던 벗들과 삶의 온유함을 가르쳐 준 사람들, 그들과 이루어낸 따뜻한 지형에 감사하면서 기쁨을 함께 하고 싶다. 엄마 새가 어린 새에게 먹이를 물어다 주듯 아들에게도 즐거움을 건넨다.

많이 부끄럽다. 그리고 영광이다. 내면에 윤택한 장면을 그릴 수 있도록 도와주신 심사위원 선생님들께 감사드린다. '삶의향기 동서문학상'의 발전과 영위를 위해 수고하시는 모든 분들에게도 감사의 인사를 드린다. 끝으로 독서의 재미를 누리고 가녀린 풀잎의 작은 몸짓에도 감동했던 내 삶에 감사한다. 사람과 세상의 아름다움을 눈과 마음에 담으며 힘껏 살아가겠다.

# 단아한 슬픔

김진순

해를 몰아내고 창밖에 어둠이 서성일 때마다 기다려진다. 옷깃에 바람을 풍성하게 달고 와 줄 것만 같아서 두근거린다. 펄럭이는 푸른 잎처럼 활기차게 너는 그렇게 나에게 온다. 대지로부터 전해오는 발걸음 소리는 이미 현관에 닿아 있고, 무심히 벗어놓은 신발은 왜 이토록 애잔한가. 복숭아 빛깔처럼 고운 미소와 허기에 찬 손놀림을 영광스런 훈장을 보듬듯이 밀도 있게 바라보고 싶다. 온전한 삶이란, 당연하다고 여겨지는 모든 일상이 명백하게 유지될 때 가능하다는 것을 상실을 통해 알았다.

이별은 예고 없이 갑작스럽게 왔다. 2012년 3월 아들은 교통사고로 인해 하늘나라로 여행을 떠났다. 결코 있을 수 없는, 있어서는 안 될 부재의 시작이었다. 그 후로 54개월이나 되는 긴 시간 동안, 아들은 돌아오지 않으며 방문을 여닫는 소리 또한 들리지 않는다. 집안에 엄마라고 불러주는 목소리가 떠다니지 않고, 맘에 든다던 가느다란 손가락도 예쁘다며 동의할 수가 없다. 교통카드 충전해야 한다는 말이 잠자리처럼 맴돌 뿐 들리지 않는다. 벗어놓았을 세탁물은 흔적이 묘연하고 책상 의자에는 물빛 그림자가 아련하게 새겨졌다. 식탁에 앉으면 함께 하고 싶은 열망이 모여든다. 관리비 고지서조차 부재를 확인시켰을 때는 삶의 조롱에 숱하게 비틀거렸다. 이별을 수용한다는 것은 매우 고통스럽다. 중력을 느낄 수 없이 부유하며 삶의 벼랑에서 헐떡거리게 한다. 갑옷처럼 단단한 굴레가 짓누르며 살아있음이 모욕처럼 부끄럽게 한다. 상실을 견디는 자에게 최선이란 없다.

다시 만질 수 없는 아들에 대한 몰입은 삶의 현재진행을 봉쇄한 것이나 마찬가지다. 나는 그리움이라는 우물 안에서 웅크린 채 아들을 추억할 뿐 삶을 지웠다. 그리움의 부피는 터져도 상관없다는 듯 수시로 풍선처럼 팽창한다. 날마다 25세 청년이었을 아들이 사방에서 나풀거린다. 종아리가 유난히 길어 여자 다리 같다며 씨익 웃던 미소가 따갑게 사무친다. 엄마 먹으라고 꽃게를 발라 접시에 담아놓았던 마음은 한없이 정겨웠고, '고백'이라는 시를 써 엄마 아빠에게 사랑을 전하던 비둘기 깃 같은 보드란 감성은 아직도 설레인다. 치킨 쿠폰은 옹기종기 냉장고에 붙여서 먹는다는 사소함이 벅찬 순간임을 자주 상기시킨다. 즐겨 부르던 '그런 사람 또 없습니다'를 떠올리면 그의 목소리가 꿈결처럼 아득하다. 손의 지문이 가득할 책상 서랍은 한 사람의 역사가 빼곡히 펼쳐져 별을 다녀간 자취로 남았다. 삶의 무게가 둔중하게 깔려 있는, 화산 같은 뜨거움을 내품는 그의 방을 넘나들 때마다 신의 형평성에 의문을 가지며 슬픔에 파묻히게 된다. 아무리 영혼이 산재해 있다 한들 하나뿐인 몸만 하겠는가. 부둥켜안을 수 있고 봐도 봐도 닳지 않을 몸만 하겠는가. 하늘의 영원한 생명이란 또한 얼마나 허탈한가. 심장 소리를 들려주는 내 곁의 너만이 진실인 것을.

꼼지락거리는 아들의 발가락을 관찰하며 함께 TV를 보던 기억이 처연하다. 아들은 당시 맨유에 있었던 박지성의 팬이었다. 그의 자서전을 탐독할 만큼 열성이었고 그에 관해선 기억력이 대단했다. 그러므로 박지성은 그토록 열광한 팬을 잃은 것이다. 야구는 삼성을 응원했는데 양준혁을 좋아했다. 양준혁의 마지막 경기를 보며 그 선수의 적나라한 설명을 싱글거리며 해 주었다. 농구에 있어서는 부산 KT 팬이었는데 전창진 감독이 이유이다. 전술을 잘 짜는 감독이라나. 그날 KT가 졌는데 어찌나 속상해하던지 눈에 선하다. 무엇인가 공유한다는 것은 더할 나위 없는 기쁨이었음을 감사하지 못했다. 미래는 단절되고 지난날이 아쉬움으로 쌓여질 때마다 깨닫게 된다. 자식이라는 존재가 나를 많이도 웃게 했다는 것을. 보조바퀴를 뗀 자전거를 처음으로 타며 행복해하던 얼굴이 가까이서 찰랑거리는데, KT 농구를 같이 본 것을 마지막으로 아들이 소파에 앉아 있는 것을 다시 볼 수 없다.

남편도 친정엄마도 형제도 그렇게 말했기에 그런 줄 알았다. 엄마 사랑 많이 받고 갔다고. 잘해 줬으니 그런 걸로 아파하지는 말라고. 그러나 시간이 지날수록 회한으로 괴로움이 깊어간다. 더 잘해 줄걸. 더 이해할걸. 미안하다고 애타게 말해도 고스란히 내 안에 머물며 아들의 가슴팍으로 다가갈 수가 없다. 미안함으로 저당 잡힌 채 하늘과 땅, 삶과 죽음의 거리는 거듭되는 문명의 발전에도 좁혀지지 않을 거라는 인정을 암울하게 할 뿐이다. 현명한 엄마는 아니었다는 뒤늦은 자각으로 마음은 꺾어지고 엄마로서 만회할 기회가 영영 없기에 한숨만 잦아진다. 자식과 이별한 엄마는 끝없이 무력하며 죄인으로 남아 스스로의 철창에 갇히는 것 같다. 미안한 마음을 유예하지 않고 흔쾌하게 고백할 수 있도록 내 옆에 네가 있었으면……

말기 암환자인 나는 죽음이 낯설지 않다. 21세에 아깝게 떠난 아들의 나이와 비교하기에 병에 대해 평온하고 죽음을 두려움으로 받아들이지 않는다. 머지않은 날에 우리의 만남을 생각할 때 죽음은 고통을 상쇄하고 새로움을 도출하는 과정일지도 모른다. 그러므로 나는 꿈 꾼다. 만나면, 두 손으로 얼굴을 쓰다듬으며 정성스럽게 살펴봐야지. 초승달 같은 눈썹 쓸어도 보고 콧등을 만지작거리며 웃어줘야지. 통통한 귓불을 성스럽게 우러르다가 눈 맞추고 말해야지. 숨 쉬는 순간순간 보고 싶었다고. 귀한 몸 안고 어깨를 토닥토닥 해 줄 때 하늘의 안식처는 더없이 포근할 것임을 믿는다. 고통을 마치고 무지개다리를 건너는 그 날에 나는 편안히 웃을 것이다. 한 뼘만 가면 그리운 아들이 있으니까. 아, 그 휘황한 모습은 얼마나 반가울 것인가.

이별은 절망스럽다. 뇌에 부조처럼 박힌 생생한 아픔은 소멸의 기미를 보이지 않고 살이 뭉텅뭉텅 찢겨져 나가듯 고통스럽다. 금속의 고체처럼 박제된 슬픔은 연해지지 않은 채 삶은 나날이 지루하다. 그러나 새벽녘 길을 막는 짙은 안개처럼 삶의 인자함은 닫혔지만 살아냄의 사명감을 업신여기면 안 된다는 것을 깨달았다. 고통에는 집행유예가 없으며 날마다 유순해지지 않는 칼날과 마주할지라도 살아감의 가치를 존중해야 함을 알았다. 슬픔이 내면의 균형을 무너뜨릴지라도 삶의 이면을 받아들여야 한다.

산 사람은 살기 마련이라는 허무한 진리에 부합하듯 시간은 흘러갔다. 살아진다는 지극히 수동적인 맥락이더라도 생은 계속되었다. 죽는 거 무섭다고 오래오래 살고 싶다던 아들의 말이 귀에 쟁쟁할지라도 그가 살아보지 못한 오늘에 나는 있다. 얼마나 비열한 현실인가. 이토록 불완전한 삶의 질서가 신의 구원을 통해 온화해지기를 갈망한다면 지나치게 이상적일까. 그럼에도 불구하고 신의 합리화에 내 삶을 이해시키고자 한다. 기도가 고단한 삶에 완충작용을 한다는 것을, 어지러운 영혼을 쉬게 한다는 것을 믿으며 살아내려고 한다.

어느 날, 격렬한 삶도 풍화하여 연약해질 수 있을까. 계절의 순환처럼 응고된 슬픔도 물컹하게 변형될 수 있을까. 내 사랑을 심장이 굳건히 기억하더라도 슬픔은 단아해질 수 있을까.

나는 아들을 마중한다. 창가를 비추는 고운 달빛으로 와서 불면의 밤을 위로한다는 것을. 흩어지는 꽃잎이 되어 사뿐사뿐 내 어깨에 내려앉는다는 것을. 자유로운 새가 되어 은방울 같은 청아한 소리로 소식 전한다는 것을. 거인 같은 어둠이 나를 거느려도 빛으로 와 준다는 것을. 그렇게 우리가 매 순간 함께한다는 것을. 이 소리 없는 진실에 기대여 몇 겹의 울음을 삼키다.

# 아침밥

정옥경

늦은 오후의 그림책 까페. 지인들과 모여앉은 자리에 '특별한 테이블' 이야기가 등장했습니다. 해안가에 떠밀려온 커다란 나무판이 쓸모 있어 보여 다음 날 다시 가보니, 바닷물이 들어와 그 위에 둥둥 떠 있더라는…… 그걸 비싼 운송료를 치르고 가져와, 다듬고 칠하여 이렇게 근사한 테이블이 되었노라는 이야기였지요.

스무 명은 족히 둘러앉을 수 있는 넉넉한 크기며 손안에 꽉 차게 들어오는 두께가 내 눈엔 예사롭지 않아 보였습니다.

'이 나무판은 본래 무엇이었을까. 어디서부터 밀려온 것일까.'

궁금한 것이 한두 가지가 아니었습니다. 여기저기 박혀있는 녹슨 볼트와 철심이, 사람으로 말하자면 꽤 고단한 삶을 살았을 모양새입니다. 이야기는 벌써 다른 것으로 옮겨갔지만 나는 여전히 거기에 마음을 빼앗기고 있었지요. 그때 수화기 너머로 수상 소식이 전해졌습니다. 그 기쁨을 어디에 비할까요. 밤하늘을 곧장 치고 올라가 기어코 한바탕 터뜨리고 마는 불꽃처럼, 그건 내 삶에 찾아온 통쾌한 불꽃이었습니다.

사탕 한 봉지를 다 먹고도 단맛을 느끼지 못하던 내 삶의 한 때.

'뇌를 감동시킬 만한 단 것은 어디 있을까……'

자칫 땔감으로 불태워졌을 나무판이 누군가의 손에서 작품이 되었듯이, 삶의향기 동서문학상의 수상 소식으로 글쓰기에 대한 내 열정이 더욱 견고해졌습니다.

모자란 글에 주목해 주신 심사위원님들께 존경과 감사의 마음을 전합니다.

사랑하는 딸과 사위, 그리고 개나리꽃 숲에서 술래잡기 중인, 사랑하는 아들과도 이 기쁨을 같이하고 싶습니다. 묵묵히 지켜보며 응원을 아끼지 않은 고마운 남편과 내게 알싸한 단맛을 선사하신 하나님께 감사드립니다.

# 아침밥

정옥경

그 시절엔 아침을 알리는 익숙한 소리가 있었다. 잠이 덜 깬 먼 의식 속으로 들려오던 엄마의 나무 도마 소리는 아침밥이 익어가는 정다운 알람이었다. 그건 모든 것이 제자리에 있다는 평안의 메시지이기도 했다. 가족이 한 상에 둘러 밥 먹는 것을 성스런 의식이라고 말한 이가 있는데, 내겐 아침 식탁이 그렇다. 푸성귀 같은 아침 밥상으로 가족을 불러 앉히는 것. 시금치 된장국에 밥 한술 말아 먹는 둥 마는 둥 일어서면 어떠랴. 구운 고등어 한 점 더 먹어보라는 채근에 손사래를 치고 허둥대는 아침. 그런 아침 풍경이 내겐 최고의 굿모닝이다. 올해 나는 육십 살이 되었다. 그것도 꽉꽉 눌러 60이니 지난달 생일 모임은 환갑잔치였던 셈이다. 내 나이 예순은 순하게 오지 않았다. 육십 살은 쉰아홉 다음에 의례히 오는 나이가 아닌가 보다. 여백이 있는 그림처럼 빈 공간의 의미를 오래 생각하게 하는, 내게 육십 살은 그런 것이었다.

예순을 두어 계절 앞두고부터 나는 급속히 기운을 잃었다. 어쩌면 더 오래전부터 시작됐을지도 모를 일이다. 깊은 물 속에 가라앉은 듯한 주변과의 단절감. 웃음을 잃고 말하는 방법을 잊어갔다. 탈피된 매미껍질처럼 메마르고 비어있는 것이 확실히 병든 모습이었다. 괜찮아지겠지 했던 것이 점점 심해져, 예순 고개에 들어서고야 알았다. 그건 우울증이었다. 어처구니없었다. 능청스런 말재간으로 주변을 들썩거려놓았던 소년 같은 내가 우울증이라니…… 내게 물었다. 병든 이유를.

오래전 우리 가정은 큰 풍랑을 만났다. 마흔여덟에 들이닥친 파산의 위기. 정답고 견고했던 삶의 터가 한순간에 곤두박질쳤다. 그때 내겐 한창 공부하던 두 아이가 있었다. 잘 달리던 기차가 궤도를 이탈했을 때의 충격이랄까. 손끝으로 쌓은 것들을 하나씩 떠나보내야 하는 일은 못 할 노릇이었다. 내가 타던 자동차가 중고 매매인 손에 넘어가던 날은 황사가 심했다. 그야말로 황토색 바람이었는데 앞날에 대한 예고 같았다. 매매 서류에 싸인을 한 후, 자동차의 엉덩이를 한번 쓸어줄까 하다 그대로 돌아서 집으로 왔다.

'좋은 주인 만나 원 없이 달리렴.'

현관에 들어서니 베란다 밖의 목련꽃이 눈에 들어왔다. 햅쌀로 꼭꼭 빚은 송편처럼 입을 꽉 다문 꽃송이는, 방금 나를 떠난 내 자동차의 색깔이었다. 겹겹의 꽃잎과 같은 숱한 할 말을 누르고 그 무렵부터 나도 입을 닫았다. '어쩌다 일을 이 지경으로 만들었을까.'

몸을 접고 있던 남편을 원망하다 그만두었다. 이제까지 밥걱정 없이 잘 살아온 것도 남편 덕이 아닌가.

날마다 가파르게 내리닫던 그때, 내가 가장 먼저 버린 것은 여성성이었다. 사나운 잡목 숲에 길을 내야 했던 내게, 그건 거추장스러웠다. 누가 여자이기를 포기하고 싶을까. 그러나 살아내는 것이 급했으니 강해야 했다. 부드럽고 나른한 것을 던져버리고 잡은 것은 '고무줄 바지'였다. 살림만 해온 그 나이의 여자가 할 수 있는 일은 뻔했다. 첫 일터는 대학병원의 주방이었다. 무기 같이 거대한 취사도구들 앞에서 진저리치던 생각이 난다. 흰색 앞치마에 흰 장화를 신은 아줌마를 거울 속에서 발견했을 때, 그리고 그게 나라는 걸 알았을 때 나는 울면서 웃었다. 그러나 첫날 일당도 받지 못하고 쫓겨났다. 일을 너무 못하는 게 이유였다. 점심밥만 잘 먹고 돌아가는 길은 부끄럽고 참담했다.

'나이를 헛먹었구나……'

그 후 나는 달라졌다. 두 번 쫓겨날 수는 없었다. 고무줄 바지의 맹활약이 시작되었다. 어두운 골목길을 내달려 새벽차에 오르는 일은 고단했지만 신선했다. '다 이겨버릴 거야.'

내 속 어디에 그런 에너지가 있었던 걸까.

헤아려보니 십년 가까운 세월이다. 그동안 결근이나 지각 따위 한번 해보지 않았다. 전투하듯 살았으니까. 그 무렵 내겐 간절한 바람이 있었다.

아·무·생·각·없·이·창·밖·을·오·래·보·는·것.

바다가 보이는 레스토랑이 아니어도, 동쪽으로 달리는 열차 안이 아니어도 괜찮다. 따뜻한 아침밥을 먹여 가족을 차례로 내보내고 난 뒤에 가져보는 계획 없는 하루. 시간을 따돌리고 소파 깊숙이 앉아, 악어 같은 눈으로 무심히 창밖을 내다봤으면…… 호사스런 꿈이었다. 어쩌면 그 느른한 아침을 되찾기 위해 그토록 악지스럽게 새벽차에 올랐는지도 모르겠다. 지금 우리는 12년째 빚을 갚고 있다. 올해로 끝이다. 악마의 아가리 같이 나를 질리게 하던 족쇄로부터 이제 곧 자유다.

"할 말이 있어…… 내가 빚을 좀 졌어……"

그날 그 순간을 내가 어떻게 잊을까. 하늘이 무너져 내리던 남편의 고백. 그때 우린 자동차 안에 있었다. 산업대 운동장에는 이른 저녁을 먹고 나온 사람들이 빠른 걸음으로 걷고 있었다. 그들의 평범한 일상은 바로 어제까지 내가 누리던 것들이었다. 남편이 고백한 엄청난 부채. 과욕이 부른 실패의 결과는 참혹했다. 가족을 위한 것이면 다 용서받을 수 있는 것인가. 아이들이 겪은 그간의 혼란은 무엇으로 보상받나. 값진 훈련이었다고는 결코 말하고 싶지 않다. 아이들에게 나는 죄인이다.

거실 한쪽에 패브릭 소파가 놓여있다. 일인용의 빨강색 소파로, 큰 산을 넘어와 다소 여유가 생겼을 때 그것부터 손에 넣었다. 거기 동그랗게 앉아 이젠 마음껏 창가의 시간을 갖게 되었다. 그리고 고약한 병 우울증이 왔다. 처음엔 나이 때문인 줄 알았다. 그건 아주 틀리지 않았다. 오직 빚 갚기만을 정조준하며 달려와 보니 내겐 오십 대가 실종되어 기억에 없다. 그런데 육십이라니…… 그러나 내 병은 거기서 오지 않았다. 다 이겨놓고 보니 아이들이 곁에 없다. 그것이 내가 병든 이유다.

남편과 둘만의 식탁. 시간을 들여 마련한 식단은 여름 텃밭처럼 풍성하다. 커다란 냄비에 국 하나 끓여놓고 달음질하던 그때에 비하면 왕의 식탁이다. 겨울 공원처럼, 아이들의 빈자리가 크다. 남편도 같은 마음일까.

지난 60회 생일에 뉴욕에 있는 딸아이가 꽃바구니를 보냈다. 거기엔 이런 글이 있었다.

'엄마. 그 어려운 날들을 살아오고도 여전히 잘 웃는 엄마를 보면 정말 고마워. 치열하게 살아온 엄마의 인생을 우리가 꼭 기억할게. 사랑해……'

좀처럼 감정을 낭비하지 않는 딸년이라서 쪽 편지에 자꾸만 눈이 간다.

막 육십에 들어선 작년 2월. 나는 내게 처방전을 내렸다. 더는 두고 볼 수 없이 병이 깊어가고 있었다. 그때 내가 내린 처방은 매우 엉뚱했는데 〈2년 과정 어린이 그림책 일러스트 전문스쿨〉에 입학한 것이다. '일러스트레이터' 그건 어릴 적부터의 꿈이었고 접은 지 오랜 꿈이다. 그 엄청난 일을 나는 아무하고도 상의하지 않았다. 누군가 생각 없이 반대라도 하면 그대로 포기했을 테니까. 그즈음 나는 매사에 자신이 없고 늘 서성거렸다. 육십 살 3월에 학생이 되었다. 도시락과 과제물을 챙겨 2호선에 오르면, 터널 같았던 지난 시간들이 쑥쑥 뒤로 밀려간다. 뻔질나게 화방에 들러 뭉텅뭉텅 큰돈을 썼지만 아깝지 않았다. 나만을 위해 살아본 게 언제였던가. 그 짜릿한 이기심은 나를 경중거리게 했고 숨을 몰아쉬는 습관을 갖게도 했다. '포트폴리오'를 제출하지 않은 덕에 운 좋게 입학은 되었지만 내 실력은 드로잉 정도였으니 모든 수업이 벅찼다.

그림책 일러스트는 감정을 그림으로 표현하는 작업이다. 그림 잘 그리는 사람은 이미 많다. 만일 테크닉이 전부였다면 일러스트레이터로 나는 너무 늦었다. 말을 걸어오는 그림, 색과 선만으로 쉼이 되는 그림, 거기에 도전하고 있다.

지금은 졸업 작품이 될 '더미북'을 준비 중이다. 우리 가족의 이야기다. 스토리 구성과 섬네일을 마쳤으니 '열여섯 컷'의 원화 속으로 이제 가족을 초대할 차례다.

〈나는 부엉이 시계보다 먼저 눈을 뜬다. 거실 창을 열어 밤새 묵은 공기를 내쫓으며, 호부추와 표고버섯을 다져 밀전병을 지진다. 파란불이 춤추는 렌지 위엔 근대 맑은 된장국이 끓고 있다. 아이들은 따로 깨울 필요가 없다. 고무나무 도마가 말발굽 소리를 내면 아이들은 기분 좋게 기지개를 켠다. 매일이 생일 같은 아침 밥상. 입이 짧은 딸아이 앞으로 구운 가자미를 밀어놓고, 두부조림으로 밥 한 그릇 뚝딱 비운 아들 녀석의 등을 쓸어준다.〉

늘어지고 진부한 내용이다. 그러나 돌아갈 수 없으니 내겐 간절한 아침 일상이다.

오직 한 사람의 독자를 위한 맞춤형 그림책!

내가 만들어서 내게 바치리라.

# 글자를 품은 나무

### 이정화

  옛이야기에서는 제비가 기쁜 소식을 물어다 주었습니다. 저는 물론 전화기 너머에서 벅찬 소식을 받았습니다. 제비 이야기를 꺼낸 까닭은 제가 제비였기 때문입니다. 지지배배 할 말이 어찌나 많은지 길바닥에 흘린 말이 몇 수레이고 바람에 떠나보낸 수다의 꼬리는 길었습니다. 그러나 수필을 쓰고 나서부터 말수가 줄어들었습니다. 누군가는 수필을 붓 가는 대로 쓴다고 했건만, 붓을 쥐어 보니 주체는 자아였습니다. 사유와 자기 성찰에 이르는 구도자의 길을 걸어야만 활자를 받아 안을 수 있었습니다. 하늘의 제왕 독수리는 소리를 내지 않는다고 했습니다. 강한 것은 말이 필요 없기 때문입니다. 수필을 쓰면서 나를 만났고 실체가 없는 두려움이 사라졌습니다. 제가 여물어 가는 것을 자랑삼아 말하는 것입니다. 그렇듯 수필은 힘이 셉니다.

  제 글을 맨 먼저 읽는 남편은 독자이자 심사위원입니다. 한껏 눈치를 살피면서도 된소리를 쏟아 놓으면 저는 정신이 번쩍 듭니다. 사랑합니다.

  지도해 주신 곽흥렬 교수님과 여러 문우들은 투명한 언어를 나누고 저에게 큰 영감을 줍니다. 고맙습니다.

수천 개의 글 속에서 반짝반짝 신호를 보내던 제 글을 눈 밝은 심사위원님들이 건져 올렸습니다. 행운이고 고개가 숙여집니다.

이 모든 일들이 수필 한 편으로 일어난 잔치입니다. 오늘은 봄날입니다.

# 글자를 품은 나무

이정화

'또르륵 딱, 또르륵 딱' 목탁소리가 정적을 깨운다. 그 울림은 한순간도 놓치지 말라는 물고기의 부릅뜬 눈이 되어 나를 붙잡는다. 지금 여기, 동서고금을 오가는 망상에 이끌려 다녀도 오로지 알아차린다. 다만, 그 뿐이다. 천 년 전, 그날의 목공들도 그러했으리라.

나무는 수직의 본성을 거슬러 수평으로 자리에 누웠다. 몸을 맡긴 곳은 바다다. 낮은 곳으로 흘러 와 평평한 진리를 만드는 바다. 산벚나무는 바닷물에 이 년, 바람결에 일 년을 보낸다. 온전히 제 몸을 짠물에 맡겨 남은 우외 것을 짜낸다. 부는 바람에도 마지막 남은 진액조차 날려 보내고 나서야 몸을 바꾼다.

그 인고의 세월 동안 목판에 조각칼을 대면 도르르 말려 튀어나가는 나무 밥이 산을 이루었다. 조각칼 거머쥔 손에는 인고의 자국이 깊어지고, 한 글자 한 글자 새겨질 때마다 목공들 마음속의 백팔번뇌도 고요해져 갔을 것이다. '해인' 바다의 풍랑이 잠들고 삼라만상의 윤회가 새 인연의 도장을 찍는다. 고려인들은 혼란에 빠진 나라를 구하기 위해 피로

맞서지 않았다. 누이와 오라비가 쓰러져가도 끝내 창칼을 들지 않았다. 대장경은 거란과 몽고의 침입에 부처의 힘을 빌려 오랑캐를 물리치려고 만들었다. 지키려는 자와 빼앗으려는 자의 충돌은 죽음을 낳게 마련이다. 평화는 늘 갈망 속에서만 존재하는 것일까?

알함브라 궁전의 마지막 왕 보압딜. '레콘키스타(스페인 재탈환)' 당시에 이사벨 여왕에게 전쟁 없이 알함브라를 내어준 군주이다. 아름다운 알함브라를 내어주고 모로코로 망명을 떠나는 그의 등 자락을 안달루시아의 붉은 흙과 노을이 함께 부둥켜안고 눈물 흘렸다. 승리의 환희보다 피흘리지 않고 내어주는 패배가 헤네랄리페 정원보다 아름답다. 그러나 내어주지 않고 지킨 고려인들의 정신자세는 승리보다도, 포기보다도 더 숭고해 보인다. 고려의 선한 백성들의 등짐에 얹힌 나무는 평화를 만들려고 한 줄로 흙길을 잇고 나아갔다. 백성들의 마음도 하나로 모아졌다. 이러한 고려인을 어찌 숭배하지 않을 수 있으랴.

새벽예불 시간, 가사장삼 휘날리며 법고를 치는 젊은 승려는 마음의 길을 따라 두 팔로 '두둥둥' 북소리를 연다. 대웅전을 가득 메운 스님들의 독경 소리, '시방삼세 제망찰해~' 예불하는 소리가 새벽 산을 넘는다. 하늘이 내린 본능을 불성으로 녹여내려는 젊은 스님들의 힘찬 소리가 시린 마룻바닥을 덥힌다. 새벽어둠 따라 소리는 골짜기로 퍼져 밤길 도와 산길을 헤매는 산짐승의 야성을 잠재울까? 보랏빛 여명을 머리에 이고 고려 아낙의 치맛자락 설핏 들어 명상의 길 사뿐사뿐 내딛는 듯, 두 손 합장하고 천천히 걷는다. 내 발걸음 속 상처 입은 미물들의 아우성조차 덮어버리고 안으로 안으로 침잠한다.

고통도 즐거움도 하나인 줄 알아 어디에도 끄달림이 없었다. 부처의 공덕을 게송하면서 해인도를 따라 걸으면 미로를 쉰 네 번 꺾어 돌아 깨달음에 이른다. 아뿔싸! 그곳은 처음 출발한 그 자리다. 지금 내가 서 있는 자리가 극락이요 불국토이다. 진리는 늘 지름길에 있지 않았다.

경내를 돌아 아슴한 밝기의 고아한 석등을 지난다. 강원의 파르라니 깎은 젊은 스님들의 묵직한 묵언수행은 울력으로 나풀거리는 듯 가볍다. 가없는 부러움과 애잔함이 잠시 스쳐 다시 내 안을 살핀다.

발원에서 회향까지 십수 년, 끝이 보이지 않는 세월이다. 누가 그 끝을 알려고 했다면 한 걸음조차 내딛지 못했을 것이다. 목공의 나무 미는 백지장 소리가 함박눈 켜켜이 쌓이듯 사각거린다. 그 소리가 상금도 들리는 듯하다.

모든 것이 공한 줄 알아 실체에 매이지 않아야 한다고 했다. 칼과 창을 들고 싸우는 대신 마음의 염원을 담은 대장경의 금빛 활자가 춤을 춘다. 긴 세월을 지나 보내고도 현재의 눈을 그대로 담은 과거라니……. 천년이 무색하다. 예술의 경지는 시공을 초월하여 한결같아 보인다는 것에 소름이 돋게 한다.

가야 할 먼 길, 그 길이 있었으니 세월처럼 굽이쳐 흐르는 홍류동을 따라 대장경의 대장정은 마침내 마침표를 찍는다.

가야산 해인사 깊은 산 속에 보름달이 차갑게 떠 있다. 달의 인력은 바닷물을 당긴다. 불이문을 지나면 검푸르게 부풀어 오른 해인(海印)의 바다가 있다.

대장경이 몸을 맡긴 천혜의 공간, 장경각에 핀 연꽃 문을 넘는다. 직선과 곡선이 아우러진 문틀에 대웅전 기와 처마가 그림자를 펼치면 한 송이 연꽃이 피어난다. 빛과 바람의 집은 오랜 세월 켜켜이 줄을 맞춰 꽂힌 대장경을 그러안고 있다. 고목 빛깔의 목판은 가로로 선(線)을 이루고, 세로의 빛은 창살을 넘어들어와 목판과 합치된다. 천 년의 바람과 햇빛은 경판의 습기를 말리고 온도에 널뛰지 않도록 제 할 일을 해왔다.

마침내 평화의 산물 대장경을 만난다. 보드라운 풀이 짓이겨져서 풀물이 뚝뚝 떨어져도 질긴 생명력을 놓지 않아서 만난 것이다. 수없이 외세의 침입을 당해도 끈질기게 살아온 민족이다. 산다는 것, 그 절대적 진리 앞에 대장경은 평화의 방편이 되었다.

싸우지 않고 얻어낸 평화가 참으로 가치롭다. 창칼은 녹아서 보습으로 가고, 그 날의 겪은 일을 기록으로 새기는 민족, 이야기의 심성을 가진 세월, 고려인의 평화로운 이데아는 죽어도 살아있다.

어제의 장경판과 오늘의 고고한 소나무가 산객을 맞이하는 오랜 마음의 성지에 한 줄기 바람이 옷자락을 스치며 지나간다. 돌아 나올 때 풍경소리 울리면 뭇 중생들의 마음속에도 평화의 종소리가 댕댕 들려올 것만 같다.

팔만대장경, 경·율·논을 품은 나무가 금빛의 활자로 빛난다. 그 말씀 따라 오늘의 중생들은 비워내고 있구나!

죽비 소리, 깨어나는 순간의 소리, 생각의 끝을 잡고 이리저리 끌려다니다가 그 소리에 나는 다시 지금을 연다.

# 연꽃 소묘

이광순

낯선 길을 만나면 가슴이 둥둥 설렙니다. 이 설렘은 언제나 멈추게 될까?

명퇴한 지 8년. 한반도 곳곳을 지구 여기저기를 누비며 다니고 있습니다. 이번에는 캐나다. 이틀 뒤 출국을 앞두고 옛 동료들과 저녁을 먹는 자리에서 당선 전화를 받았습니다. 믿기지 않아 잠시 멍했습니다. 전화를 끊고 나서도 이게 환청이 아니었을까 다시 휴대폰을 확인했습니다.

수필은 내게는 낯선 길입니다. 혼자 쓰고 읽는 일을 하다가 도대체 왜 글을 쓰고 있는지, 좋아하는 여행이나 떠나자 하다가 또 글을 쓰고 있는 나를 발견합니다. 습관처럼 글을 쓰고, 쓰는 일에 적당히 지쳤을 즈음 삶의향기 동서문학상이 나를 다시 일으켜 세웁니다.

관성으로 빛을 잃어가던 시간들이 일제히 불을 켜는 듯합니다.

그동안 시간을 쪼개며 사느라 과속의 발길에 치여 베어버린 길, 잠시 접어두었던 또 다른 길을 걸으며 주변의 사소한 사물을 살펴보는 일만으로도 얼마나 즐거운 일인지 깨닫습니다. 앞으로 이 길에서 만나는 그 즐거움들을 글로 써 볼 수 있겠다는 생각도 해봅니다. 그 길들이 어둠에 묻혀 사라지기 전에 오늘도 부지런히 배낭을 꾸립니다.

수필이라는 낯선 길

이 길을 열어주신 심사위원님들께 감사드립니다. 멘토링 프로그램에서 제 글을 키워주신 전석순 작가님 정말 고맙습니다. 짧은 시간이었지만 많은 것을 배웠습니다. 내가 쓴 글에 유일한 독자인 우영이 은영이와 이 기쁨 함께 나누겠습니다.

# 연꽃 소묘

이광순

　연밥을 만들려고 연잎을 사왔다. 식탁에 펼쳐진 초록의 연잎 한 장, 차가워진 녹색의 연밭 같다. 진흙 아래로 뻗어가는 연의 뿌리가 보이는 듯도 하고, 연잎 위로 성큼성큼 걸어가는 발자국이 보이는 듯도 하다.

　아직 화려한 봄꽃들이 눈에 밟히는 여름날 여느 때처럼 더위가 더 깊어지기 전에 연꽃을 봐야 한다고 관곡지에 갔다. 초록의 광장에 하양, 노랑, 빨강 색색의 연꽃들이 진흙 늪에 발을 담그고 긴 허리를 꼿꼿이 세우고 있다. 비닐하우스 안에서 연꽃차를 마셨다. 찻잔 안에서 피어나는 연꽃을 보는 일도 연꽃 차 향만큼이나 신비롭다. 입안에서 돌고 있는 그윽한 향의 맛. 눅눅한 바람이 불고 있는 날이었음에도 몸속 깊이 내면의 향기를 내어주는 연꽃 향에 마음이 아늑해진다. 연꽃차가 마음을 진정시키는 효과가 있다더니 내 입안에서 코에서 전해지는 연꽃의 향은 나의 모든 감각을 내려놓게 만든다. 이렇게 가까이서 연꽃들과 조우하다 보면 연꽃이 서 있는 자리하나 하나에서 형형한 기운을 느낄 수 있다.

　사실 연은 아름다운 꽃 보다 뿌리인 연근으로 먼저 알았었다. 어릴 때 엄마는 늘 연근을 갈고 계셨다. 고혈압에 치질로 고생하시는 아버지를 위해 민간요법으로 연근을 갈아 아버지께 드렸던 것이다. 지금처럼 의료

보험이 보편화 되어 누구나 병원을 이용할 수 있었지만, 그때는 병원비가 너무 비싸서 웬만한 병이 아니면 약 대신 이렇게 구전으로 전하는 민간요법을 많이 쓰고 있었나 보다. 껍질을 벗겨 하얗고 긴 뿌리를 자르면 숭숭 뚫린 구멍을 보여주는 연근은 생으로 먹어도 신선한 맛이었다. 이런 뿌리에서 이렇게 아름다운 꽃이 핀다는 것을 알게 된 것은 중학생이 되어서였다. 결국, 고혈압으로 쓰러지셔서 일찍 세상을 떠난 아버지의 사십구재를 지내기 위해 엄마를 따라 절에 갔었다. 그곳 작은 연못에 핀 꽃이 그 아래 줄기에서 주렁주렁 연근을 살찌우고 있는 연꽃이라는 것을 알았다. 연근에서 연꽃으로 이어지는, 뿌리에서 드디어 꽃을 피운 연꽃의 기억은 어린 시절부터 아버지의 죽음과 연상되어 슬프기도 하고 처음 꽃을 보았을 때 그 신비함이 깊이 남아 다른 꽃과 달리 늘 내 머릿속에 끈끈한 기억으로 남아 있다.

몸 아래 진흙밭을 초록의 넓은 잎과 고귀한 모습의 꽃으로 덮고 있는 연꽃. 더럽고 어두운 속세를 지켜내야 한다는 의지가 보이는 연꽃의 이런 속성은 종종 정치인들의 자기변호로 도용되기도 하는 것을 보면 그 청정함을 모두가 인정하고 있는가 보다. 작년에 친구가 집 베란다에서 연꽃을 키우는 것을 보고 나도 키워보겠노라고 연 씨앗을 얻어왔었다. 거기서 본대로 커다란 함지박에 동글동글하고 딱딱한 연 씨앗을 담구고 싹이 트기를 기다렸다. 그러나 아무리 기다려도 싹은커녕 단단한 그대로 있는 것이 아닌가. 친구에게 전화해서 상황을 설명했더니 연 씨앗은 너무 단단해서 약간 흠집을 내주어야 그 사이로 물이 흡수되어 싹이 트는 거라고, 연꽃을 좋아한다기에 그 정도 상식은 있는 줄 알았다고 핀잔을 한다. 그렇게 싹을 틔우고 그다음에 어찌어찌해야 꽃을 피울 수 있다는 설명을 들으면서 결국 그해에 집에 연꽃 들이는 일은 실패했고 지금까지 다시 시도를 하지 못하고 있다. 첫 사랑이 잘 이루어지지 않는 것처럼 어린 시절 일찍이 알아버린 연꽃과의 인연은 내게 쉽게 꽃을 피게 해주지 않나 보다.

연꽃을 보면 볼수록 알면 알수록 꽃이라기보다 우리에게 이렇게 살아가라고 삶의 모습을 제시해주는 것 같다는 생각이 든다. 살면서 사람과의 관계나 인연은 내게 강박적일 만큼 소중하여 때때로 그 인연에 상처를 받기도 한다. 인연은 결국 또 다른 고리가 되어 나를 옭아맬 것이라 생각하면서도 인연의 고리들을 쉽게 놓지 못하고 가슴앓이를 한다. 고리가 아닌 주렁주렁 매달린 연의 뿌리처럼 그 뿌리를 쭉 아래로 내려놓으면 편안할 것을, 머물고 떠나는 것에 연연하지 않았으면 삶이 자유롭지 않았을까?

처음 싹부터 기다란 대로 자라나는 연의 모습을 상상하는데 바람결에 연꽃 향이 확 다가오고, 연밭이 설렁대는 소리가 들린다. 저 아래 연꽃을 피우는 곳이 과연 진흙밭일까? 어떻게 자신을 키우는 진흙밭의 시궁창 냄새를 이렇게 아름다운 향기로 가득 차게 만드는 것일까? 사유하며 연꽃밭을 바라보고 있는데 넓은 초록 잎 가운데서 연보랏빛 연꽃 하나가 흔들린다. 초록 잎과 꽃으로 뒤덮여 보이지 않는 그 캄캄한 아래 무엇이 움직이는 것인지. 뿌리를 향한 활짝 핀 꽃의 염원이 주렁주렁 인연의 고리들을 굵게 키워내고 있는 것일지도 모른다는 생각이 들었다. 내 가슴속으로 들어온 연꽃 한 송이의 흔들림을 바라보다가 그 아래 어둠의 미늘에 걸려든 기억 하나가 가슴께를 툭 친다.

참 기인한 인연이었다. 스치듯 만났는데 한 계절을 그가 되어 보겠다고 펄펄 끓었던 고된 시간들이 있었다. 한 생을 살면서 그렇게 몰입하고 혼신을 다했던 시간은 아마 처음이었고 앞으로도 다시는 오지 않을 것이다. 여름내 앓던 가슴으로 뭉텅뭉텅 안개를 쏟아내며 연밭에 드러눕는 가을을 맞이했었다. 결국, 홀로 남은 시간의 아픔은 도려내면 다시 부풀어 채워지고, 떼어내려 하면 할수록 깊이 파고들더니 심장 깊숙이 한자락 바람으로 남았다. 그 바람이 가끔 이렇게 연보랏빛 연꽃 아래서 흔들리고 있다. 오랜 시간 연못 바닥을 구르고 굴러 몸에 상처를 냈어야 하는데, 그저 넓은 연잎 위에 떨어진 빗방울처럼 그렇게 흡수되지 못하고 혼자된 것이다. 시궁창 냄새를 품에 안아 자신의 향을 내어 놓을 꽃이 되지 못한 내 씨앗. 상처를 통하여 단단한 몸속에 가두었던 영혼이 툭 터지는 순간 쑥쑥 꽃대를 세우고 깨달음의 아름다운 꽃을 피워내는 연보랏빛 꽃을 바라보며 상처가 두려워 끝내 닿지 못한 내 진흙밭의 자리와 작별한다.

돌아오는 길에 연밥을 만들려고 연잎을 사왔다. 초록 연잎 위로 관곡지에서의 많은 생각들이 무늬를 이룬다. 그 넓은 밭에서 꽃과 잎의 인연을 기억하며 시간을 살찌우고 있는 연근. 연근은 끊어져도 거기에서 나오는 끈적끈적 한 실은 이어지고 있어 끊어질 듯 다시 이어지는 질긴 습성이 꼭 한번 맺어진 인연은 쉽게 놓지 못하는 나의 마음을 보는 것 같다. 사는 동안 이어보려고 해도 돌아선 인연도 있었고 질기게 이어지고 있는 인연도 있다. 연잎 위에 잘 지어진 찰밥 한 덩어리 얹고, 끝내 놓지 못하고 붙들고 있던 인연 하나 넣어 꾹꾹 눌러 연잎 밥을 싼다.

# 항아리

박순자

   풍성한 가을, 내게도 그런 가을입니다. 올라가려고 하면 못 오를리 없다는 말뜻을 알게 된 날입니다. 당선 소식을 듣고 기뻐서 아이같이 좋아했던가 봅니다. 남편이 넘 좋아한다고 하더군요. 숨길 수 없는 기쁨이었습니다. 늦게 시작한 공부와 글쓰기를 병행한 세월, 가슴에 뭉쳐 있는 이야기들을 조금씩 습작하면서 삶의향기 동서문학상을 넘보았습니다. 어릴 때부터 가난을 헤쳐나가시는 부모님을 보면서 그냥 흘려버리기는 안타까운 생각이 들었습니다. 짬짬이 써 놓은 글들을 언젠가는 묶어 내 아이들에게라도 생활에 지혜가 될 수 있는 글을 쓰고 싶었습니다. 공부를 하고 책을 읽으면 읽을수록 부모님들의 생활모습과 풍습이 너무 쉽게 사라져 안타까운 마음입니다. 소박하고 작은 글감이라도 소홀히 하지 는 마음으로 앞으로도 글을 써야겠다는 다짐을 하면서, '삶의향기 동서문학상' 대열에 올려 주신 심사위원 선생님들 감사합니다. 그리고 늘 건강하라고 타일러 주시는 어머니 오래오래 우리 곁에 계셔 달라고 기도드립니다. 또 지금까지 지켜봐 주신 원주문협 김성수 선생님과 류각현 선생님께 감사의 말씀 드리고, 늘 문향을 나누어 주신 원주문협 선생님들께도 감사드립니다. 힘든 길을 같이 가고 있는 수정회 님들 감사합니다.

그리고 늘 옆에서 지쳐 있을 때 채근을 해준 남편과 우리 형제들에게 영광을 돌립니다. 불혹이 넘어도 늘 꽃으로만 보이는 우리 삼남매와 사위에게도 고맙다는 말을 전합니다.

# 항아리

박순자

　뜨거운 여름 피서 가는 길에 강원도 외진 골에서 빈집을 만났다. 알콩달콩 살다간 사람들의 잔살림이 여기저기 흩어져 햇볕에 쪼이고, 바람에 흩어지고 퇴색되어 애잔해 보였다. 그 중에도 마음이 끌리는 곳이 있어 가 보았다. 집 뒤안길 한쪽에 돌무덕으로 된 장독대였다. 잡풀로 살짝 가려진 장독대 주위에 외롭지 않게 봉숭아꽃과 메꽃, 나팔꽃들이 듬성듬성 피어 묵정 뜰을 환하게 밝히고 있었다. 날짐승과 길짐승들의 안식처인 풀들을 피해 가며 들어갔다. 주인들이 가져가고 깨어진 독 옆에 자그마한 항아리가 도록하게 햇볕을 받고 있었다. 마치 피카소 그림의 짝짝이 얼굴처럼 생겼다. 두고 가면 후회가 될 것 같아 집으로 가져와 베란다에 내가 산 항아리 옆에 두니 제법 잘 어울렸다. 가을에는 가을꽃을 사서 꽂아야겠다는 생각이 들었다. 옹기장이는 왜 이 못난 항아리를 깨지 않고 세상에 내놓았을까? 옹기장이 마음이 읽어진다. 잘난 자식만 자식이 아니라 못난 자식도 자식이라 차마 깨지 못했으리라. 그리고 누군가에게 팔 때 귀염받으라고 혼잣말로 중얼거리며 기도했으리라. 그 염원으로 이 못난 항아리가 언제부터인지는 모르지만, 지금까지 세상에 햇볕과 바람과 눈, 비를 달게 맞으며 단단하게 남았으리라는 생각이 든다.

항아리를 행주질하고 맨손으로 어루만지니 비뚤한 모양이 손바닥에서 마음으로 느껴진다.

친정 부모님은 내 어릴 때 봄, 가을이면 항아리를 한 개씩 두 개씩 사서 모으셨다. 십 년 강산이 다섯 개 하고도 몇 년이 훌쩍 넘었건만 어제 일 같이 생생하다. 어머니는 늘 물로 가신 듯 없는 살림에 항아리도 한꺼번에 살 수 없어 해마다 하나둘씩 사서 모으셨단다. 그것도 마을마다 지고 다니는 옹기 장수한테 편하게 사지 못하고 아버지 발품과 등짐으로 지고 와서 품값을 아끼셨단다. 봄에는 된장, 고추장, 간장항아리를 가을에는 곡식 항아리를 사서 모으셨다. 장항아리는 못생긴 것이 없고 곡식을 담는 가을 항아리는 못생긴 것들이 꽤 있었다. 곡식 항아리는 어두운 고방에 두니 모양을 따지지 않으셨던 것 같다. 조금은 헐값에 살 수도 있었을 것이다. 키 크고 마른 아버지가 아버지보다 더 큰 항아리를 지고 오시면 어린 내 마음이 아팠다. 목에 두른 수건이 땀에 흠뻑 젖어 힘든 것을 표현하지 않는 아버지를 말해주었다. 큰 항아리를 지고 무사히 마을 앞 서천 강을 건너오시면 어머니는 얼른 냉수 한 그릇 떠다가 드리는 걸로 어머니 마음을 표현하셨다.

부모님은 봄에 산 항아리는 장독대에 앉히시고, 가을에 산 항아리는 어두운 고방에 앉히셨다. 내가 어릴 때는 장독대에는 관심이 없었고 고방에 있는 항아리에만 관심이 있었다. 고방 항아리에는 외할머니와 어머니가 초여름이면 풋감을 주워 보리 항아리에 묻어 두었다가 말랑하게 익으면 주셨고, 어머니는 오징어를 사서 항아리에 넣어두셨기 때문이다. 요즘처럼 먹을 것이 흔하지 않던 시절 풋감은 우리의 간식이었다. 때로는 변비가 걸려 고생도 했지만, 그것도 동네 사람들이 서로 주워 먹던 시절이라 할머니와 어머니는 남에게 빠지지 않게 주워 모았다가 익혀서 우리들 간식으로 쓰셨다. 땡감이 말랑해져 할머니나 어머니가 항아리에서 꺼내는 날은 신이 났다. 항아리와 보리가 익혀 내는 그 맛은 잊을 수가 없다. 어머니는 내가 커 가면서 오징어를 항아리에 숨기셨고 나는 몰래 찾아 오징어 다리를 하나씩 뜯어 먹고 어머니와는 숨바꼭질을 많이 했던 기억이 난다. 반찬거리를 야금야금 나중에는 오징어 머리까지 먹는 맛을 들여 그 부드럽게 나는 맛도 잊을 수 없다. 호된 어머니의 꾸중이 야속했는데 지금 생각하면 어머니의 꾸중 속에는 함축된 교육이 있었다. 어머니의 풀 먹인 모시 같은 자존심은 내가 어른이 되어 존경스럽기까지 하다. 바른 마음이어야 누구에게도 당당할 수 있는 태도를 보여 준 어머니가 늘 감사하다.

우리 칠 남매가 태어나고 식구가 늘어날 때마다 사 모으신 항아리가 이제는 고향집에 몇 개 없다. 일 년에 두세 번 들리는 고향집에 가보면 항아리가 하나씩 줄어 어머니께 물어봤다. 항아리가 왜 자꾸 줄어드느냐고, 어머니는 항아리 사러 오는 사람들에게 항아리를 사서 모을 때처럼 하나씩 팔았단다. 항아리를 사실 때는 돈이 버거워 하나둘 사 모으시고, 파실 때는 아깝고 자식들 먹이던 생각에 하나둘씩 파시면서 눈물 촉촉이 젖으셨을 걸 생각하니 명치끝이 먹먹하다. 누구나 나이 들면 마음을 비우고, 가진 것 하나둘 내려놓아야 하지만 항아리를 하나둘 줄여 나갈 때 어머니의 마음을 내 어찌 짐작 할 수 있을까! 이제는 고향집에 우리를 반기는 항아리가 몇 개 없다. 그중에 큰 항아리를 영원히 우리 곁에 계실 것 같이 무겁게 지고 오신 아버지는 칠 년 전에 천년 집을 지으셨고, 어머니는 밀양 큰아들 집에서 효도를 받고 계신다. 수시로 닦아 주고 쓰다듬어 주시던 어머니를 기다리는 항아리들을 생각하니 가슴이 뭉클하고 눈시울이 뜨거워진다. 이제는 빈집에 곡식 항아리와 장항아리가 같이 있다. 어머니는 팔고 남은 항아리를 한곳에 모아 두셨다. 그 중에도 금이 가고 입새가 깨어진 항아리는 어머니가 철사로 동여매고, 시멘트로 발라서 쓰시면서 마른 비닐봉지를 넣어 두셨다. 손을 넣어서 꺼내다가 혼잣말이 절로 나왔다. '가볍고 버석 거리는 것이 껍질만 남은 어머니 같으네' 또 슬퍼진다. 언젠가 어머니를 등 뒤에서 꼭 안아 본 적이 있었다. 언제까지나 오묘하게 야무진 항아리처럼 단단할 것 같은 어머니가 품안에 쏙 들어와 거푸집 같아서 말없이 눈 맞추고 웃은 적이 있다. 말할 수 없는 그 순간이 떠오른다. 피도 살도 영혼도 오직 자식들 먹이고 입히다 자신은 거푸집이 되어 가는 것도 모르고 사신 어머니, 이제는 멀리서 매일 전화로 목소리만 들려주신다. 황혼의 딸도 걱정을 하시는 어머니, 항아리를 닦을 때는 언제나 바가지에 맑은 물을 떠서 깨끗한 행주로 앞뒤로, 위아래로 밀며 닦던 어머니, 그건 나도 은연중에 습득되어 그렇게 하고 있었다. 자식들을 위해 기도드릴 일이 있거나 정월 보름이면 찰밥을 해서 꼭 큰 장독 위에 올려놓고 기도를 드렸다. 칠 남매 모두 남의 눈에 꽃이 되고, 잎이 되라고 혼으로 빌었다. 항아리는 어머니 마음의 곳간이었다.

못나도 단단하고 자그마한 항아리에 올가을에는 가을꽃을 듬뿍 꽂아야겠다. 비뚤한 항아리를 보니 오늘따라 내 마음이 잔잔해진다. 멀리 떨어져 있어 안타까우신지 매일 전화하시는 어머니, 이제 코스모스같이 가녀린 우리 어머니, 몇 해 전 울산 둘째 아들 집에 다녀가시니 나무 대문두 짝 중 하나를 누가 떼어 가고, 그다음에 누가 와서 이천 원에 달라고 해 주셨다면서 항아리 도둑맞을까 봐, 걱정을 하신다. 항아리는 어머니 분신이고 자식 같은 거다. 여든일곱에도 코스모스같이 맑으신 어머니 생각에 그리움이 뭉클하다. 햇살 고운 가을, 어머니는 젊은 날 반짝반짝 윤내던 항아리들을 가슴 한켠에 안고 꿈속에서도 젖은 것 마른 것 담고 계실 것이다.

# 섬

박영희

  가을에는 많은 생명들이 겨울 채비를 위해 왕성했던 생명활동을 줄인다고 합니다. 반면에 가을이면 생명의 절정으로 꽃을 피워내는 국화 같은 꽃들도 있지요. 다른 생명들은 쉼의 상태로 돌아가는 시간에 국화는 허전한 이들의 마음을 따뜻함으로 채워줍니다. 그 자태와 색채는 또 얼마나 음전한지요. 생에 대한 생각이 저절로 깊어지게 합니다.

  글쓰기는 나에게 국화 같은 존재입니다. 따뜻함과 향기를 품은 글이 되어 주기를 기대하며 느린 걸음으로 걷는 중이었습니다. 우툴두툴한 길 위에서 '삶의향기 동서문학상' 수상 소식으로 발걸음이 가벼워짐을 느꼈습니다.

  늦었지만 꽃대를 밀어 올리는 진통을 시작한 것이 얼마나 다행인지 모릅니다. 나를 위로하는 글쓰기로 시작했습니다. 거기서 비롯된 글이 또 누군가에게 위로를 줄지도 모른다고 귀띔해 준 사건은 아닐는지요. 그래서 이번 수상이 기분 좋은 사건으로 오래 기억될 것 같습니다.

수없이 피고 지며 성숙한 향기를 뿜는 가을의 꽃, 국화 같은 글을 쓰라는 것임을 잊지 않겠습니다.

부족한 글을 선정해 주신 선생님들, 고맙습니다. 토양을 다져주신 '삶의향기 동서문학상' 모든 관계자분들, 정말 고맙습니다.

# 섬

박영희

　어떤 사람들은 마음속에 섬 하나를 들여놓은 채 살아가고 있다. 세상으로부터 상처를 입었을 때 숨어들 수 있는 방어기제로서 공간이 필요하기 때문이다. 상처 입은 동물이 깊은 동굴로 들어가 상처를 치유하듯이 내 안의 섬으로 들어가 스스로를 위로하고 지켜내는 힘을 비축하는 것인지 모른다. 다만 그 섬에 소통의 문이 있어 마음 밖의 누구든지 드나들 수 있어야 할 것이다.

　딸의 섬은 소통의 문은커녕 숨구멍 하나 없는 난공불락의 요새이다. 접근조차 힘든 푸르디푸른 바다 한가운데 있는 섬이다. 딸의 마음에 다가가는 길은 파도치는 뱃길이다. 그 섬으로 가는 길을 찾는 일이 나의 오랜 습관이 되었다.

　아침에 눈을 뜰 때면 지난밤의 상념들도 함께 깨어난다. 향일성 식물처럼 잠에서 깨어난 의식이 창에 비치는 햇살을 향해 한 뼘은 성숙해진 듯 근심을 잠재우는 아침이 더러 있기는 하다. 하지만 상념이 자식에 관한 것일 때는 그렇지 않다. 언제부터인가 숙제를 마치지 못한 채 잠든 아이처럼 불안한 아침을 맞이하곤 한다.

　딸에게 도움이 될 만한 강연을 스마트폰으로 보내주었다. 폰을 수시로 들여다보며 영상을 보았는지 확인했다. 반응이 없어도 마음은 녹녹했다. 멀리 떨어져 살고 있지만, 무엇인가를 공유했다는 생각만으로도 옆에 있는 듯, 무언의 대화를 나누는 듯 좋았다. 하지만 위안은 오래가지 못했다. 다음 날 아침, 딸이 메신저 탈퇴를 해버렸기 때문이다. 행하니 찬바람만 남기고 귀찮다는 듯 사라져버렸다.

지난 생에 진 빚을 받으러 온 것이 자식이라던 옛말을 떠올린다. 이 말을 실감하기에는 내가 딸에게 준 것은 아무것도 없다. 생물학적으로나 정신적으로나 나에게서 비롯된 것은 아무것도 없다. 초라한 고백이지만 물질적으로도 늘 빈손이다. 그래도 지금, 나를 이토록 흔들어대는 것을 보면 빚쟁이라는 말은 틀린 말이 아닌 것 같다. 고등학교를 졸업하여 성인이 되었으니 어린아이처럼 엄마의 손길은 필요치 않다. 딸에게 줄 수 있는 것은 가난한 마음뿐인데 그것조차도 여의치 않다.

어느 날 내게 던져진 인연의 끈을 거부할 수 없었다. 결혼은 그와 내가 견고하게 지켜왔던 낡은 섬을 버리고 새로운 섬을 찾아 떠난 역동적인 사건이었다. 인생의 절반을 지나는 시점이었다. 서로의 지난 삶을 돌아보면 가족의 탄생이란 낯설 수밖에 없다. 하물며 딸의 마음은 어떠했을지.

그의 오십 평생 삶이었던 남루한 섬 옆에 또 다른 작고 외로운 섬이 하나 있었다. 외로움을 감추려는 듯 가시 장막으로 둘러 싸여있던 그 섬은 딸의 것이었다. 그와 나의 섬이 인공의 섬이라면 딸의 섬은 처음부터 자연스럽게 존재한 천연의 섬이다. 외부의 어떤 손길도 닿은 적 없는 섬에 유일하게 침입하려는 사람이 있다. 바로 새엄마인 나였다.

'가족이란 어떤 사람도 비켜갈 수 없는 우연의 보편성'이라고 누군가는 말했다. 어떤 부모를 만날지, 어떤 자식이 태어날지 누구도 피할 수 없는, 절대적으로 우연에 기인한 것이라고. 하지만 예외는 있는 법이다. 이 우연성에서 우리 가족은 멀리 떨어져 있다. 나는 딸을 가슴으로 낳았다는 말조차 할 수 없다. 나와 딸의 만남은 우연이라는 말 너머, 인연의 이끌림으로 맺어진 운명이었다. 운명이라고, 아무리 주술을 걸어 보아도 딸의 운명 속으로 한 걸음도 내딛지 못하고 있지만 말이다.

첫 돌도 지나지 않은 아기는 엄마의 죽음을 인지하지 못한다. 그렇지만 엄마의 빈자리는 아기의 무의식에 결핍의 뿌리로 자라기 시작했을 것이다. 보듬어 안아 준 사람은 아무도 없었다. 아기의 친가나 외가, 아빠, 그리고 일찍 이 세상을 떠나버린 엄마까지. 얽히고설킨 실타래처럼 가족들의 오해가 깊었다. 아기와 우연으로 맺어진 육친들이 언어화할 수 없는 고통을 동시에 겪었던 모양이다. 아빠조차도 어찌할 수 없어 아기는 타인의 손에 맡겨졌다. 아빠와 함께 살았던 짧은 한때를 아기는 기억하지 못한다. 딸에게 가족이라는 말이 생경하게 된 까닭이다.

세상에 내던져진 아기는 엄마의 아기집 같은 섬에서 편안함을 느꼈으리라. 섬은 엄마를 느낄 수 있는 아기집처럼 위안을 주었으리라. 그 섬에서 삶의 방편으로 찔레꽃처럼 촘촘한 가시를 키웠을 것이다. 미지의 세상은 바다처럼 차갑다는 것을 감지한 것일 게다. 사춘기를 지나며 청년으로 성장했을 때, 자신이 키운 가시 박힌 섬에 갇힐 수도 있다는 것을 아기는 알 수 없었을 테다. 성인이 되어서도 섬에 갇힌 것조차 모른다는 것은 마음 아픈 일이다. 하지만 정말 아픈 것은 그 아기가 꿈이 없는 청년으로 성장했다는 것이다.

어느 날, 엄마가 될 중년 여자가 여고생 앞에 나타나 꿈을 물었다. 꿈이 뭐가 그리 중요한데 저런 표정을 짓는 것인지……, 의아해 하는 표정은 천진했다. 꿈에 대한 얘기를 했지만 어떤 감응도 없었다. 새엄마에게 처음부터 저항한 것은 아니었던 것 같다. 낯선 여자의 거듭되는 엄마 행세가 참을 수 없어 그랬을까. 영역을 지키려는 고양이가 등허리의 모든 털들을 곤두세운 채 진을 치는 것처럼 나의 진입을 막는 일이 생의 목표인 듯 온몸으로 막고 있다.

우리의 인연이 따뜻함이 배인 울타리로 둘러선 섬이기를 꿈꿨다. 내가 꿈꾼 섬이 환상처럼 현실로 이루어질 수 있다면 희생을 감수할 수 있겠다 싶었다. 희생은 희생의 수혜로 덕을 보는 이에게 마음의 빚을 지우는 일이다. 하지만 그런 염려는 필요 없었다. 마음의 빚을 운운하기 전에 숨어있던 빛바래고 추한 이기심이 모습을 드러냈기 때문이다. 어느 날 나의 위선과 마주 서고 말았다.

딸의 섬은 육지의 섬인 고시원에서 이중으로 고립되어 갔다. 닭장 같은 방에서 좋은 방을 구해줄 수 없는 궁핍한 부모에 대하여 원망의 싹을 키우고 있지나 않은지. 세상에서 일어나는 무서운 일들이 매 순간 중계방송 하듯 안방으로 전해지고 있다. 나의 영역 밖에 있던 어두운 소식들이 검은 그림자가 되어 들러붙는다. 그 그림자는 곧바로 딸의 그림자가 되는 것이다. 딸에게 닥칠 참혹한 상상을 하며 두려움으로 긴 밤을 보낸다. 처음에는 나를 두려움에 떨게 하는 정체가 딸의 안위와 염려 때문으로만 알았다.

두려움은 나 자신 때문이었다. 감추어졌던 위선이 드러났을 때 나는 치를 떨었다. 딸에 대한 연민으로 험한 일을 겪지 않고 학교를 졸업할 수 있기를, 자존감 높은 사회인이 되기를 바라는 마음이 없었다는 것이 아니다. 딸이 겪을 패배감과 상실감을 염려한 불안감이 아니었다는 말이 아니다. 그 마음 안쪽에 살모사처럼 편협한 이기심이 도사리고 있음을 알아챈 것이다. 딸이 혹여 잘못되었을 때, 세상의 비난을 두려워한 것이다. 보호자로서 역할을 다하지 못한 책임은 엄마인 나에게 있기 때문이다. 세상의 지탄에서 자유로울 수 없다는, 타인의 이목이 무섭다는 생각이 두려움을 점점 키웠던 것이다.

순수한 사랑의 감정은 뒤처져 있고 체면과 위신이 앞에서 끌고 있다.

위선의 가면 뒤에서 나는 여전히 자유를 얻지 못하고 헤매고 있다.

나의 양가적인 감정은 딸에게 일어나서는 안 될 일들을 상상할 경우, 그래서 딸의 상처가 깊어간다고 가정할 경우, 하나의 감정으로 뭉쳐지기도 한다. 동굴 같은 섬에서 눈에 보이지 않는 상처를 안고 웅크린 채 울고 있는 것은 아닌지. 자신이 겪는 아픔이 외로움에서 기인한 것임을 알기나 하는지. 언제쯤 가시 장막을 거두어들일는지. 앞으로 어떻게 세상을 살아갈는지. 극단으로 치닫는 감정을 누를 수 없어 눈시울이 뜨거워지기도 한다. 그러면서 딸에게 그 어떤 일도 일어나서는 안 된다는, 결코 막아내야 한다는 의지로 굳어지는 것이다.

"꽃은 피고 싶다."

지금은 사라져 버린 딸의 메신저 프로필에 있던 문구가 영화 자막처럼 떠오른다. 꽃은 피고 싶다니! 그렇다. 딸은 피고 싶어 하는 꽃이었다. 피어난 꽃은 딸의 꿈일지도 모른다. 왜 이렇게 늦게 알게 된 것일까. 자책이 송곳처럼 가슴 밑바닥을 후벼 아프게 한다. 나의 조급증이 피고 싶어 하는 꽃을 깊숙한 섬의 가시덤불 속으로 몰아넣었던 것은 아닌지. 나는 청맹과니였다. 섬의 좁은 문을 가로막고 서 있는 내가 이제야 보이는 것이다.

딸에게 필요한 것은 내가 딸의 운명 속으로 들어가는 것이 아니었다. 자가 치유를 끝낸 딸이 섬 밖으로 나설 때를, 딸의 꽃이 개화할 때를 기다려야 한다. 간절하게 기도하면서.

자유로운 영혼의 딸이 가시 섬의 허물을 벗고 꽃처럼 하늘 향해 피어오를 때, 나는 그때 정말 웃을 수 있을 것 같다.

삶의 향기가
문학이 됩니다

# 아동문학 부문 수상작

[금상] "마이 네임 이즈 상우 킴„　김원선

[은상] 별 친구　추수진

[은상] 용기 충전소　박연미

[동상] 볼품없는 나무　김솔립

[동상] 잿빛 강아지　신수나

[동상] 숟가락과 입　박민정

# "마이 네임 이즈 상우 킴"

김원선

어린 시절, 여름 방학이 되면 두 살 터울 남동생과 책꽂이에 있는 동화책을 모두 꺼내 방바닥에 늘어놓았지요. 그리고는 각자 옆에 책을 쌓아 놓고 '누가 누가 빨리 읽나, 누가 누가 많이 읽나' 내기를 하곤 했답니다. 내 옆에 읽은 책이 읽지 않은 책보다 점점 늘어날수록 마음속에서는 뿌듯함이 샘솟아 올라왔지요.

결혼을 하고 두 아이를 키우면서 다시 내 곁에는 그림책과 동화책들이 늘 함께 했습니다.

그러면서 자연스럽게 언젠가는 아이들이 즐겁게 읽을 수 있는 동화를 써보고 싶다는 소망을 갖게 되었지요. 그저 막연히 생각만 하고 있었던 내게 두 딸이,

"우리와 친구들이 겪은 일을 동화로 써 보면 어때요? 엄마는 충분히 할 수 있어요!"

이렇게 용기를 주며 창작의 첫 발걸음을 떼게 만들어 주었습니다.

이제 막 '동화라는 넓은 세상'에 나오게 된 저에게 과분한 상을 주신 "심사위원분들"께 깊은 감사를 드립니다. 또한 좋은 기회를 주신 "삶의향기 동서문학상" 관계자 여러분께도 감사의 마음을 전합니다. 이렇게 큰 상을 주신데 보답하는 길은 앞으로도 꾸준히 '아이들이 좋아하는 글, 아이들에게 기쁨을 주는 글'을 쓰는 걸 거라 감히 생각합니다.

자상한 남편과 언제나 내 편인 우리 딸 준희와 줄리에게 이 영광을 돌리고 싶고, 온 세상을 다 가진 것처럼 기뻐하신 어머니와 동생에게도 감사의 마음을 전하고 싶습니다.

마지막으로 하늘나라에 계신 아버지와 할머니께 이 작품을 바칩니다.

# "마이 네임 이즈 상우 킴"

김원선

"Hi, My name is Kim Sang Woo. I am from Korea. Nice to meet you."

분명 10초도 되지 않았을 텐데 내게는 마치 10분처럼 길게 느껴졌다. 긴장해서 그런지 친구들이 쳐주는 박수 소리도 선생님의 반가운 인사말도 내겐 들리지 않았다. 나는 꾸벅 인사를 하고는 허겁지겁 내 자리로 와서 앉아 버렸다. 한국이었다면 이런 인사말 정도는 식은 죽 먹기처럼 쉬운 일인 텐데 말이다.

'휴! 오늘 하루는 언제 다 가려나? 정말 지루하고 심심해.'

점심시간을 알리는 종소리가 나자 아이들은 모두 어디론가 부지런히 발걸음을 옮겼다.

'다들 점심 먹으러 가나보다. 나도 얼른 따라가야지.'

친구들 뒤를 따라 급식을 받는 줄을 섰는데 여기는 미국이니까 주문도 영어로 해야 했다. 메뉴판을 보니까 내가 좋아하는 햄버거가 눈에 띄었다. 난생처음 영어로 주문을 하려니 긴장이 되서 모깃소리만큼 작은 소리로,

"Can I have hamburger?"

이렇게 말했는데 무섭게 생긴 주방 아주머니가 힐끔 나를 쳐다보며 물었다.

"What did you say?"

난 다시 햄버거라고 말했지만 내 식판에는 햄버거 대신 핫도그가 올려졌다. 나는 먹고 싶었던 햄버거 대신 핫도그를 먹으며,

'휴! 밥을 먹기도 이렇게 힘이 드는데 앞으로 어떻게 학교생활을 하고, 친구들은 또 어떻게 사귀지? 정말 걱정이네.'

긴 한숨이 절로 나왔다.


대학 교수인 아빠를 따라 우리 식구들은 뉴욕에서 1년 동안 살기로 했다.

일 년 동안 학교에 다닐 거라는 말을 들은 우리 반 친구들은 날 부러워했고 친구 엄마들은,

"아유, 상우랑 상우 엄마는 좋겠네. 남들은 일부러 돈을 들여서 미국 유학도 가는데 아빠랑 함께 가니 얼마나 편하고 좋아. 상우야, 내년에 돌아오면 미국 사람처럼 혀가 꼬부라져서 오는 거 아니야?"

다들 우리를 부러워하는 것 같아서 나는 저절로 우쭐해졌다.

'그래 내년 이맘때쯤 되면 영어쯤은 식은 죽 먹고, 미국 사람들과 쏠랑쏠랑 얘기를 하는 것도 문제없을 거야, 헤헤헤.'

하지만 오늘 막상 학교에서 하루 종일 있어보니까 인사말 말고는 꿀 먹은 벙어리처럼 아무 말도 할 수가 없었다.


갑자기 지난 4월에 베트남에서 전학 온 복남이 생각이 났다.

복남이의 아빠는 한국 사람이지만 엄마는 베트남 사람이다. 복남이는 베트남에서 이사 온 지 얼마 되지 않아서 한국말도 서툴고 한글도 못 써

서 매일 수업 후에 남아서 선생님과 함께 숙제를 했다. 사정이 이렇다 보니 늘 시험을 보면 복남이가 반에서 꼴찌였다. 애들은 그런 복남이를 보고 "꼴찌 뽕남"이라고 부르면서 놀려댔다.

그러던 어느 날 국어 시간에 선생님은 조를 짜서 수업을 하겠다며 친구들과 5명씩 조를 짜라고 했는데 모두들 슬금슬금 복남이를 피하고, 서로 자기 조에 끼워주기를 꺼려했다. 복남이는 결국 억지로 반장이 있는 우리 조에 들어오게 되었는데 사사건건 불평만 늘어놓는 현서가 얼굴을 잔뜩 찡그리면서,

"아, 짜증나. 얘 때문에 우리 조는 망했어!"

걸핏하면 아이들을 때리고 발로 걷어차는 깡패 같은 준규도,

"야! 넌 한국애도 아니면서 왜 한국에서 사냐? 너희 나라로 돌아가란 말이야, 인마!"

이렇게 말하고는 째진 눈으로 흘겨보며 복남이를 떠다밀었다. 나도 별다른 생각 없이 웃으면서,

"뽕남아, 넌 그냥 아무 말도 안 하고 가만히 있는 게 우릴 도와주는 거다, 알겠지?"

다른 아이들도 못된 희준이나 싸움꾼 준규처럼 복남이 앞에서 대놓고 불평을 하진 않았지만 다들 귀찮다는 얼굴로 툴툴거렸다. 복남이는 아이들 얼굴을 번갈아 보고는 마치 죄인처럼 쩔쩔매다가 결국 눈물을 흘리면서 선생님에게 갔다.

"선생님, 나 그냥 혼자 할래요."

눈물을 글썽거리며 이렇게 말했다.

선생님은 이내 훌쩍이며 우는 복남이에게 혼자 할 수 있는 과제를 주고는 우리에게 성난 황소처럼 큰 눈을 부릅떴다.

"선생님이 복남이에게 잘 대해주라고 몇 번을 말했니? 복남이가 낯선

환경에서 얼마나 힘들겠는지 다들 생각은 해본 거야? 친구에 대한 배려심이라곤 요만큼도 없는 이기적인 너희 조는 모두 빵점이다, 알겠지?"

그런데 오늘 햄버거 대신 핫도그를 받으며 그 복남이 생각이 났다. 언제나 말이 없이 조용하고, 수업시간에 질문을 받으면 얼굴이 빨개지며 고개를 푹 숙이던 그 복남이 말이다. 복남이가 우리처럼 한국말을 잘하고, 엄마, 아빠가 모두 한국 사람이고 친구들도 많았더라면 그렇게 학교 생활이 힘들지 않았을 것 같았다.


미국 학교 우리 반에는 쌍둥이 친구들이 있다.

엄마는 한국 사람이고, 아빠는 미국 사람이라 첫인상이 낯설지가 않았다. 남자 아이는 처음 볼 때부터 반가워서 얼른 말도 걸고 친구가 되고 싶었지만, 선뜻 친구가 되자고 말할 용기가 나지 않았다.

여자아이의 이름은 케이트이고, 남자아이의 이름은 잭이다. 케이트는 모든 과목을 잘하고 공부 시간에도 발표를 너무 열심히 해서 종일토록 손을 들고 있는 아이 같았다. 수학 시간에도 나보다 더 빨리 계산 문제를 풀어놓고는, 다른 아이들이 문제를 못 풀고 쩔쩔매면 팔짱을 끼고 한심하다는 얼굴로 쳐다본다. 아무튼, 모든 과목에서 자기가 제일 잘한다고 생각하고, 뭐든지 1등을 해야 직성이 풀리는 케이트. 꼭 못돼먹은 권희준 같아서 처음부터 호감이 가지 않았다.

반면에 쌍둥이 동생 잭은 성격도 털털하고, 친구들에게도 인기 만점이다. 축구도 잘해서 아이들은 저마다 잭과 축구를 하고 싶어 했다. 나도 잭과 친해져서 함께 축구를 하고 싶었지만, 영어를 잘 못하니까 그냥 "Hi!"라고 웃으며 한마디 했을 뿐이다.


담임선생님인 미스 크리스티는 내가 영어를 잘 못하니까 공책에 그 시간에 배우는 주제를 써주고 영어 대신 한국말로 글짓기를 하고 그림도 그리라고 했다. 수업이 끝나면 내 공책을 보면서 이건 뭐냐, 저건 뭐냐 하고 묻고 웃으면서 잘했다고 칭찬을 해주었다. 칭찬을 받는 건 좋지만 사실 선생님은 한국말을 모르니까 내용을 이해한 것도 아니고, 그저 내가 수업 내용을 못 알아들으니까 위로해 주려고 말하는 것 같았다. 한국에서는 발표도 잘하고, 선생님께 질문도 잘했는데 여기 오니까 정말 까막눈이 따로 없다.

애들도 나랑 얘기를 하려다가도 몇 마디 하다가 슬그머니 가버린다. 나랑 영어로 몇 마디만 하면 할 말이 없어지니까 당연한 건데 어쩐지 서글퍼진다. 내가 영어만 잘하면 애들하고 빨리 친하게 될 거고, 같이 영화도 보러 가고, 학교 끝나고 함께 축구도 할 수 있을 텐데 말이다. 그래도 수학 시간이 되면 힘이 난다. 다른 아이들보다 수학 문제를 빨리 풀어서 친구들은 모두 다 "Wow"를 연발했고, 선생님도 정말 잘한다고 박수를 쳐주었다. 그나마 내가 수학마저 못했다면 친구들은 속으로 나를 바보천치라고 생각했을 것 같다. 정말 영어 시간 없이 매일 수학 시간만 있으면 좋겠다는 엉뚱한 상상을 하게 되었다.


오늘은 미스 크리스티가 사회 시간에 미국 50개 주의 이름을 외우는 숙제를 내주었다. 그냥 외우기가 어려우니까 '알파벳 노래'처럼 노래로 외우면 쉽다고 하면서 며칠 있다 조별로 노래 외우기 시합을 하자고 했다. 애들은 신이 나서 각자 놀러 갔던 주의 이름을 말하기 시작했는데 난 도무지 아는 주가 사촌이 사는 캘리포니아주밖에 없다.

집에 오자마자 엄마와 함께 컴퓨터로 노래를 틀어놓고 노래를 들어 보았다. 처음에 노래를 따라 부르려니 속도가 워낙 빠르고, 주 이름이 어려워서 발음을 따라 하는 것조차 힘들었다. 특히 Massachusetts 같은 주는 발음하기조차 어려워서 이렇게 하다가는 난 노래를 외워서 부르는 건 고사하고 제대로 따라 읽지도 못할 것 같았다.

'일주일 후면 노래 시합인데 정말 큰일이네.'

난 며칠 동안 주 이름이 적힌 악보를 들고 다니며 열심히 따라 불렀다. 밥을 먹을 때도, 차안에서도, 심지어 화장실에 앉아서도 계속 노래를 부르니까 아빠가 웃으면서 큰 소리로,

"야! 우리 상우가 이렇게 열심히 연습을 하니까 반에서 노래를 제일 잘 부르겠는데?"

하며 칭찬을 해주었다. 열심히 노력한 덕분인지 이젠 50개 주의 이름을 다 외웠고, 노래도 제법 잘 부를 수 있겠다는 자신감도 생겨났다.


드디어 운명의 사회 시간이 돌아왔다.

우리 반을 네 개의 조로 나누어서 조별로 한 사람마다 주의 이름을 열 개씩 돌아가면서 부르기로 했다. 다른 애들이 노래를 부르는 동안에도 내 차례가 돌아왔을 때 가사를 잊어버리면 어쩌나 하는 걱정이 되기 시작했다. 노래를 시작한 잭도 케이트도 여유 있게 자기가 부를 대목을 잘 끝냈다.

내 차례가 되었다. 나는 연습한 대로 제법 노래를 잘 불렀는데 갑자기 매사추세츠주 발음이 꼬이면서 크게 당황하게 되었다. 당황해서 그런지 거짓말처럼 그다음에 나오는 주의 이름을 몽땅 잊어버리고 말았다.

'어떡하지? 그다음 주 이름이 뭐지, 뭐였더라?'

뱃속에서 지렁이가 기어 다니는 것처럼 울렁거리고, 입안은 바싹바싹 침이 마르기 시작했다. 머릿속이 도화지처럼 하얘지면서 아무것도 생각 나지 않고 등에서는 식은땀이 비가 오듯 흐르는 것 같았다. 음악은 계속 흘러가는데 도무지 주 이름들이 떠오르질 않았다. 내가 너무 당황해서

얼굴도 홍당무처럼 빨개지고 어쩔 줄 몰라 하니까 선생님이 나와 함께 노래를 불러 주었다.

그렇게 열심히 연습했는데 제대로 노래도 못 부르고 결국 나 때문에 우리 조는 1등을 하지 못했다. 케이트는 수업이 끝나자마자 잔뜩 골이 난 얼굴로 선생님에게 나가 내 쪽을 쳐다보며 뭔가 이야기를 했다. 케이트의 말을 듣고 난 선생님은 고개를 끄덕이며 케이트의 어깨를 두드려 주었다.

점심시간에도 케이트는 다른 여자아이들과 모여서 힐끔힐끔 나를 쳐다보며 수군거렸다. 자기들끼리 귓속말을 하다가 나와 눈이 마주치니까 얼른 눈길을 돌리며 킥킥거렸다. 다른 아이들은 몰라도 케이트는 절반은 한국 사람인데 내게 이럴 수가 있나 싶어서 화가 치밀어 올랐다. 당장 달려가서 내 흉을 보는 거냐고 큰소리로 따지고 싶었지만 서툰 영어로 무슨 말을 어떻게 해야 할지 몰라서 아무 말도 할 수가 없었다. 나는 속이 상해서 눈물이 핑 돌았고, 이런 상황을 피해서 쥐구멍이라도 찾아 들어가고 싶은 마음뿐이었다. 아니 그냥 이대로 비행기를 타고 당장에라도 내 친구들이 있는 한국으로 돌아가고 싶었다.

문득 그 순간에 다시 복남이 생각이 났다.

그 아이도 나랑 똑같은 느낌이었겠구나, 말도 안 통하고 친구도 없이 외톨이 같이 지내고. 그때 국어 시간에 복남이에게 입 다물고 가만히 있으라고 한 것 때문에 벌을 받는 것 같다는 생각이 들었다. 복남이가 옆에 있는 것도 아닌데 얼굴이 화끈거리고, 그 아이의 쓸쓸한 표정이 떠올라 자꾸 미안한 마음이 들었다.

기운이 다 빠져서 주섬주섬 가방을 챙기고 교실 밖으로 나갔다. 교문 앞에서 스쿨버스를 기다리는데 잭이 다가와 내게 말을 걸었다.

"아까는 당황했지? 네가 아직 영어가 서툴러서 그런 거니까 오늘 일은 그만 잊어버리고, 힘내! 이번 주 토요일이 내 생일이라 친구들이랑 모두 모일 건데 너도 우리 집에 놀러 올래?"

처음부터 친구가 되고 싶었던 잭이 생일날 집에 초대해 주니까 조금 전까지 속상했던 마음이 눈 녹듯 스르르 풀어졌다. 이제까지 미국에 온 지 두 달이 지나도록 친구가 집에 와서 놀자고 한 건 잭이 처음이다. 난 뛸 듯이 기뻐서 이렇게 물었다.

"너, 축구 좋아해?"

"응, 나도 축구 엄청 좋아하니까 우리 동네 공원에서 축구하면서 놀자."

집에 오는데 기분이 좋아서 자꾸만 웃음이 나왔다. 물론 주 이름을 외우는 노래를 망친 건 속이 상했지만 대신 앞으로 함께 놀 친구가 생겼으니까 그것만으로도 대만족이다.


나는 저녁을 먹고 식탁에 앉아 한국에 있는 4-2반 친구들과 선생님에게 편지를 썼다.

"선생님 안녕하세요, 저 상우예요. 친구들아, 안녕?

이렇게 외국에 나와 보니까 외국어를 잘 못해서 겪는 어려움이 아주 많아요. 함께 놀고 싶은 친구를 사귀기도 어렵고, 공부하기도 어렵고, 식당에 가서 음식을 주문하는 것조차도 어려워요. 그래서 베트남에서 전학 온 복남이 생각이 났어요. 앞으로 한국말이 서툴다고 놀리지 말고, 공부를 어려워하면 친구들이 서로 돌아가며 도와주면 좋겠어요.

복남아! 예전에 너를 도와주지 못한 거 정말 미안해. 나중에 한국에서 다시 만나면 우리 좋은 친구가 되자."

부엌에서 설거지를 하던 엄마가 사뭇 진지한 표정으로 편지를 쓰는 나를 보더니,

"우리 상우가 미국에 오더니 많이 컸네. 시키지 않아도 친구들과 선생님께 안부 편지를 다 쓰고."

이 편지를 받고 조금이라도 웃게 될 복남이를 생각하니까 기분이 저절로 좋아지고, 엄마가 말한 것처럼 마음의 키가 한 뼘, 아니 두 뼘은 훌쩍 자란 것 같아서 어깨가 절로 으쓱해졌다.

# 별 친구

추수진

한때 천문학자가 꿈이었던 딸을 위해 사다 놓은 학습용 천체망원경이 우리 집 거실 한구석에 놓여 있습니다. 이제 중학생이 된 딸의 꿈은 계속 변하고 있지만, 아직도 종종 밤하늘 어딘가로 망원경을 맞춰놓고 "엄마, 이것 좀 봐요." 하며 내 손을 잡아끕니다. 어두운 밤하늘을 밝히는 달과 별들을 바라보는 것을 딸아이는 정말 좋아합니다.

"엄마 어릴 땐 별들이 참 많았었는데. 여름밤이면 옥상에 펼쳐놓은 평상 위에 누워 쏟아질 것 같은 별들을 바라보곤 했었는데……."

"아, 그땐 참 좋았겠다."

딸아이의 말이 왠지 서글프게 다가옵니다. 어릴 적 별들은 모두 다 어디로 가 버린 걸까요…….

이 땅의 아이들이 무거운 어깨를 늘어뜨린 채 땅만 보며 걷지 않기를, 별을 보며 커가기를 바랍니다. 아이들 가슴마다 반짝이는 별 하나 간직하고 살아가면 좋겠습니다. 어느 날엔가 나의 시가 어느 한 아이에게 다가가 다정한 별 친구가 되어주면 좋겠습니다.

부족한 작품을 끝까지 놓지 않아 주신 심사위원들의 손길에 감사의 마음을 전합니다. 엄마의 글을 재미있게 읽어주고 무한의 신뢰를 보내주는 사랑하는 두 딸과 늘 묵묵히 격려해주는 남편에게 감사합니다.

# 별 친구

추수진


별들이 이사 갔다.
시골 할머니 댁으로 갔다.

우리 동네 밤하늘이 하도 밝아
도무지 할 일이 없다더니

아무리 그래도
한마디 인사도 없이
하나둘 슬금슬금 이사 가버렸다.
치, 정말 너무해.

그래도 마음이 넓은 나는
기차를 타고
시골 할머니 댁
별들을 만나러 간다.

보고픈 내 별 친구들
날 만나면 미안해서
반짝반짝 눈웃음만 치겠지.

그리 멀지 않아
참 다행이다.

# 용기 충전소

박연미

2016년 여름은 유난히 더웠습니다. 미지근한 선풍기 바람을 쐬며 책상 앞에 앉아 이 동화를 다듬었습니다. 문장이 쉽게 써지지 않고 어렵게만 느껴졌습니다. 쓰는 동안 자신에게 수없이 물었습니다.

'이렇게 써도 괜찮을까?'

누군가 말해 주기를 바라기도 했습니다.

'잘하고 있어. 계속 쓰다 보면 언젠간 동화다운 작품 쓸 수 있을 거야.'

이 상은 그런 말을 건네주는 주는 상입니다.

동화 속 주인공 윤재는 자신이 없는 아이입니다. '열심히 연습하면 뭘 해? 전교생 앞에 서면 한마디도 못할 텐데'라고 생각합니다. 윤재의 모습은 저와 무척 닮았습니다. 남 앞에 서면 목소리가 떨리고 머릿속이 하얘집니다. 입은 굳어서 말이 안 나옵니다. 저도 바랐는지 모르겠습니다. 어느 날 기적처럼 눈앞에 용기 충전소가 나타나기를.

저녁에 들어와 머리 감다가 전화를 받았습니다. 믿기지 않았습니다. 그리고 조금 있으니까 미안했습니다. 지금 이 순간에도, 어디선가 묵묵히 쓰고 있을 동인들이 떠올라서요. 동인들에게 힘내라고 말해 주고 싶습니다.

'어린이 책 작가교실' 정해왕 선생님과 '진화하는 글쓰기 공작소' 이만교 선생님께 감사합니다. 이미애 선생님께도 감사합니다. 더욱 열심히 공부해서 좋은 작품 쓰겠습니다.

부족한 작품을 뽑아 주신 심사위원 선생님들께 고맙다는 말씀을 드립니다. 동화의 제목처럼 용기 내서 뚜벅뚜벅 걸어가겠습니다.

# 용기 충전소

박연미

학교 가는 길에 휴대폰을 꺼냈어요.

'사람들 앞에서 용기 있게 말하는 법.'

인터넷 창에 쓰고 검색 버튼을 눌렀어요. 오늘 환경의 날 기념 말하기 대회를 하는데 자신이 없었거든요.

화면에 검색된 글이 주르륵 떴어요.

**친한 애들 앞에서 말한다 생각하고 편하게 하세요. 어렵겠지만요. ㅠㅠ**

**너무 착해서도 안 되고요, 조금은 버릇없어도 되고요…. 어쨌든 용기를 내세요!**

여러 번 읽은 내용뿐이었어요. 이런 건 진작 다 해 봤는데 소용없었죠. 나는 한숨을 푹 내쉬고 다른 글이 있나 살폈어요.

3학년 때 영어 말하기 대회를 떠올리면 아직도 얼굴이 화끈거려요. 혼자 연습할 땐 잘했는데, 막상 아이들 앞에 서니까 머릿속이 하얘졌어요. 다리가 덜덜 떨리고 입이 굳어서 말이 안 나왔죠. 내가 우물쭈물하자 아이들이 깔깔깔 웃음을 터뜨렸어요.

"김윤재, 바보 같아!"

내 자리로 들어오는데 등 뒤에서 누군가 그렇게 말했어요. 그때 결심했죠. 다시는 영어 말하기 대회에 나가지 않기로요. 그런데 4학년이 되자, 환경 말하기 대회를 하게 된 거예요.

골목 끝에서 모퉁이를 돌았어요. 저만치 안경점이 보였지요. 안경점 옆 골목을 따라가면 교문이 나와요. 4년째 같은 길로 다니니까 눈으로 보지 않아도 발이 알아서 찾아가죠.

그런데 휴대폰을 보느라 엉뚱한 길로 접어들었나 봐요. 고개를 들어 보니 낯선 골목이었어요.

'여기가 어디지?'

늘 보이던 분식집이랑 문방구가 없었어요. 좁은 골목에 작은 집들이 다닥다닥 붙어 있었죠. 나는 고개를 쭉 빼고 이리저리 살폈어요. 골목 너머 왼쪽으로 한참 떨어진 곳에 파란색 학교 지붕이 보였어요.

나는 뒤돌아서서 오던 길로 걸었어요. 익숙한 길로 가야 찾기 쉬울 테니까요.

그런데 몇 발짝 가다 우뚝 멈춰 서고 말았어요. 전봇대 옆에 '용기 충전기'라는 글자가 붙은 기계가 눈길을 끌었거든요. 기계 옆에 세워진 안내판에는 이렇게 쓰여 있었죠.

**공짜로 용기를 드립니다. 지금 당장 충전하세요!**

용기를 충전할 수 있다니. 게다가 공짜라니. 믿기지 않았어요. 하지만 번뜩, 이런 생각이 떠올랐죠.

'용기를 넣으면 오늘 말하기 대회는 문제없겠어.'

기계는 지하철에 있는 교통카드 충전기랑 비슷했어요. 가운데 네모난 화면이 있고, 화면 옆에 손바닥 모양 그림이 그려져 있었죠.

나는 기계를 이리저리 살폈어요. 사용 방법을 알아야 용기를 충전할 테니까요. 하지만 아무리 찾아도 '안내 글'은 보이지 않고, 화면 아래에 조그맣게 써진 글자가 눈에 들어왔어요. 워낙 작아서 자세히 보지 않으면 지나칠 정도였죠.

**주의: 용기는 한 번만 충전할 수 있습니다. 부작용은 책임지지 않습니다.**

어떤 부작용이 나타나는 걸까요? 나는 겁이 나기도 하고, 걱정스럽기도 해서 머뭇거렸어요. 그런데 내 마음을 알아챈 걸까요? 갑자기 화면이 환해지더니, 낭랑한 누나 목소리가 흘러나왔어요.

"필요한 시간만큼 용기를 선택하여 주십시오."

목소리를 들으니까 마음이 급해졌어요. 얼른 화면을 쳐다보았죠. 화면에는 '24시간, 48시간, 72시간, 96시간'이라고 써진 버튼이 나란히 떠 있었어요.

나는 한참 고민하다 '24시간' 버튼을 눌렀어요. 시간을 짧게 하면 부작용도 적을 것 같았거든요.

목소리가 이어졌어요.

"용기 충전을 시작하겠습니다. 손바닥 그림 위에 오른 손바닥을 올려 놓아 주십시오."

그림 위에 오른 손바닥을 올렸어요. 올리자마자 지잉, 소리가 나더니 손바닥 안으로 서서히 따뜻한 기운이 올라오는 느낌이 들었지요. 따뜻한 기운은 팔을 타고 올라와 어깨를 지나 온몸으로 퍼져 나가더니, 마침내 머리끝에서 발끝까지 따뜻해졌어요.

"용기 충전이 끝났습니다! 고객님의 용기 지속 시간은 24시간입니다!"

내 안에 용기가 충전되었는지 확인할 수는 없었어요. 별다른 기분이 들지 않았으니까요.

기계에서 손을 떼고 시계를 보았어요. 벌써 8시 40분이었어요. 서두르지 않으면 지각할 것 같았지요. 나는 학교로 헐레벌떡 뛰어갔어요.

복도에 이르자 승민이가 떠드는 소리가 크게 들렸어요. 승민이는 힘이 세고 말투가 거칠어요. 아이들을 밀치며 화를 낼 때면 벌렁코에서 콧김이 뿜어져 나오는 것 같지요.

교실 문을 열고 들어갔어요. 승민이가 나를 보더니 깐죽댔어요.

"야, 얼음 인간! 오늘 어떡하냐? 앞에 나가면 꽁꽁 얼어 버릴 텐데."

아이들이 와르르 웃었어요. 나는 못 들은 척 내 자리로 가서 앉았어요.

가방을 열고 책과 공책을 내놓았어요. 필통에서 연필을 꺼내다가 지우개를 바닥에 떨어뜨리고 말았죠. 동그랗게 닳은 지우개가 토르르 굴러 앞자리에 앉은 승민이 발밑에 멈췄어요.

승민이가 지우개를 줍더니 뒤돌아보았어요. 나와 눈이 마주쳤죠. 다른 때 같으면 아무 말 못했을 거예요. 하지만 오늘은 승민이 눈을 똑바로 쳐다보며 말했어요.

"야, 벌렁코! 내 지우개야. 이리 줘."

아이들이 킥킥거렸어요. 승민이는 놀랐는지 나를 물끄러미 쳐다보았죠. 그러고는 지우개를 내 쪽으로 던졌어요.

'우와, 용기를 넣은 효과가 있나 봐.'

나는 의자 밑으로 떨어진 지우개를 주우며 생각했어요.

시작종이 울렸어요. 선생님이 들어와 우리를 죽 훑어보더니 수업을 시작했지요.

1교시는 수학 시간이었어요. 나는 책에 나온 문제를 풀다가 창가 자리에 앉은 채연이를 바라보았어요. 나는 틈만 나면 채연이를 봐요. 채연이는 얼굴이 예쁜데다 성격도 활달해요. 목소리는 또랑또랑하죠. 우리 반에서 가장 인기 있는 아이예요.

그때 선생님이 손으로 칠판을 탁탁 쳤어요.

"김윤재, 문제 안 풀고 뭐 하니?"

나는 얼른 고개를 숙이고 문제 푸는 시늉을 했어요.

1교시가 끝나고 쉬는 시간이 되었어요. 책을 꺼내려고 가방을 열자, 가방 한구석에 투명 비닐로 싼 작은 곰 인형이 보였지요. 그 곰 인형은 가방을 열 때마다 좁쌀만 한 눈으로 나를 바라보았어요. 벌써 일주일 전부터요.

나는 곰 인형을 들고 채연이 자리로 갔어요. 채연이가 눈을 동그랗게 뜨고 나를 올려다보았어요.

"선물이야. 네 생일 때 주려고 샀는데 못 줬어."

채연이가 놀란 표정을 지었어요. 나도 놀랐어요. 전혀 떨지 않고 말했으니까요.

"고마워."

채연이가 빙긋 웃었어요.

'야호, 드디어 채연이한테 선물을 줬다!'

나는 돌아서며 큰소리로 외쳤어요. 물론 다른 아이들한테는 들리지 않았죠. 속으로만 외쳤으니까요.

3교시, 환경에 대해 조사한 숙제를 발표할 시간이 되었어요. 혜린이는 더러워진 물에 대해 말했어요. 집에서 쓰는 세제와 샴푸, 공장에서 버리는 폐수가 물을 더럽게 만든대요. 농부들이 쓰는 농약과 비료도 마찬가지고요.

다음엔 승민이가 지구 온난화에 대해 말했어요. 승민이는 지구 한쪽에서는 비가 너무 많이 내리고, 한쪽에서는 극심한 가뭄을 겪게 된 것이 지구 온난화 때문이라며 목소리를 높였어요.

드디어 내 차례가 되었어요. 나는 까만 비가 내리는 그림을 들고 앞으로 나갔어요. 다른 때 같으면 얼굴이 화끈거리고 심장은 빠르게 뛰었을 거예요. 입은 굳어서 말이 안 나왔겠죠. 그런데 희한한 일이었어요. 말이

술술 나왔거든요.

나는 자동차에서 나오는 배기가스랑 공장 굴뚝에서 나오는 나쁜 물질 때문에 산성비가 내린다고 설명했어요. 산성비를 맞으면 산에 있는 나무가 죽고, 사람들은 머리카락이 빠지거나 피부병에 걸리지요.

수업이 모두 끝났어요. 선생님이 승민이와 내 이름을 부르더니 결승전에 나가라고 했어요. 결승전은 사흘 뒤, 강당에 전교생을 모아 놓고 치른대요.

순간, 눈앞이 캄캄했어요. 용기는 한 번만 충전할 수 있다고 했으니까 더는 충전할 수 없었죠.

집으로 돌아왔어요. 내 방에 들어와 침대 위에 벌러덩 누워 버렸어요.

'이대로 팍 아파 버리면 좋겠다.'

이런 생각을 하는데 '지이잉' 휴대폰이 한 번 울렸어요. 누구지? 가방 속에 든 휴대폰을 꺼내 문자 알림창을 열었어요.

**김윤재, 나 채연이야. 환경 말하기 대회 결승 진출한 거 추카추카해!!!**
**결승전에서 꼭 우승하길 바라.**

채연이가 문자를 보내다니. 나는 뛸 듯이 기뻤어요. 새가 되어 하늘을 난다면 이런 기분일 거예요. 하지만 거기까지였어요. 내 기분은 곧 땅바닥으로 곤두박질치고 말았죠. 결승전에 나가서 우물쭈물하는 내 모습을 보면 채연이가 실망할 테니까요.

하지만 이대로 포기할 수는 없어요. 결승전까지는 사흘 남았으니까, 그때까지 열심히 연습하기로 했어요.

나는 당장 거울 앞으로 가서 연습을 시작했어요. 저녁을 먹은 뒤엔 엄마 아빠 앞에서 시범을 보였어요. 아빠가 내 말을 녹음해서 들어 보면 도움이 될 거라고 했어요. 녹음해서 들어 보니, 말은 빠르고 발음은 어눌했어요. 나는 천천히 또박또박 말하려고 노력했어요.

다음 날은 토요일이었어요. 아침밥을 먹고 연습하는데 갑자기 온몸에 힘이 쭉 빠지는 느낌이 들었어요. 풍선에 바람이 빠지는 것처럼 말이에요. 그러자 불쑥 이런 생각이 고개를 들었어요.

'열심히 연습하면 뭘 해? 전교생 앞에 서면 한마디도 못할 텐데.'

시계를 보았어요. 8시 40분. 24시간이 지나서 용기가 바닥났나 봐요.

나는 머리를 세차게 흔들었어요. 이번에 못하면 다음번에도 못할 거라 생각했죠.

놀이터로 나가 큰 소리로 연습하기 시작했어요. 아이들이 눈을 동그랗게 뜨고 나를 쳐다보았죠. 처음엔 무척 부끄러웠어요. 하지만 자꾸 하다 보니까 조금씩 용기가 생겼어요.

드디어 결승전 날이 밝았어요. 1교시에 전교생이 강당에 모였지요. 단상 바로 아래에 선생님들이 앉고, 그 뒤에 결승전에 나온 아이들이 앉았어요.

교장 선생님의 인사말이 끝나자 결승전을 시작했어요. 내 차례가 다가올수록 가슴이 빠르게 뛰었어요. 숨을 크게 내쉬었지만 소용없었죠.

승민이 차례가 되었어요. 승민이는 단상 위로 올라가서 아이들을 죽 훑어보았어요. 마치 선생님이 누굴 시킬까 고민할 때처럼 말이에요.

승민이가 지구 온난화에 대해 말하기 시작했어요. 목소리는 자신감이 넘치고 또랑또랑했죠. 나는 승민이가 부러웠어요.

아, 그때 믿을 수 없는 일이 일어났어요. 승민이 목소리가 갑자기 기어들어가기 시작한 거예요. 말을 더듬고 얼굴은 자꾸만 벽 쪽으로 돌아갔어요. 자세히 보니 다리를 후들후들 떨고 있었죠.

'왜 저러지?'

나는 영문을 몰라 승민이를 쳐다보았어요. 승민이는 어물어물 몇 마디를 더 하더니 고개를 푹 숙였어요. 여기저기서 웅성거리기 시작했어요. 결국, 승민이는 발표를 마치지 못하고 울 듯한 표정으로 내려왔어요.

마침내 내 차례가 되었어요. 나는 단상 위로 올라갔어요. 나를 쳐다보는 수백 명의 얼굴이 보였지요. 머릿속이 하얗게 변하려는 순간, 눈을 질끈 감았다 떴어요.

나는 자신 있게 말하는 내 모습을 상상하며 천천히 말하기 시작했어요. 단상 아래에 있는 아이들에게 눈을 맞추려고 노력하면서 말이에요. 중간에 더듬기도 했지만 준비한 말을 끝까지 했어요.

단상을 내려오는데 저만치에서 채연이가 환하게 웃으며 손을 흔드는 모습이 보였어요.

'우와, 드디어 해냈어!'

나는 가슴이 벅차올랐어요. 발표는 사흘 뒤에 한대요. 하지만 상을 못 받아도 괜찮아요. 꾸준히 연습하면 조금씩 용기가 생긴다는 걸 알았으니까 그것으로 만족해요.

수업을 마치고 집으로 돌아가는 길이었어요. 교문을 나서는데 종종걸음을 치는 승민이 모습이 보였어요.

'승민이네 집은 반대쪽인데 어딜 가는 거지?'

나는 승민이 뒤를 따라갔어요. 승민이가 좁은 골목으로 들어갔어요.

'어, 저긴 용기 충전기가 있는 골목인데.'

나는 의아하게 여기며 계속 따라갔어요. 골목으로 들어가자 고개를 빼고 이리저리 두리번거리는 승민이 모습이 보였어요.

'뭘 찾는 거지?'

나도 덩달아 두리번거렸죠. 그러다 깜짝 놀라고 말았어요. 용기 충전기가 있던 전봇대 옆, 자리가 텅 비어 있었거든요. 눈을 비비고 다시 봐도 마찬가지였어요.

그때 승민이가 내 쪽으로 다가왔어요.

"너… 혹시?"

"너도?"

내가 되묻자, 승민이는 쑥스러운 듯 머리를 긁적였어요.

"사실은 나 앞에 나가면 엄청 떨려. 그래서 용기를 충전했는데 부작용이 났나 봐."

나도 용기를 충전했는데 부작용이 생길까 봐 겁나서 예선 때 하루치만 넣었다고 고백했어요.

"어쩐지 얼음 인간이 잘한다 했어!"

승민이가 킥킥거리며 웃기 시작했어요. 나도 덩달아 웃기 시작했죠. 우리는 마주 보며 큰 소리로 웃었어요.

# 볼품없는 나무

김솔립

　작은 방 창가에 키 큰 나무 한 그루가 있었습니다. 북향 벽에 기대어 며칠 감지 않은 머리처럼 헝클어진 가지를 가진 보잘것없는 나무였습니다. 관리실에서 나와 나무를 베겠다고 했을 때 기꺼이 창을 비켜주었습니다. 아니 감사하는 마음도 있었습니다.

　하지만 나무가 가고 나서야 깨달았습니다. 무엇보다 아쉬웠던 점은 계절의 변화를 눈으로 볼 수 없게 된 것이었습니다. 온몸으로 창문을 기웃거리며 계절을 알려주던 나무야말로 최고의 무용수였다는 것을 나무가 가고 나서야 알게 되었습니다. 아침저녁으로 새들이 떠들썩하게 안부를 묻던 소리도, 여름잠을 설치게 하던 매미 소리도 더 이상 들을 수가 없었습니다. 그제서야 저는 미안하고 아쉬워 허겁지겁 나무의 이름을 수소문해 알아냈습니다. 목백합이더군요.

　아낌없이 주기만 하다 이름 없이 가버린 나무에게 위로를 아니 사과를 하고 싶었습니다. 미력하나마 가여운 나무를 위한 진혼곡이 될 수 있도록 제 글을 뽑아주신 심사위원님들께 고개 숙여 깊은 감사를 드립니다. 고맙습니다. 사랑합니다.

# 볼품없는 나무

김솔립


봄햇살 반짝이던 날, 경비아저씨가 큰 톱을 들고 문을 두드렸어.

창문을 가리는 볼품없는 나무를 잘라버릴 참이랬지.

나는 사다리를 잡아주면서 고맙다고 했어.

다음날 새벽, 참새 가족이 웬일인지 조용한 거야.

햇살이 베란다까지 뛰어올랐는데 아직도 일터로 가지 않는 건지.

학교에 가면서도 나만 나가는 것 같아 이상했어.

저녁, 산 그림자가 초저녁 잠을 청한 뒤에도 참새 가족은 여전히 안부를 묻지 않았지.

난 쉬이 잠이 오지 않아 컴컴한 창문을 내다보다 너를 떠올렸어.

비쩍 마른 몸으로 초록바람 실어다주고, 태풍 조심해라, 노란 엽서에 눈사람까지…….

그날, 문을 열어주는 게 아니었나 봐.

# 잿빛 강아지

신수나

　처음 동화로 들어선 것은 두 아들 때문이었습니다. 지금은 대학생인 아들들이 어렸을 때, 책을 읽어주지 않으면 잠을 자지 않았거든요. 돌이켜보면 아이들보다도 제가 더 그 시간을 즐기고 기다렸던 것 같아요.

　이젠 아들들이 자라서 그런 시간을 다시 가질 순 없지만, 지금도 그때 읽었던 책들이 오롯이 제 마음속에 남아 있습니다.

　이제 동화로 가는 길은 저 자신을 위한 길이 되었습니다. 읽기만 하던 제가 동화를 쓰지 않고는 못 배기니까요. 뒤늦게 들어선 길이지만 제 삶을 넓혀가는 또 다른 세상입니다. 거기서 더 많은 아이들과 만나고 싶습니다.

　이번 수상은 그 길을 열어준 첫 번째 문이라 생각합니다. 기회를 준 "삶의향기 동서문학상"에 진심으로 감사드립니다.

　혼자서는 엄두도 못 냈을 텐데, 함께 한 동화를 공부하는 모임 '그 아이'가 큰 힘이 되었습니다. 따끔한 지적과 아낌없는 격려로 이끌어 주신 정임조 선생님과 유정탁 선생님께 감사드립니다. 그리고 사랑하는 두 아들과 가족들에게 이 기쁨을 전합니다.

# 잿빛 강아지

신수나

나는 학교 앞 도롯가에 서 있었어. 그날도 바쁘게 오가는 차들을 멍하니 바라보고 있었지.

"전봇대 아저씨, 여기서 볼일 좀 보고 가도 돼요?"

느닷없는 목소리였어. 내려다보니 잿빛 강아지가 말그레한 표정으로 서 있더군.

"뭘 그런 걸 새삼스럽게 물어보냐?"

난 퉁명스럽게 말했어.

"아주 예의 바른 강아지인데?"

맞은편에 있던 플라타너스가 빙글 웃었어. 플라타너스는 강아지들이 오면 신이 나 죽겠지. 날 찾는 강아지들이란 뻔 하잖아. 염치없이 다리 한 짝을 내 밑동에 척 걸치고, 지린내 나는 오줌을 찍 갈기는 게 어디 한두 번인가. 그러면 플라타너스는 온 잎사귀를 흔들며 깔깔거리지. 머리를 어찌나 뒤로 젖히고 웃어대는지 발랑 나자빠지는 게 아닌가 걱정이 될 정도라니까.

반나절이 다 가도록 오도카니 앉아 있는 잿빛 강아지는 뭔가 이상했어. 주차한 차들의 차 문이 열리면 쪼르르 달려가. 그리고 차에 오르내리는 사람들 얼굴을 뚫어져라 쳐다보았지.

"차도로 내려갈 생각은 하지 않는 게 좋을걸. 차들이 어찌나 쌩쌩 달리는지, 잘못하다간 납작쿵이 되는 수가 있어."

난 잿빛 강아지에게 으름장을 놓았어. 여긴 강아지가 놀만 한 곳이 아니었으니까.

"걱정 마세요. 달리는 차들에는 다가가지 않아요. 전 서 있는 차들에만 관심이 있으니까요."


"보나마나 유기견일 거야."

빨간색 자동차 문이 열리자 쏜살같이 달려가는 강아지의 뒷모습을 보며 플라타너스가 말했지.

"유기견이라니?"

"버려진 개 말이야. 뒤엉킨 털 하며 꾀죄죄한 땟국을 봐. 사람들은 어떻게 가족을 버릴 수 있나 몰라."

"가족?"

플라타너스는 그것도 모르니? 하는 표정으로 나를 빤히 쳐다봤어.

"말하자면, 내 몸에 둥지를 튼 새나 벌레 같은 거지."

"별거 아니네, 뭐. 나를 찾는 강아지들이랑 다를 게 없잖아."

난 플라타너스가 잘 난 척하는 것 같아 말을 뚝 잘랐어.

"쳇, 오줌이나 싸고 제 갈 길 횡하니 가버리는 강아지들하고 어떻게 같니? 전혀 다르지."

"뭐가 다른데, 뭐가 다른데?"

난 플라타너스에 지기 싫었지.

"새나 벌레들은 내 가지에 둥지를 짓고 알을 낳지. 거기서 태어나는 새끼들이 얼마나 예쁜 줄 아니? 꼼지락대는 새끼들을 보고 있으면 시간이 어떻게 가는지도 몰라. 또 얼마나 고운 목소리로 노래를 불러주는데."

플라타너스는 행복해 죽겠다는 표정이었어.

"하긴, 이파리도 가지도 없는 네가 뭘 알겠니?

나는 서럽고 슬픈 맘에 울컥했지만 입을 다물 수밖에.

'왜 난 가지도 없고 이파리도 없는 걸까?'


다음날도 그다음 날도 잿빛 강아지는 나를 찾아왔어. 여전히 내 옆에 앉아 주차된 차들을 바라봤지. 잿빛 강아지는 무슨 생각을 하는 걸까? 난 문득 잿빛 강아지가 내 곁에 오래도록 있어 줬으면 좋겠다는 생각이 들었어. 플라타너스의 새들처럼.

"잿빛 강아지야!"

난 아주 상냥한 목소리로 말을 걸었어.

"넌 어디서 왔니?"

"요 앞 골목에서요."

말문을 연 잿빛 강아지는 이야기를 곧잘 해. 더러 물을 얻어먹는 슈퍼마켓이며 맛있는 국밥을 주는 식당 아주머니, 볼 때마다 쓰다듬어주는 인쇄소 아저씨랑 동네를 돌며 겪은 일을 하나하나 이야기해 주었어. 잿빛 강아지의 이야기를 들을 때면 내가 발이 달려 마치 여러 곳을 다녀온 기분이 들었어. 막 설레고 가슴까지 콩콩 뛰었다니까.

잿빛 강아지가 안 오면 거리가 텅 빈 것 같았지. 여전히 차들은 복작거리고 빵빵거리는 데 말이야.

어느 날이었어. 양쪽으로 머리를 묶은 여자아이가 팔랑팔랑 뛰어오더니 내 몸뚱이에 종이 한 장을 턱 붙이는 거야. 이미 내 몸뚱이는 치킨집 전화번호, 마트 세일 홍보지, 구인 광고지가 덕지덕지 붙어 있었거든. 플라타너스는 그새 날 누더기라고 부르고 있었지. 거기다 또 한 장을 붙이다니. 종이에는 그 여자아이가 하얀 강아지 한 마리를 안고 있는 사진이 박혀있었어.


"패션이 달라졌는데?"

그냥 지나칠 플라타너스가 아니지.

"어? 어디서 많이 본 강아지인데?"

"누구?"

"그 강아지 찾는 전단 사진 말이야. 잿빛 강아지를 많이 닮았는데?"

"이게 강아지 찾는 전단이야?"

"그래, 잃어버린 강아지를 찾는다고 연락처를 적은 종이잖아."

"근데 무슨 소리야. 잿빛 강아지는 회색인데 얜 하얀색이잖아."

난 내려다보느라고 애쓰며 말했지.

"그런가?"

플라타너스는 고개를 갸웃거렸어.


오후가 되자 찬바람과 함께 빗줄기가 한두 방울 내리기 시작하더니 어느새 쫙쫙 내리꽂혔어. 지나가는 비였는지 금세 해님이 말짱한 얼굴을 구름 사이로 내밀었지.

비를 피해 어디를 쏘다녔는지 잿빛 강아지가 다른 때보다도 늦게 종종걸음으로 다가왔어. 얼룩덜룩해진 털 사이로 희끗희끗한 털이 엿보였지.

"너 어느새 얼룩이가 됐냐?"

난 별생각 없이 물었지.

"저 원래 하얀색이에요. 오랫동안 길에서 살았더니 더러워져서 그래요."

난 가슴이 철렁했어. 플라타너스의 말대로 잿빛 강아지는 헝클어지고 털이 자라긴 했어도 전단 속의 강아지와 많이 닮아 보였어.

그날 밤 나는 잠을 통 잘 수 없었지. 이러다가 잿빛 강아지가 영영 떠나 버릴 것만 같았거든. 때마침 거센 바람까지 횡횡 불어 잠 못 드는 날 더 흔들어 놓았어.

순간 내 머릿속엔 번갯불처럼 스치는 게 있었어.

"바람아, 내 몸에 붙은 전단을 떼어줘."

바람은 내 부탁을 들어주었어.

전단은 찌익 소리를 내며 길바닥에 나뒹굴더니 저 멀리 날아갔어. 나는 '휴'하고 긴 숨을 내뱉었지.


다음 날도 어김없이 잿빛 강아지가 찾아왔어. 하루 새에 먼지투성이로 여전히 잿빛 강아지야. 나는 마음이 놓였어.

잿빛 강아지는 늘 하던 대로 주차된 차들을 둘러보았지.

"차들 곁엔 다가가지 않는 게 좋아. 언제 갑자기 잠에서 깬 사자처럼 달려들지도 모른다고."

난 걱정스러운 목소리로 잿빛 강아지에게 말했어.

"혹시 우리 주인의 차가 와 있을지 몰라서요."

자동차에서 눈을 떼지 않고 잿빛 강아지가 말했어.

"그럼, 넌 네 주인을 찾느라고 여길 왔던 거야?"

"네……. 한 달 전쯤인가? 차를 타고 가는 중이었어요. 주인인 초롱이가 학교 앞에서 내릴 때 저도 따라 내렸거든요. 근데 갑자기 커다란 개가 달려들었어요. 초롱이가 말릴 틈도 없이요. 나는 무작정 골목 안으로 뛰었고, 초롱이랑 헤어지고 말았어요. 사나운 개가 다시 올까 봐 나오지도 못했어요. 그 뒤 냄새를 따라 골목 안의 슈퍼마켓과 국밥집, 인쇄소를 차례로 돌아 처음 차가 멈춰 섰던 이곳을 찾아왔어요."

"그럼, 넌 버려진 게 아니었니?"

"버려지다니요. 아마 초롱이도 날 무척이나 찾고 있을 거예요."

잿빛 강아지가 가고 난 뒤 난 맘이 안 좋았지.

"어이, 친구, 왜 죽을상이야?"

보다 못한 플라타너스가 말을 걸었어.

"상관 마."

내가 쌀쌀맞게 대답하자, 갑자기 플라타너스가 긴 한숨을 쉬었어.

"너만 혼자되는 게 아니야. 날이 곧 추워지고 나뭇잎이 떨어지면 내 품 안의 새들은 떠나야 돼."

"왜?"

"따뜻한 남쪽 나라로 가야 하거든. 여긴 추워서 살 수가 없어. 잿빛 강아지도 마찬가지야."

그때였어. 지난번 그 양 갈래 소녀가 다시 전봇대로 다가왔어.

"꼭 찾아야 해."

소녀는 꾹꾹 눌러가며 강아지 사진을 다시 붙였어. 눈물이 그렁그렁한 소녀의 눈이 꼭 잿빛 강아지를 닮았지. 난 전단을 꼭 붙들었어.


그런데 웬일인지 잿빛 강아지는 좀처럼 나타나지 않아. 나는 조바심이 났지.

며칠이 지난, 해가 질 무렵이었지. 한동안 보이지 않던 잿빛 강아지가 멀리서 터덜터덜 걸어왔어.

"잿빛 강아지야, 그동안 어떻게 된 거니?"

"지난번 비 맞고 돌아다닌 탓인지 감기를 앓았어요."

"아이고 그랬구나. 이젠 괜찮니?"

"국밥집 아주머니가 돌봐 주셔서 다 나았어요. 이젠 더는 주인을 찾아 헤매지 않으려고요."

"왜?"

"이 골목에는 좋은 분들이 많아요. 국밥집 아주머니도 그렇고, 전봇대 아저씨도 그렇고. 그냥 거리에서 사는 것도……."

말은 그렇게 했지만, 잿빛 강아지의 눈엔 눈물이 가득 고였어. 난 다시 소녀의 눈이 떠올랐어. 그날따라 바람 한 점 없었지. 난 죽을 힘을 다해 몸을 비틀었어. 내 몸이 깨져도 상관없다고 생각했지. 순간 거짓말처럼 전단이 잿빛 강아지 발아래 툭 하고 떨어졌어. 잿빛 강아지는 깜짝 놀랐지.

"어, 이건 초롱이 아니야?"

"어서 국밥집 아줌마에게 가렴. 그 아줌마라면 연락해 줄 거야."

잿빛 강아지는 전단을 물고 정신없이 달려갔어.

길 건너편에선 플라타너스가 텅 빈 나뭇가지를 흔들고 있었지.

# 숟가락과 입

박민정

우리 집 베란다에서는 초등학교 운동장이 보입니다. 학교를 오가는 초등학생들의 모습을 볼 때마다 고등학생 딸아이가 운동장을 가로질러 뛰어가던 모습이 겹쳐진답니다. 잠이 많은 아이는 늘 늦잠을 자느라 운동장을 뛰어서 등교를 했었죠. 그 모습이 마냥 좋았답니다. 그런데 2~3개월이 지나고 아이가 집으로 돌아와 선언하듯 말했어요.

"엄마 나 내일부턴 지각하지 않을 거야."

이유를 물어보니 부끄러워졌다고 했습니다. 그 후로 딸아이는 한 번도 지각을 하지 않아요.

어른이 된다는 것은 큰 것이 아닌 것 같습니다.

또래의 생활을 하나하나 배우며 성장하는 일이죠. 때론 느리고 때론 빠르지만 어쨌든 아이들은 어른이 되죠. 그런데 슬프게도 어른이 되면 대부분의 아이들은 자신이 아이었다는 사실을 잊어버려요. 걸음마부터 차근차근 배워왔다는 사실을 까마득히 잊어버리고 아주 큰 뭔가를 바라게 되는 거죠.

저는 요즘 베란다에 나가서 자주 턱을 괸답니다. 차근차근 아이들에게 들려주고픈 이야기나 시를 생각해요. 그리고 가끔 아이와 떠났던 1년 간의 여행을 되새깁니다. 꿈이 없다는 딸아이를 위해 다니던 학교를 잠시 쉬고 떠난 여행이었죠. 덕분에 딸아이는 나이보다 늦게 고등학교에 들어갔습니다. 적응하기 힘들 거라는 주변의 걱정과는 달리 늦었다고 웅크리지 않고 밝고 씩씩하게 학교를 다니고 있습니다. 아니, 오히려 꿈이 생겨 즐겁다며 열심히 달려가고 있어요. 그런 딸을 보며 하고 싶은 일을 시도조차 하지 않는 나를 반성하게 되었어요. 딸에게도 나에게도 부끄러웠습니다. 늦었다고 웅크리기보단 다시 용기를 내어 동시를 써보기로 했어요. 새 옷을 입은 것처럼, 낯선 사람을 만난 것처럼 아직은 쓰는 것이 익숙하지 않습니다. 시상을 끙끙대며 찾아내는 게 힘들고 막막할 때도 있지만, 어린아이의 눈높이로 이런저런 생각을 해보는 것이 재미있습니다. 고맙게도 나의 뒤늦은 시도가 결실을 맺어 작지만 소중한 상으로 돌아왔네요. 힘을 내라고 응원하는 손길 같아서 그 손길이 따뜻하고 고맙습니다.

# 숟가락과 입

박민정

숟가락은 시금치를 뱉지 않아요.
숟가락은 양파를 보고 찡그리지 않아요.
숟가락은 당근도 가지도 좋아해요.
엄마는 내 입이 숟가락이면 좋겠대요.
맛없는 야채도 뱉지 않는 숟가락이면 좋겠대요.

그럼 엄마에게 뽀뽀는 누가 해주죠?
그럼 엄마 귀에 노래는 누가 불러주죠?
진심으로 사랑하다는 말은 누가 하죠?

내 조그만 입은 숟가락보다 야채를 잘 못 먹지만
엄마의 마음을 기쁘게 하는 더 많은 재주를 가지고 있어요.

삶의 향기가
문학이 됩니다

—

# 수상자 명단

# 시

| 수상명 | 부문 | 수상자 | 작품명 |
|---|---|---|---|
| 대상 | 시 | 추영희 | 달을 건너는 성전 |
| 은상 | 시 | 김혜준 | 우화를 기다리며 |
| 은상 | 시 | 김승희 | 벽화가 있는 마을 |
| 동상 | 시 | 최은영 | 이사 |
| 동상 | 시 | 최소혜 | 고래엄마 |
| 동상 | 시 | 한승희 | 팔마나무 |
| 가작 | 시 | 박경자 | 그 남자의 수사법 |
| 가작 | 시 | 박선희 | 장난감 병정 |
| 가작 | 시 | 정봉희 | 호미로 살다 |
| 가작 | 시 | 정연희 | 파이프오르간 |
| 가작 | 시 | 하채연 | 메밀베개의 기원 |
| 입선 | 시 | 곽선주 | 바다의 여인 |
| 입선 | 시 | 김수영 | 구멍투성이 연가 |
| 입선 | 시 | 박단영 | 심해어 |
| 입선 | 시 | 성영희 | 폐업의 계보 |
| 입선 | 시 | 신태희 | 푸른집 |
| 입선 | 시 | 유재연 | 푸른 무덤 |
| 입선 | 시 | 정새얀 | 축음 |
| 입선 | 시 | 조은숙 | 물고기가 잠든 침대 |
| 입선 | 시 | 황미현 | 아버지의 말투로 앵무새가 신다. |
| 입선 | 시 | 황정자 | 노인의 전단지 |

| 수상명 | 부문 | 수상자 | 작품명 |
|---|---|---|---|
| 맥심상 | 시 | 강명화 | 백일몽 |
| 맥심상 | 시 | 강미희 | 猫씨의 봄날 |
| 맥심상 | 시 | 강주영 | 유년의 새벽 |
| 맥심상 | 시 | 강희정 | 얘들아, 아버지 가신다 |
| 맥심상 | 시 | 고영미 | 다정한 암사동 |
| 맥심상 | 시 | 구미정 | 빈 집 |
| 맥심상 | 시 | 구설영 | 당신의 귀가 |
| 맥심상 | 시 | 김경숙 | 문상 |
| 맥심상 | 시 | 김기연 | 민들레 |
| 맥심상 | 시 | 김두례 | 문장들 |
| 맥심상 | 시 | 김선영 | 마지막 쉼표 |
| 맥심상 | 시 | 김숙자 | 도마를 연주하다 |
| 맥심상 | 시 | 김숙희 | 하모니 |
| 맥심상 | 시 | 김순영 | 숟가락 젓가락 |
| 맥심상 | 시 | 김순희 | 해피 버스데이 |
| 맥심상 | 시 | 김양미 | 자갈치 시장에는 고래가 산다 |
| 맥심상 | 시 | 김영애 | 듦 |
| 맥심상 | 시 | 김윤아 | *고통안전에 주의하세요 |
| 맥심상 | 시 | 김은미 | 토슈즈 |
| 맥심상 | 시 | 김점복 | 시계 |
| 맥심상 | 시 | 김정희 | 호스피스 병동 |

# 시

| 수상명 | 부문 | 수상자 | 작품명 |
|---|---|---|---|
| 맥심상 | 시 | 김진열 | 누에의 집에는 수의가 없다 |
| 맥심상 | 시 | 김혜경 | 지하철 靈호선 |
| 맥심상 | 시 | 김희숙 | 직박구리씨에게 |
| 맥심상 | 시 | 노선희 | 새가 물고 온 가지 |
| 맥심상 | 시 | 노수림 | 가둘 수 없는 어항(생의 추정推定) |
| 맥심상 | 시 | 노영희 | 굴까는 할머니 |
| 맥심상 | 시 | 노정남 | 거룻배 |
| 맥심상 | 시 | 문희숙 | 기억의 뜸 |
| 맥심상 | 시 | 민경하 | 아직도 호주머니가 묵직한 당신 |
| 맥심상 | 시 | 민옥순 | 가을비 |
| 맥심상 | 시 | 박길숙 | 원형 무지개 |
| 맥심상 | 시 | 박시윤 | 섬 |
| 맥심상 | 시 | 박아남 | 연(蓮) |
| 맥심상 | 시 | 박윤희 | 단단한 풍선 |
| 맥심상 | 시 | 박은영 | 수입산 태양 |
| 맥심상 | 시 | 박인숙 | 신발 |
| 맥심상 | 시 | 박인자 | 타투 |
| 맥심상 | 시 | 방미영 | 재봉틀과 나 |
| 맥심상 | 시 | 방현정 | 식기건조대에 세워진 물고기 |
| 맥심상 | 시 | 배정훈 | 아침 |
| 맥심상 | 시 | 백정혜 | 제비 |

| 수상명 | 부문 | 수상자 | 작품명 |
|---|---|---|---|
| 맥심상 | 시 | 서영지 | 삽목 |
| 맥심상 | 시 | 신진련 | 잠 |
| 맥심상 | 시 | 안명자 | 길 |
| 맥심상 | 시 | 안미선 | 창문까지 닫아줘 |
| 맥심상 | 시 | 엄경순 | 조기에 관한 명상 |
| 맥심상 | 시 | 오명옥 | 폐업 |
| 맥심상 | 시 | 우미정 | 봄을 회치다 |
| 맥심상 | 시 | 원기자 | 쓸쓸한 꽃 |
| 맥심상 | 시 | 윤정희 | 소원 |
| 맥심상 | 시 | 이경선 | 달의 이면 |
| 맥심상 | 시 | 이삼례 | 천개의 재로 만든 순록 |
| 맥심상 | 시 | 이선희 | 다시, 5월 |
| 맥심상 | 시 | 이영희 | 명백한 달리기 |
| 맥심상 | 시 | 이유진 | 비는 그치고, |
| 맥심상 | 시 | 이윤숙 | 바람의 유산 |
| 맥심상 | 시 | 이은정 | 아모르 파티 |
| 맥심상 | 시 | 이인혜 | 가구가 흔들리기 시작했다 |
| 맥심상 | 시 | 이정미 | 긴 휴식 |
| 맥심상 | 시 | 이지은 | 청춘의 수목장 |
| 맥심상 | 시 | 이지창 | 인터스텔라(Interstellar) |
| 맥심상 | 시 | 이지헌 | 아버지 숟가락 |

# 시

| 수상명 | 부문 | 수상자 | 작품명 |
|---|---|---|---|
| 맥심상 | 시 | 이진 | 어느 존재의 오열 |
| 맥심상 | 시 | 이천명 | 구성 |
| 맥심상 | 시 | 이현숙 | 어머니, 행간을 읽다 |
| 맥심상 | 시 | 이현주 | 지구요양원 |
| 맥심상 | 시 | 이희순 | 가막귀 |
| 맥심상 | 시 | 임선숙 | 풍경 |
| 맥심상 | 시 | 임희라 | 만삭 |
| 맥심상 | 시 | 장명숙 | 걷는다, 아버지 |
| 맥심상 | 시 | 장윤희 | 봄꽃 |
| 맥심상 | 시 | 정누리 | 사막에 내려진 현상수배 |
| 맥심상 | 시 | 정란의 | 새 구두를 신고 |
| 맥심상 | 시 | 정종미 | 유실물 보관소 |
| 맥심상 | 시 | 정태남 | 담쟁이넝쿨은 어떻게 비를 키우나 |
| 맥심상 | 시 | 정현주 | 아픈 손가락 |
| 맥심상 | 시 | 정혜숙 | 재개발이 확정되었다네요 |
| 맥심상 | 시 | 정호순 | 햇살을 만지는 오후 |
| 맥심상 | 시 | 조미선 | 툇마루 |
| 맥심상 | 시 | 조영남 | 날개 |
| 맥심상 | 시 | 조은경 | 덕장의 꿈 |
| 맥심상 | 시 | 조화자 | 소금 |
| 맥심상 | 시 | 채연우 | 다녀가다 |

| 수상명 | 부문 | 수상자 | 작품명 |
|--------|------|--------|--------|
| 맥심상 | 시 | 최수빈 | 황금 잉어빵 |
| 맥심상 | 시 | 최영미 | 벽조목 |
| 맥심상 | 시 | 최유나 | 바람의 사정 |
| 맥심상 | 시 | 하태희 | 토마토 |
| 맥심상 | 시 | 한경희 | 트럭 위의 여자들 |
| 맥심상 | 시 | 한명희 | 가시오이 |
| 맥심상 | 시 | 한현옥 | 코코 등에선 바람 냄새가 난다 |
| 맥심상 | 시 | 허지영 | 우산, 걷다 |
| 맥심상 | 시 | 홍성남 | 내간(內簡) |
| 맥심상 | 시 | 홍혜향 | 무릎의 나이테 |
| 맥심상 | 시 | 황미숙 | 때죽나무 숲이 젖어 있다 |
| 맥심상 | 시 | 황소연 | 말줄임표 |
| 맥심상 | 시 | 황영주 | 홈쇼핑 |
| 맥심상 | 시 | 황은순 | 연못을 읽다 |
| 맥심상 | 시 | 황지현 | 등 |

# 소설

| 수상명 | 부문 | 수상자 | 작품명 |
|---|---|---|---|
| 금상 | 소설 | 임정은 | 손 |
| 은상 | 소설 | 강영린 | 밤의 묘지 |
| 은상 | 소설 | 한송이 | 어떤 이별 |
| 동상 | 소설 | 하상미 | 기린 보는 밤 |
| 동상 | 소설 | 윤방실 | 전쟁 같은 사랑 |
| 동상 | 소설 | 김수민 | 꼬리 달린 여자 |
| 가작 | 소설 | 김영숙 | 사과 |
| 가작 | 소설 | 김정현 | 메모리 덤프 |
| 가작 | 소설 | 오명희 | 박제 |
| 가작 | 소설 | 이기정 | 악몽 |
| 가작 | 소설 | 장미영 | 타로텔러 |
| 입선 | 소설 | 김윤경 | 알혼 섬에 묻다 |
| 입선 | 소설 | 김정순 | 동굴 벽화 |
| 입선 | 소설 | 박현숙 | 하얀 수채화 |
| 입선 | 소설 | 선혜영 | 떠나 갈 시각, 머무를 시간 |
| 입선 | 소설 | 윤지영 | 달의 물결 |
| 입선 | 소설 | 이연주 | 그녀들 |
| 입선 | 소설 | 이영선 | 지금은 사랑할 때 |
| 입선 | 소설 | 이유리 | 빈 컵 |
| 입선 | 소설 | 이희영 | 언젠가 비는 내린다 |
| 입선 | 소설 | 현보경 | 라일락 |

| 수상명 | 부문 | 수상자 | 작품명 |
|--------|------|--------|--------|
| 맥심상 | 소설 | 강민아 | 치즈태비 |
| 맥심상 | 소설 | 강양숙 | 아무도 행복하지 않다 |
| 맥심상 | 소설 | 강예은 | 우리가 몰랐던 그들의 세계 |
| 맥심상 | 소설 | 강혜원 | 벽조목 도장 |
| 맥심상 | 소설 | 고문회 | 아무도 전화를 받지 않았다 |
| 맥심상 | 소설 | 김경민 | 날지 못하는 새 |
| 맥심상 | 소설 | 김경순 | 기레기와 법레기 |
| 맥심상 | 소설 | 김경실 | 택시 안에서 |
| 맥심상 | 소설 | 김남옥 | 오포 |
| 맥심상 | 소설 | 김도윤 | 구멍 메우는 남자 P |
| 맥심상 | 소설 | 김미용 | 굿바이, 루씨 |
| 맥심상 | 소설 | 김선순 | 모노르 |
| 맥심상 | 소설 | 김선영 | 알레마나 |
| 맥심상 | 소설 | 김선주 | 들어 드립니다 |
| 맥심상 | 소설 | 김수민 | 우물가 |
| 맥심상 | 소설 | 김수연 | 배웅 |
| 맥심상 | 소설 | 김수영 | 나비 |
| 맥심상 | 소설 | 김수인 | 손톱은 다시 자란다 |
| 맥심상 | 소설 | 김슬기 | 어느 벽 앞에서 |
| 맥심상 | 소설 | 김아영 | 원해(遠海) |
| 맥심상 | 소설 | 김아영 | 거짓말의 이해 |

# 소설

| 수상명 | 부문 | 수상자 | 작품명 |
|---|---|---|---|
| 맥심상 | 소설 | 김안지 | 몬타포스 |
| 맥심상 | 소설 | 김애숙 | 셈 |
| 맥심상 | 소설 | 김유경 | 버스 안 미술관 |
| 맥심상 | 소설 | 김윤희 | 너의 시간 |
| 맥심상 | 소설 | 김은미 | 장마 |
| 맥심상 | 소설 | 김은미 | 내 영혼의 주근깨 |
| 맥심상 | 소설 | 김정민 | 잠수 |
| 맥심상 | 소설 | 김정연 | 붉은 일요일 |
| 맥심상 | 소설 | 김지민 | 동물의 왕국 |
| 맥심상 | 소설 | 김지원 | 임신 |
| 맥심상 | 소설 | 김희정 | 우중정원(雨中庭園) |
| 맥심상 | 소설 | 나승희 | 가을 장마 |
| 맥심상 | 소설 | 마영주 | 기적 |
| 맥심상 | 소설 | 모은영 | 할리와 나 |
| 맥심상 | 소설 | 문지현 | 사과 |
| 맥심상 | 소설 | 박민경 | 조문가는 길 |
| 맥심상 | 소설 | 박선희 | 복날 |
| 맥심상 | 소설 | 박예송 | 다시, 여름 |
| 맥심상 | 소설 | 박정순 | 올게심니 |
| 맥심상 | 소설 | 박혜련 | 편집 |
| 맥심상 | 소설 | 박혜영 | 1월의 강 |

| 수상명 | 부문 | 수상자 | 작품명 |
|--------|------|--------|--------|
| 맥심상 | 소설 | 변혜조 | 절망(切望) |
| 맥심상 | 소설 | 서찬임 | 당신의 넷째 발가락 |
| 맥심상 | 소설 | 손경화 | 볼펜을 떨어뜨렸어 |
| 맥심상 | 소설 | 신수호 | 우는 여자 |
| 맥심상 | 소설 | 신윤호 | 망초다실 |
| 맥심상 | 소설 | 안수희 | 결혼 자격시험 |
| 맥심상 | 소설 | 안정수 | 사이 |
| 맥심상 | 소설 | 양윤정 | 흔적을 지워드립니다. |
| 맥심상 | 소설 | 여상은 | 바른생각 |
| 맥심상 | 소설 | 원소영 | 사랑 묻어두기 |
| 맥심상 | 소설 | 원수희 | 상흔 |
| 맥심상 | 소설 | 위금희 | 오빠의 알리바이 |
| 맥심상 | 소설 | 유재화 | 살인 연습 |
| 맥심상 | 소설 | 유정현 | 스콜 |
| 맥심상 | 소설 | 유진주 | 겨울의 끝자락에서 |
| 맥심상 | 소설 | 유혜진 | 부지깽이 신목(神木) |
| 맥심상 | 소설 | 윤남희 | 소음 |
| 맥심상 | 소설 | 윤정아 | 옥화서한(玉花書翰) |
| 맥심상 | 소설 | 이건희 | 개의 밤 |
| 맥심상 | 소설 | 이나리 | 빌라에 사는 고양이 |
| 맥심상 | 소설 | 이나임 | 에덴의 동쪽에서 내리는 장마 |

# 소설

| 수상명 | 부문 | 수상자 | 작품명 |
|--------|------|--------|--------|
| 맥심상 | 소설 | 이도선 | 반달 창 |
| 맥심상 | 소설 | 이서율 | 플레어링 |
| 맥심상 | 소설 | 이숙란 | 푸른 자궁 |
| 맥심상 | 소설 | 이영탁 | 캡슐인간 |
| 맥심상 | 소설 | 이용란 | 물고기의 집 |
| 맥심상 | 소설 | 이인혜 | 나의 여섯 번째 손가락 |
| 맥심상 | 소설 | 이인혜 | 뿔 |
| 맥심상 | 소설 | 이정미 | 도벽 |
| 맥심상 | 소설 | 이정연 | 달에서 아라베스크 |
| 맥심상 | 소설 | 이지연 | 돌기 |
| 맥심상 | 소설 | 이지희 | 엄지무덤 |
| 맥심상 | 소설 | 이현숙 | 태풍 |
| 맥심상 | 소설 | 이현주 | 그녀가 머무는 자리 |
| 맥심상 | 소설 | 이혜영 | 야행차(夜行車) |
| 맥심상 | 소설 | 임진주 | 삭제 |
| 맥심상 | 소설 | 장규리 | 너 또한 빛이 된다 |
| 맥심상 | 소설 | 장다은 | 소매치기 |
| 맥심상 | 소설 | 장명숙 | 흔적 |
| 맥심상 | 소설 | 전지은 | 시베리아 클럽 |
| 맥심상 | 소설 | 정지연 | 지네 |
| 맥심상 | 소설 | 정하윤 | 내게도 꿈이 있었다 |

| 수상명 | 부문 | 수상자 | 작품명 |
|--------|------|--------|--------|
| 맥심상 | 소설 | 조애나 | 그녀는 고양이를 결코 집에 들이지 않았다 |
| 맥심상 | 소설 | 조하나 | 입술 |
| 맥심상 | 소설 | 조혜은 | 이토록 뜨거운 순간 |
| 맥심상 | 소설 | 최솔 | 제 |
| 맥심상 | 소설 | 최희명 | 미로 |
| 맥심상 | 소설 | 최은혜 | 목소리 낚시꾼 |
| 맥심상 | 소설 | 최현빈 | 판도라의 자궁 |
| 맥심상 | 소설 | 최혜련 | 빛의 착란 |
| 맥심상 | 소설 | 한상희 | 장례식에 오지 않은 사람들 |
| 맥심상 | 소설 | 홍재희 | 굿바이, 레이디 팅통 |
| 맥심상 | 소설 | 홍지선 | 아스팔트, 여름 |
| 맥심상 | 소설 | 홍혜자 | 틈 |

# 수필

| 수상명 | 부문 | 수상자 | 작품명 |
|--------|------|--------|--------|
| 금상 | 수필 | 김진순 | 단아한 슬픔 |
| 은상 | 수필 | 정옥경 | 아침밥 |
| 은상 | 수필 | 이정화 | 글자를 품은 나무 |
| 동상 | 수필 | 이광순 | 연꽃 소묘 |
| 동상 | 수필 | 박순자 | 항아리 |
| 동상 | 수필 | 박영희 | 섬 |
| 가작 | 수필 | 김경림 | 아빠를 부탁해 |
| 가작 | 수필 | 김덕임 | 암소 누렁이 |
| 가작 | 수필 | 신현임 | 늦바람, 맞바람 |
| 가작 | 수필 | 이은정 | 나는 도서관에 간다 |
| 가작 | 수필 | 조인선 | 자화상 |
| 입선 | 수필 | 김선화 | 할머니의 은행나무소반 |
| 입선 | 수필 | 김영희 | 숫자세기의 우연성 |
| 입선 | 수필 | 김정심 | 벌버리묵 |
| 입선 | 수필 | 박은미 | 아이와 살다 |
| 입선 | 수필 | 손정혜 | 천국에서 온 사과 |
| 입선 | 수필 | 신미선 | 엄마의 문자 배우기 |
| 입선 | 수필 | 임영희 | 창 |
| 입선 | 수필 | 장미자 | 부루쌈 |
| 입선 | 수필 | 정경용 | 달팽이의 무단 침입 |
| 입선 | 수필 | 최영선 | 봄, 마삭줄 |

| 수상명 | 부문 | 수상자 | 작품명 |
|--------|------|--------|--------|
| 맥심상 | 수필 | 강금주 | 발레. 92.3 그리고 변태 |
| 맥심상 | 수필 | 강정화 | 반짝 반짝 |
| 맥심상 | 수필 | 강혜성 | 잃어버린 꿈 |
| 맥심상 | 수필 | 고영애 | 아버지의 그림 |
| 맥심상 | 수필 | 고옥란 | 대책 없이 날리는 벚꽃은 버려진 봄의 꿈 |
| 맥심상 | 수필 | 곽영분 | 갑과 을이 바뀌었다 |
| 맥심상 | 수필 | 권정숙 | 바느질 |
| 맥심상 | 수필 | 길순정 | 길 |
| 맥심상 | 수필 | 김명희 | 나는 누구인가 |
| 맥심상 | 수필 | 김미경 | 아버지의 엄지별 |
| 맥심상 | 수필 | 김보람 | 남자에게 마법 걸기 |
| 맥심상 | 수필 | 김상현 | 눈물의 갈대상자 |
| 맥심상 | 수필 | 김서진 | 선인장 |
| 맥심상 | 수필 | 김선주 | 빈 의자 |
| 맥심상 | 수필 | 김세순 | 그리고 삶은 계속된다 |
| 맥심상 | 수필 | 김수연 | Be happy, stranger |
| 맥심상 | 수필 | 김수정 | 편지 |
| 맥심상 | 수필 | 김영인 | 그대, 정말 아름다운 손을 가지셨어요 |
| 맥심상 | 수필 | 김영화 | 국화향기 |
| 맥심상 | 수필 | 김정선 | 설렁탕 |
| 맥심상 | 수필 | 김정은 | 하얀 낙서 |

# 수필

| 수상명 | 부문 | 수상자 | 작품명 |
|--------|------|--------|--------|
| 맥심상 | 수필 | 김정화 | 연필 |
| 맥심상 | 수필 | 김지선 | 흔적 |
| 맥심상 | 수필 | 김진열 | 내가 본 황혼의 사랑 |
| 맥심상 | 수필 | 김행정 | 마디 |
| 맥심상 | 수필 | 김형윤 | 옛집 |
| 맥심상 | 수필 | 김혜영 | 나무 |
| 맥심상 | 수필 | 남명숙 | 비단길 |
| 맥심상 | 수필 | 노외순 | 천지를 보고나서 |
| 맥심상 | 수필 | 문경숙 | 눈 내리는 저녁 |
| 맥심상 | 수필 | 박가화 | 행꼬 |
| 맥심상 | 수필 | 박명희 | 구절초 |
| 맥심상 | 수필 | 박미성 | 사람을 가려내는 방법이라는 건 |
| 맥심상 | 수필 | 박민례 | 엄마의 숨소리 고팽이 |
| 맥심상 | 수필 | 박민영 | 아버지 |
| 맥심상 | 수필 | 박선희 | 유코 이야기 |
| 맥심상 | 수필 | 박은빈 | 박하맛 사탕 |
| 맥심상 | 수필 | 박혜정 | 보따리 |
| 맥심상 | 수필 | 박희영 | 내 낡은 코트에 그들은 희망을… |
| 맥심상 | 수필 | 백정희 | 등대 |
| 맥심상 | 수필 | 부소정 | 빗살무늬 사랑 |
| 맥심상 | 수필 | 사선자 | 알갱이와 쭉정이 |

| 수상명 | 부문 | 수상자 | 작품명 |
|--------|------|--------|--------|
| 맥심상 | 수필 | 서명순 | 눈빛 |
| 맥심상 | 수필 | 서혜린 | 아버지의 놋주발 |
| 맥심상 | 수필 | 석성득 | 지상의 별 하나 |
| 맥심상 | 수필 | 손은정 | 오후 네 시 |
| 맥심상 | 수필 | 송원 | 딸로 와줘서 고마워 |
| 맥심상 | 수필 | 송하나 | 새벽 3시 |
| 맥심상 | 수필 | 신미숙 | 잣나무 |
| 맥심상 | 수필 | 신혜영 | 내 기억 속의 사평역 |
| 맥심상 | 수필 | 안미화 | 소낙비 |
| 맥심상 | 수필 | 안유정 | 태양은 빛난다 |
| 맥심상 | 수필 | 안희옥 | 잠빛 |
| 맥심상 | 수필 | 양은진 | 너를 만나러 가는 길 |
| 맥심상 | 수필 | 예명옥 | 평상 풍경 |
| 맥심상 | 수필 | 오경숙 | 그들만의 세상 |
| 맥심상 | 수필 | 우경수 | 골목길 295번지 |
| 맥심상 | 수필 | 원미숙 | 망초 예찬 |
| 맥심상 | 수필 | 유덕순 | 김밥에 담긴 사랑 |
| 맥심상 | 수필 | 유연숙 | 고구마 밭에서 |
| 맥심상 | 수필 | 윤가람 | 사랑의 짐 |
| 맥심상 | 수필 | 윤예섬 | 태풍 |
| 맥심상 | 수필 | 이경숙 | 당신을 떠나며 |

# 수필

| 수상명 | 부문 | 수상자 | 작품명 |
|--------|------|--------|--------|
| 맥심상 | 수필 | 이경진 | 당신을 참 잘 만났다 |
| 맥심상 | 수필 | 이나영 | 자아 |
| 맥심상 | 수필 | 이숙희 | 고등어 |
| 맥심상 | 수필 | 이순미 | 호랑이가 나타나다 |
| 맥심상 | 수필 | 이슬민 | 핫도그마냥 구르고 싶다 |
| 맥심상 | 수필 | 이은영 | 생선 꼬랑내가 나는 추석 |
| 맥심상 | 수필 | 이은옥 | 침(針)을 맞으며 |
| 맥심상 | 수필 | 이진영 | 에티오피아가 내게 준 선물 |
| 맥심상 | 수필 | 이혜숙 | 이별 준비 |
| 맥심상 | 수필 | 이희라 | 둥지 |
| 맥심상 | 수필 | 임성미 | 착한 사람들의 생존 방법 |
| 맥심상 | 수필 | 임양순 | 내 차례 |
| 맥심상 | 수필 | 임연화 | 기운 센 여름 |
| 맥심상 | 수필 | 장영랑 | 밥상보 |
| 맥심상 | 수필 | 전명수 | 계단참 |
| 맥심상 | 수필 | 전병숙 | 어머니의 은수저 |
| 맥심상 | 수필 | 전혜영 | 딸, 여자사람으로서의 길 끄트머리에 서서 |
| 맥심상 | 수필 | 정문숙 | 자작나무 숲을 읽다 |
| 맥심상 | 수필 | 정미경 | 포스트잇 (post it) |
| 맥심상 | 수필 | 정미영 | 꽃과 사람들 |
| 맥심상 | 수필 | 정민교 | 끈 |

| 수상명 | 부문 | 수상자 | 작품명 |
|---|---|---|---|
| 맥심상 | 수필 | 정연숙 | 아름다운 출발 |
| 맥심상 | 수필 | 조미정 | 재봉틀 |
| 맥심상 | 수필 | 조현빈 | 옛집에서 |
| 맥심상 | 수필 | 조혜정 | 꽃의 기억 |
| 맥심상 | 수필 | 지미경 | 시어머니의 반짝이 |
| 맥심상 | 수필 | 진순희 | 연꽃 밥 |
| 맥심상 | 수필 | 차영자 | 참빗과 얼개빗 |
| 맥심상 | 수필 | 천세민 | 당신의 가슴에 꽃씨를 심으며 |
| 맥심상 | 수필 | 최인경 | 부침개에 부치다 |
| 맥심상 | 수필 | 최현정 | 부화일기 |
| 맥심상 | 수필 | 한미정 | 닭 울음소리 |
| 맥심상 | 수필 | 허윤숙 | 행주 |
| 맥심상 | 수필 | 허주영 | 나를 잊지 말아요 |
| 맥심상 | 수필 | 황혜성 | 달콤한 인생 |

# 아동문학

| 수상명 | 부문 | 수상자 | 작품명 |
|--------|--------|--------|--------|
| 금상 | 아동문학 | 김원선 | "마이 네임 이즈 상우 킴" |
| 은상 | 아동문학 | 추수진 | 별 친구 |
| 은상 | 아동문학 | 박연미 | 용기 충전소 |
| 동상 | 아동문학 | 김솔립 | 볼품없는 나무 |
| 동상 | 아동문학 | 신수나 | 잿빛 강아지 |
| 동상 | 아동문학 | 박민정 | 숟가락과 입 |
| 가작 | 아동문학 | 김수아 | 골목 금지령 |
| 가작 | 아동문학 | 박선자 | 앉은뱅이 저울 |
| 가작 | 아동문학 | 방하은 | 나무와 나 |
| 가작 | 아동문학 | 이정희 | 민들레에게 |
| 가작 | 아동문학 | 정지우 | 엄마의 선물 |
| 입선 | 아동문학 | 강명자 | 가을마당 |
| 입선 | 아동문학 | 길정남 | 세탁기사우르스 |
| 입선 | 아동문학 | 김인재 | 게 이야기 |
| 입선 | 아동문학 | 김효은 | 티셔츠 목 |
| 입선 | 아동문학 | 민경혜 | 맥가이버 가출 사건 |
| 입선 | 아동문학 | 신동숙 | 어낭청 가래야 |
| 입선 | 아동문학 | 윤승미 | 그맛 그대로 |
| 입선 | 아동문학 | 이은정 | 삼천 원 부적 |
| 입선 | 아동문학 | 최정희 | 엄마 닮았네 |
| 맥심상 | 아동문학 | 강석경 | 감꽃이 뚝뚝 |

| 수상명 | 부문 | 수상자 | 작품명 |
|---|---|---|---|
| 맥심상 | 아동문학 | 강수연 | 날아라! 민들레 |
| 맥심상 | 아동문학 | 강영선 | 감자 가족 |
| 맥심상 | 아동문학 | 고은영 | 미로 게임 |
| 맥심상 | 아동문학 | 곽나은 | 울어도 괜찮아, 티티 |
| 맥심상 | 아동문학 | 권미희 | 외할머니네 장독대 |
| 맥심상 | 아동문학 | 권성희 | 연분홍 수의 |
| 맥심상 | 아동문학 | 권순화 | 문구점 |
| 맥심상 | 아동문학 | 김규남 | 불가사리 |
| 맥심상 | 아동문학 | 김남연 | 드림캐처 |
| 맥심상 | 아동문학 | 김동향 | 잡초 |
| 맥심상 | 아동문학 | 김명희 | 참새 |
| 맥심상 | 아동문학 | 김미경 | 봄1. |
| 맥심상 | 아동문학 | 김미선 | 내 이불 |
| 맥심상 | 아동문학 | 김보미 | 괴물을 잡아라 |
| 맥심상 | 아동문학 | 김선순 | 호박꽃 |
| 맥심상 | 아동문학 | 김소연 | 우주로 간 금별이 |
| 맥심상 | 아동문학 | 김시은 | 엄마의 소리 |
| 맥심상 | 아동문학 | 김여주 | 김송자는 뻥쟁이 |
| 맥심상 | 아동문학 | 김연옥 | 내 동생 정재 |
| 맥심상 | 아동문학 | 김영주 | 풍경 |
| 맥심상 | 아동문학 | 김영주 | 세찬 마음에 나무 한 그루 |

# 아동문학

| 수상명 | 부문 | 수상자 | 작품명 |
|--------|------|--------|--------|
| 맥심상 | 아동문학 | 김유라 | 분홍빛사탕 |
| 맥심상 | 아동문학 | 김정숙 | 이야기 택배 |
| 맥심상 | 아동문학 | 김지원 | 할아버지와 화분 |
| 맥심상 | 아동문학 | 김지혜 | 변기 |
| 맥심상 | 아동문학 | 김진선 | 세탁기 안에 무슨일이? |
| 맥심상 | 아동문학 | 김진희 | 딸기밭 |
| 맥심상 | 아동문학 | 김태숙 | 발뒤꿈치 |
| 맥심상 | 아동문학 | 김현신 | 이야기 소년 |
| 맥심상 | 아동문학 | 김현애 | 여름과 가을 |
| 맥심상 | 아동문학 | 노신화 | 세 개의 심장 |
| 맥심상 | 아동문학 | 문은경 | 어른들은 참 착해요. |
| 맥심상 | 아동문학 | 문은미 | 유령의 길에서 자라는 돌 |
| 맥심상 | 아동문학 | 문지원 | 고슴도치 아이 |
| 맥심상 | 아동문학 | 문초록 | 화 풀어, 축구공 |
| 맥심상 | 아동문학 | 박선영 | 코스모스 |
| 맥심상 | 아동문학 | 박옥자 | 얼굴 |
| 맥심상 | 아동문학 | 박은지 | 집에 사는 도깨비 |
| 맥심상 | 아동문학 | 박정하 | 새하얀 운동화 |
| 맥심상 | 아동문학 | 박진형 | 바람개비 |
| 맥심상 | 아동문학 | 박혜원 | 왕언니 우리 엄마 |
| 맥심상 | 아동문학 | 박혜정 | 개를 들이는 완벽한 방법 |

| 수상명 | 부문 | 수상자 | 작품명 |
|---|---|---|---|
| 맥심상 | 아동문학 | 박희선 | 여보세요? |
| 맥심상 | 아동문학 | 방미현 | 헐레벌떡 벌렁벌렁떡 |
| 맥심상 | 아동문학 | 방민경 | 이 뽑기 |
| 맥심상 | 아동문학 | 배진희 | 바람 부는 날 |
| 맥심상 | 아동문학 | 백혜영 | 날아라, 직박구리! |
| 맥심상 | 아동문학 | 성윤진 | 거인 |
| 맥심상 | 아동문학 | 성주희 | 나는 뱅뱅이를 탄다 |
| 맥심상 | 아동문학 | 송선미 | 불고기를 맛있게 먹는 방법 |
| 맥심상 | 아동문학 | 송선혜 | 친하게 지내기 |
| 맥심상 | 아동문학 | 신미경 | 마음 빨래 |
| 맥심상 | 아동문학 | 신안호 | 노을 |
| 맥심상 | 아동문학 | 신영심 | 이사한 날 놀러온 친구 |
| 맥심상 | 아동문학 | 신혜경 | 소문 다 났다 |
| 맥심상 | 아동문학 | 안나 | 봄이 왔다 |
| 맥심상 | 아동문학 | 양진숙 | 할머니의 비밀 |
| 맥심상 | 아동문학 | 오선숙 | 초승달 |
| 맥심상 | 아동문학 | 오인숙 | 코스모스의 노래 |
| 맥심상 | 아동문학 | 유순애 | 미운 네살 |
| 맥심상 | 아동문학 | 유화정 | 엄마 찾아 달궁골 |
| 맥심상 | 아동문학 | 윤종영 | 단풍 |
| 맥심상 | 아동문학 | 윤혜정 | 나랑 다시 단짝 할래? |

# 아동문학

| 수상명 | 부문 | 수상자 | 작품명 |
|---|---|---|---|
| 맥심상 | 아동문학 | 이경옥 | 바람은 좋겠다 |
| 맥심상 | 아동문학 | 이루다 | 뜻밖의 비밀작전 |
| 맥심상 | 아동문학 | 이명희 | 봄바람 |
| 맥심상 | 아동문학 | 이미영 | 손수건이 삼킨 하늘 |
| 맥심상 | 아동문학 | 이분희 | 해바라기 정류장 |
| 맥심상 | 아동문학 | 이서림 | 미역엄마 |
| 맥심상 | 아동문학 | 이영란 | 허수아비 |
| 맥심상 | 아동문학 | 이종화 | 모과나무 |
| 맥심상 | 아동문학 | 이지연 | 무지개색 하루 |
| 맥심상 | 아동문학 | 이진숙 | 일학년 아이처럼 |
| 맥심상 | 아동문학 | 이혜령 | 반짝반짝 오늘은 |
| 맥심상 | 아동문학 | 이효순 | 마녀와 마음 연금술사 |
| 맥심상 | 아동문학 | 임기복 | 등산 |
| 맥심상 | 아동문학 | 임희진 | 운동화끈 |
| 맥심상 | 아동문학 | 장명숙 | 할머니 숙제 |
| 맥심상 | 아동문학 | 장현화 | 대화 |
| 맥심상 | 아동문학 | 전성옥 | 내 동생 |
| 맥심상 | 아동문학 | 정아람 | 한의사가 된 벌 |
| 맥심상 | 아동문학 | 정용채 | 우리 할머니 |
| 맥심상 | 아동문학 | 정은영 | 립씽크 첼리스트 |
| 맥심상 | 아동문학 | 조숙 | 옥반지목걸이 |

| 수상명 | 부문 | 수상자 | 작품명 |
|--------|--------|--------|--------|
| 맥심상 | 아동문학 | 조윤영 | 이사 가는 날 |
| 맥심상 | 아동문학 | 조은경 | 아빠의 화분 |
| 맥심상 | 아동문학 | 조정금 | 비누 |
| 맥심상 | 아동문학 | 조희정 | 순정이네 분식집 |
| 맥심상 | 아동문학 | 지숙희 | 동해 오케이 |
| 맥심상 | 아동문학 | 최연희 | 모두 술래 |
| 맥심상 | 아동문학 | 최영희 | 빨래 |
| 맥심상 | 아동문학 | 최은선 | 나의 열한 번째 생일 |
| 맥심상 | 아동문학 | 최은정 | 이상한 인사 |
| 맥심상 | 아동문학 | 최인정 | 치노 엄마와 나 |
| 맥심상 | 아동문학 | 최혜련 | 뚱보 치와와의 여름방학 |
| 맥심상 | 아동문학 | 현성혜 | 바람 |
| 맥심상 | 아동문학 | 황현아 | 책가방 |

제13회
삶의향기
동서문학상

—

# 동서문학상 연혁

# 동서문학상 연혁

| 수상 | 수상자 | 작품명 | 부문 |
|------|--------|--------|------|

**1973년 주부에세이 공모**

| 수상 | 수상자 | 작품명 | 부문 |
|------|--------|--------|------|
| 대상 | 김근숙 | 커피와 행복 | 수필 |

**1989년 제1회 동서커피문학상 제정 (시·수필 2개 부문 공모)**

| 수상 | 수상자 | 작품명 | 부문 |
|------|--------|--------|------|
| 대상 | 유춘희 | 찻집에서 | 시 |
| 금상 | 김순남 | 滿船을 기다리며 | 시 |
| 금상 | 이준봉 | 직녀와 베틀과 커피 | 수필 |

**1994년 제2회 (시·수필·콩트 3개 부문 공모)**

| 수상 | 수상자 | 작품명 | 부문 |
|------|--------|--------|------|
| 대상 | 박종운 | 커피의 내력 | 시 |
| 금상 | 진순효 | 사랑 | 시 |
| 금상 | 윤태희 | 사색하는 약 | 수필 |
| 금상 | 허은진 | 새벽연가 | 콩트 |

**1996년 제3회 (시·산문 2개 부문 공모)**

| 수상 | 수상자 | 작품명 | 부문 |
|------|--------|--------|------|
| 대상 | 조윤희 | 풀 내음이 있는 커피 한잔 | 산문 |
| 금상 | 한소운 | 차를 끓이며 | 시 |
| 금상 | 신영미 | 충청도 커피 | 산문 |

| 수상 | 수상자 | 작품명 | 부문 |
|---|---|---|---|
| **1998년 제4회 (시·산문 2개 부문 공모)** | | | |
| 대상 | 노현희 | 미장원에서 | 산문 |
| 금상 | 문정운 | 어느 가을날 부르는 희망의 노래 | 시 |
| 금상 | 안윤주 | 나무의 視線 | 산문 |
| **2000년 제5회 (시·소설·수필 3개 부문 공모)** | | | |
| 금상 | 이영옥 | 우편함 속의 새 | 시 |
| 금상 | 유헬레나 | 솜저고리 | 수필 |
| 금상 | 최옥정 | 원의 중심 | 소설 |
| **2002년 제6회 (시·소설·수필 3개 부문 공모)** | | | |
| 대상 | 이미경 | 청수동이의 꿈 | 소설 |
| 금상 | 이선남 | 풍선 | 시 |
| 금상 | 전계숙 | 엄마의 저금통장 | 수필 |
| 금상 | 박영미 | 호랑나비 한 마리가 꽃밭에 앉았는데 | 소설 |
| **2004년 제7회 (시·소설·수필 3개 부문 공모)**<br>**대상과 금상, 〈월간문학〉 등단 특전** | | | |
| 대상 | 이은희 | 검댕이 | 수필 |
| 금상 | 조혜경 | 바느질 | 시 |
| 금상 | 김정혜 | 아랑이 내게 남긴 건 | 소설 |

# 동서문학상 연혁

| 수상 | 수상자 | 작품명 | 부문 |
|------|--------|--------|------|

### 2006년 제8회 (시·소설·수필 3개 부문 공모)
### 대상과 금상, 〈월간문학〉 등단 특전

| 수상 | 수상자 | 작품명 | 부문 |
|------|--------|--------|------|
| 대상 | 황춘자 | 산수유 그늘 아래 | 소설 |
| 금상 | 정명옥 | 주전리 바다 | 시 |

### 2008년 제9회 (시·소설·수필·아동문학 4개 부문 공모)
### 대상과 금상, 〈월간문학〉 등단 특전

| 수상 | 수상자 | 작품명 | 부문 |
|------|--------|--------|------|
| 대상 | 박인숙 | 침엽의 생존방식 | 시 |
| 금상 | 구자인혜 | 어머니의 정원 | 소설 |
| 금상 | 구본석 | 연경 침선장 | 아동문학 |

### 2010년 제10회 (시·소설·수필·아동문학 4개 부문 공모)
### 대상과 금상, 〈월간문학〉 등단 특전

| 수상 | 수상자 | 작품명 | 부문 |
|------|--------|--------|------|
| 대상 | 김경희 | 코피 루왁을 마시는 시간 | 소설 |
| 금상 | 허이영 | 바지랑대 | 수필 |
| 금상 | 오희옥 | 택배를 출항시키다 | 시 |
| 금상 | 김현경 | 하나새가 준 선물 | 아동문학 |

| 수상 | 수상자 | 작품명 | 부문 |
|---|---|---|---|
| **2012년 제11회 (시·소설·수필·아동문학 4개 부문 공모)**<br>**대상과 금상, 〈월간문학〉 등단 특전** | | | |
| 대상 | 전성옥 | 늙은 뱀 이야기 | 소설 |
| 금상 | 임미형 | 모시옷 한 벌 | 시 |
| 금상 | 김경희 | 스타킹 | 수필 |
| 금상 | 이영아 | 하늘에 닿은 종이비행기 | 아동문학 |
| **2014년 제12회 (시·소설·수필·아동문학 4개 부문 공모)**<br>**대상과 금상, 〈월간문학〉 등단 특전** | | | |
| 대상 | 최분임 | 매조도梅鳥圖를 두근거리다 | 시 |
| 금상 | 이소현 | 백야(白夜) | 소설 |
| 금상 | 최선자 | 몽당연필 | 수필 |
| 금상 | 박미정 | 프레셔스, 넌 하이에나가 아니야 | 아동문학 |
| **2016년 제13회 (시·소설·수필·아동문학 4개 부문 공모)**<br>**대상과 금상, 〈월간문학〉 등단 특전** | | | |
| 대상 | 추영희 | 달을 건너는 성전 | 시 |
| 금상 | 임정은 | 손 | 소설 |
| 금상 | 김진순 | 단아한 슬픔 | 수필 |
| 금상 | 김원선 | "마이 네임 이즈 상우 킴" | 아동문학 |

# 제13회 삶의 향기 동서문학상

**초판 1쇄**  2016년 11월 22일

**지은이**  추영희 外
**발행인**  김재홍
**편집장**  김옥경
**디자인**  박상아, 이유정, 이슬기
**마케팅**  이연실

**발행처**  도서출판 지식공감
**브랜드**  문학공감
**등록번호**  제396-2012-000018호
**주소**  경기도 고양시 일산동구 견달산로225번길 112
**전화**  02-3141-2700
**팩스**  02-322-3089
**홈페이지**  www.bookdaum.com

**가격**  12,000원
**ISBN**  979-11-5622-246-0  23800

**CIP제어번호**  CIP2016026670
이 도서의 국립중앙도서관 출판도서목록(CIP)은 서지정보유통지원시스템 홈페이지
(http://seoji.nl.go.kr)와 국가자료공동목록시스템(http://www.nl.go.kr/kolisnet)에서
이용하실 수 있습니다.

문학공감은 도서출판 지식공감의 인문교양 단행본 브랜드입니다.

ⓒ **동서식품주식회사** 2016, Printed in Korea.

- 이 책은 저작권법에 따라 보호받는 저작물이므로 무단전재와 무단복제를 금지하며, 이 책 내용의
  전부 또는 일부를 이용하려면 반드시 저작권자와 도서출판 지식공감의 서면 동의를 받아야 합니다.
- 파본이나 잘못된 책은 구입처에서 교환해 드립니다.
- '지식공감 지식기부실천' 도서출판 지식공감은 창립일로부터 모든 발행 도서의 2%를 '지식기부 실
  천'으로 조성하여 전국 중·고등학교 도서관에 기부를 실천합니다. 도서출판 지식공감의 모든 발행
  도서는 2%의 기부실천을 계속할 것입니다.